Samsón y Nadiezhda

Andréi Kurkov

Samsón y Nadiezhda

Traducción del ruso de Marta Sánchez-Nieves

Papel certificado por el Forest Stewardship Council®

Título original: *САМСОН И НАДЕЖДА*
Primera edición: febrero de 2023

© 2022, Diogenes Verlag AG, Zúrich
Todos los derechos reservados, salvo en Rusia y Ucrania
© 2023, Penguin Random House Grupo Editorial, S.A.U.
Travessera de Gràcia, 47-49. 08021 Barcelona
© 2023, Marta Sánchez-Nieves, por la traducción

Mapa de las páginas 8 y 9 de Olena Huhalova-Mieshkova
Ilustraciones interiores de Yuriy Nikitin

© Diseño: Penguin Random House Grupo Editorial, inspirado en un diseño original de Enric Satué

Printed in Spain – Impreso en España

ISBN: 978-84-204-6364-3
Depósito legal: B-21595-2022

Compuesto en MT Color & Diseño, S.L.
Impreso en Unigraf
Móstoles (Madrid)

AL63643

Dedicado a Vsévolod Yevguénievich Dmítriev, archivero, entusiasta e idealista que odiaba la violencia

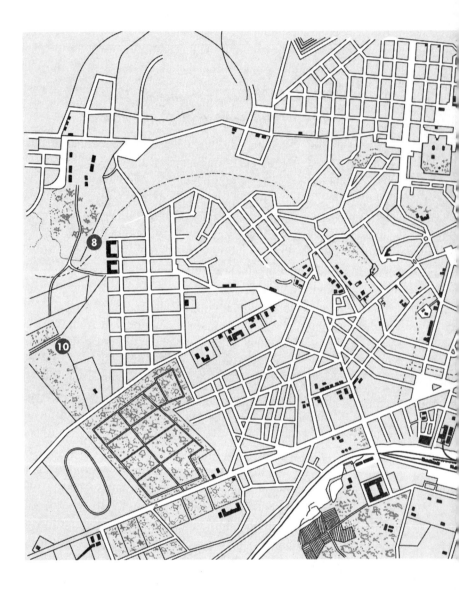

1. *Plaza Tarásovksaia, 3.* Aquí se encontraba la comisaría de policía de Líbedski, donde, de forma inesperada, asumió sus funciones Samsón Kolechko. Resulta interesante que el nombre del lugar ha llegado hasta nuestros días.

2. *Calle Zhiliánskaia, 24.* En esta casa vivía felizmente la familia Kolechko: el padre, la madre, Samsón y su hermana pequeña. En 1919, tras la muerte violenta del cabeza de familia, los soldados del Ejército Rojo Fiódor y Antón fueron acuartelados aquí.

3. *Calle Basséinaia, 3 (barrio de Pechersk).* Aquí vivía el sastre Baltzer, que desempeña un papel importante en la novela.

4. *Calle Naberézhno-Nikólskaia.* Esta era la casa de los padres de Nadiezhda, desde donde iba cada día a su lugar de trabajo, no sin dificultades y peligros.

5. *Senda Sobachia, o camino de los Perros.* Este era el nombre popular de la estrecha calle que va de Pechersk a la plaza Bessarabska, conocida desde mediados del siglo xix. Su nombre oficial era Klowski Boulevard. El nombre de camino de los Perros viene de que aquí, al borde del barranco, los ladrones y los perros salvajes acechaban ocasionalmente a los peregrinos que iban caminando desde el centro de Kiev hasta el santuario de las Cuevas. Aquí está el hospital Alexándrovski, en cuya morgue yacían los cadáveres que tanto interesaban a Samsón.

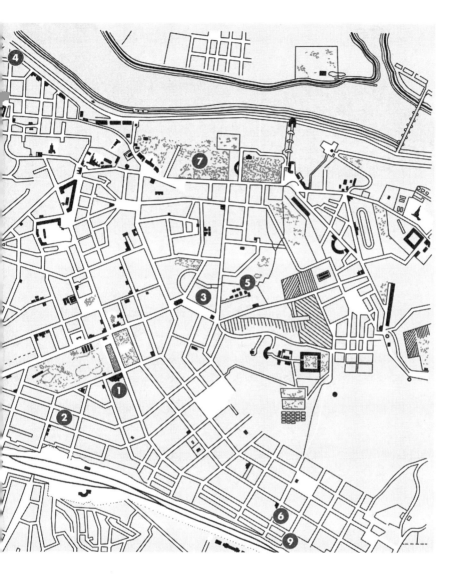

6. *Calle Naberézhno-Líbedeskaia, 36.* Aquí, en la casa del doctor Vatrujin, especialista en enfermedades oculares, es donde se refugió Samsón con la oreja cortada.

7. *Parque Alexándrovski.* Aquí fueron enterrados los soldados del Ejército Rojo que murieron luchando heroicamente por la revolución y sobre cuyas tumbas pronunció Naiden su discurso.

8. *Calle Malo-Dorogoshitskaya.* El cirujano Tretner, que tiene una gran influencia en esta historia, trabajó en el Hospital Quirúrgico Judío Iona Záitsev, ubicado en esta calle.

9. *Calle Nemétskaia, o calle Alemana.* En esta calle vivía el sastre Sivokón, que, sin saberlo, ayudó enormemente a Samsón en sus investigaciones.

10. *Calle Dorogoshitskaya.* Aquí se encuentra el cementerio de Lukiánovo (ahora parque-museo al aire libre Lukiánovski), cerca del cual Samsón aprendió a disparar en el antiguo campo de tiro de la Sociedad Kievita de Caza.

Capítulo 1

El sonido del sable cayendo sobre la cabeza de su padre dejó aturdido a Samsón. Con el rabillo del ojo captó el resplandor momentáneo de la hoja brillante y metió el pie en un charco. El brazo izquierdo de su padre, ya muerto, lo empujó hacia un lado y gracias a este empujón el siguiente sable no se desplomó sobre su cabeza pelirroja, pero tampoco pasó de largo: le seccionó la oreja derecha y él la vio caer a la cuneta; le dio tiempo a estirar el brazo, atraparla y estrecharla en el puño. Mientras que su padre, con la cabeza partida en dos, se desplomó en medio del camino. La pezuña herrada de la pata trasera del caballo lo estampó una vez más contra la tierra. Después, el jinete espoleó una vez al caballo y se lanzó camino adelante, donde varias decenas de ciudadanos a la carrera se arrojaban a las cunetas de ambos lados del camino, comprendiendo lo que los esperaba. Detrás de él había otros cinco jinetes.

Pero a estos Samsón ya no los vio. Estaba tumbado en la parte inclinada de la cuneta, con la mano izquierda apoyada en la tierra húmeda y la cabeza echada sobre el puño derecho. Le ardía la herida de la cabeza, le ardía ruidosa y sonoramente, como si alguien estuviera aporreando un riel de acero con un martillo justo encima de ella. La sangre cálida le corría por el pómulo hasta el cuello. Se colaba por el interior de la camisa.

Empezó a llover otra vez. Samsón levantó la cabeza. Miró al camino. Vio el pie de su padre girado, con la suela hacia él. Los botines ingleses con botones azul oscuro lucían nobles, aun pringados de barro. Su padre los había llevado continua y cuidadosamente durante seis años, desde 1914, cuando un vendedor de zapatos de Kreschátik, asustado por el inicio de la guerra, rebajó muchísimo su precio, suponiendo con acierto que un combate no era el mejor momento para vender mercancías a la moda.

No quería ver entero a su padre muerto, con la cabeza abierta. Y precisamente por eso reculó por la cuneta, sin aflojar el puño con la oreja. Encontró el camino, pero no pudo enderezarse. Delgado y encorvado como estaba, se obligó a no darse la vuelta. Dio un par de pasos y tropezó con un cuerpo. Lo rodeó y entonces un ruido terrible se desplomó de nuevo sobre su cabeza y se desató en su interior. El ruido se vertía como estaño incandescente por la oreja seccionada. Presionó el puño contra la herida sangrante, como intentando taponarla y atajar el estruendo que había irrumpido en su cabeza. Y echó a correr. Corría para alejarse, sin más, aunque fuera en la misma dirección de la que había venido con su padre, hacia su Zhiliánskaia familiar. Entre el estruendo y el ruido oyó disparos aislados, pero no se detuvo. Corría dejando atrás a ciudadanos y ciudadanas que, desconcertados, miraban en todas direcciones y no iban a ningún sitio. Cuando sintió que no podía más, que las fuerzas se le agotaban, su mirada se quedó fija en un gran cartel sobre la puerta de un palacete de dos plantas: SANACIÓN DE ENFERMEDADES OCULARES. DOCTOR VATRUJIN N. N.

Se acercó corriendo a la puerta, llevó la mano izquierda al tirador. Cerrado. Llamó con la mano.

—¡Abra! —gritó.

Empezó a golpearla con los puños.

—¿Qué se le ofrece? —De dentro llegó una voz asustadísima de mujer.

—¡Necesito un médico!

—¡Nikolái Nikoláievich hoy no pasa consulta!

—¡Tiene que hacerlo! ¡Está obligado a atenderme! —suplicó Samsón.

—¿Quién es, Tonia? —resonó una voz de barítono alejada y profunda.

—Alguien de la calle —respondió la anciana.

—¡Déjalo entrar!

La puerta se entreabrió. La anciana miró al ensangrentado Samsón por el resquicio, después lo hizo pasar y al instante cerró la puerta con llave y echó dos pestillos.

—¡Ay, Señor! ¿Quién le ha hecho eso?

—Los cosacos. ¿Y el doctor?

—Por aquí.

El doctor, bien afeitado y de pelo cano, desinfectó en silencio la herida, le puso una gasa con un ungüento y le vendó la cabeza.

Samsón, un poco más tranquilo gracias a la calma del ambiente, lo miró con silencioso agradecimiento y abrió el puño derecho.

—¿Y se puede pegar la oreja de alguna manera? —preguntó apenas audible.

—No podría decírselo. —El doctor meneó con pena la cabeza—. Soy especialista en enfermedades oculares. ¿Quién le ha hecho eso?

—No lo sé. —El muchacho encogió los hombros—. Los cosacos.

—¡El desgobierno rojo! —dijo Vatrujin suspirando con pesar.

Se apartó hasta la mesa, rebuscó en el cajón de arriba y sacó una cajita de polvos. Se la tendió al muchacho.

Samsón quitó la tapa: el interior estaba vacío. El doctor arrancó un poco de algodón y lo metió en el fondo de la cajita. El muchacho colocó ahí la oreja, tapó la caja y la ocultó en el bolsillo de parche de la chaqueta estilo militar.

Alzó la vista y miró al doctor.

—Mi padre se ha quedado allí. —Samsón suspiró con pesar—. En el camino. Lo han matado.

El doctor chasqueó la lengua con amargura y sacudió la cabeza.

—¿Acaso se pueden recorrer las calles ahora? —Hizo un gesto amplio con los brazos—. ¿Y qué es lo que pretende?

—No lo sé, hay que recogerlo...

—¿Tiene usted dinero?

—Él sí, en el portamonedas. Íbamos donde el sastre por un traje.

—Venga. —Vatrujin señaló la puerta del pasillo.

Esta vez las calles estaban desiertas. En algún lugar a lo lejos se oían disparos. El cielo se inclinaba aún más sobre la ciudad atragantada por la sangre. Como si tuviera intención de acostarse a pasar la noche sobre sus tejados y sus cementerios.

Cuando llegaron a Németskaia, donde a Samsón y a su padre los había sorprendido la gente de Petliura, vieron delante de ellos dos carros y a una decena de hombres. En uno de los carros ya habían subido a varios muertos, pero el padre de Samsón seguía tirado en el borde del camino. Solo que ahora estaba descalzo: alguien le había quitado los botines ingleses abotonados.

Samsón se inclinó sobre el cuerpo, intentando no mirarle la cabeza. Metió la mano debajo de la pechera, palpó el portamonedas en el bolsillo iznterior del abrigo. Tiró para sacarlo. Su volumen lo dejó algo perplejo y sorprendido. Se lo metió en el bolsillo de la chaqueta e, incorporándose, echó un vistazo a los carros.

—¿Necesita transporte? —preguntó el hombre que sujetaba por la brida al caballo del carro vacío.

—Sí —asintió Samsón. Y miró al doctor.

—¿Cuál es la funeraria más cercana? —preguntó el doctor al hombre.

—Vayan a Gladbaj, es lo que pilla más cerca —respondió este—. ¿Tienen dinero? Pero nada de *karbóvantsi.**

---

* En esta época de la historia de Ucrania y de Rusia, la rápida sucesión de sistemas de gobierno implicaba cambios de moneda. Algunas perdían rápidamente

—Tenemos *kérenki* —dijo el doctor.

—Vale —asintió el hombre—. Los ayudaré a subirlo o se pondrán perdidos.

Samsón miró sus pantalones sucios, su chaqueta sucia, y se agachó junto al cuerpo de su padre al mismo tiempo que el hombre.

El martes 11 de marzo de 1919 se convirtió en el día que borró la vida pasada.

---

su valor. Y la posesión y el uso de una y otra podía ser entendido como apoyo a una determinada opción política. En este caso, el *karbóvanets* se acuñó por primera vez entre los años 1918-1920, durante la existencia de la República Popular Ucraniana. La *kérenka*, como su nombre indica, se acuñó por orden del gobierno provisional liderado por Kérenski. La *dumka* remite a la duma estatal, entonces situada en San Petersburgo. (Todas las notas son de la traductora).

Capítulo 2

—Le aconsejo que le quite el abrigo —dijo en ruso con acento polaco el dependiente de la funeraria—. ¡No se entierra a nadie con el abrigo puesto! Allá no da calor. Aunque habría que ponerle algo en los pies.

El cuerpo de su padre yacía en un ataúd burdamente ensamblado. La cabeza, cubierta con un cuadrado de seda china color lila, parecía entera. Un trabajador de la funeraria la había vendado para juntar las mitades en que se había dividido el cráneo.

—Pero ¿y esta tabla? —Samsón indicó con la vista un lateral del ataúd, que claramente había sido usado antes.

—Verá, tenemos un aserradero propio cerca de Fástov, pero ahora no hay forma de llegar. Y, si se llega, no se regresa —dijo el dependiente—. Donde no ha habido suficiente madera buena, las han colocado de cercas derribadas... Y hay demasiados clientes, los carpinteros no dan abasto... Puede que su padre hasta haya pasado al lado de esa cerca...

El normalmente desierto cementerio Schekavítskoie, sobre el Dniéper, esta vez soportaba el ruido habitual de una calle. Ni siquiera el graznido de los centenares de cornejas, que habían elegido la copa de un vigoroso roble en el sector de los viejos creyentes, estaba en condiciones de ahogar ese ruido. Este ruido, el llanto y las voces enfadadas pero luctuosas llegaban desde el borde del cementerio, del lado del precipicio. Pero Samsón estaba en el centro, de pie, observaba a los dos hombres que había encontrado el dependiente y que hacían más hondo un agujero estrecho entre tumbas antiguas. De vez en cuando se apartaba un par de pasos para que la tierra parda sacada del agujero no le cayera en las botas.

—¡No se puede seguir! —gritó uno desde el agujero—. ¡Aquí ya hay cajas!

Y, para confirmar sus palabras, golpeó con la pala la madera, que emitió en respuesta un sonido sordo y lastimero.

Samsón echó un vistazo.

—Pero ¿la caja entrará?

—Si se encaja bien, cabe —le respondieron—. Se puede hacer un pelín más pequeña.

A la derecha asomaba el canto oscurecido del ataúd de su madre, enterrada allí mismo cinco años antes. Había seguido los pasos de Vérochka, la hermana pequeña, a la que había contagiado una enfermedad de los pulmones. Y ahora también su padre yacía allí, era el tercero, dejándole a él, a Samsón, sin sitio en la tumba familiar.

La mirada subió hacia la estatua: un árbol de hormigón con las ramas podadas. Con una inscripción grabada: «Kolechko Verusia, Kolechko Zinaída Fiódorovna. Descansad en paz. Tu padre, tu madre y tu hermano».

La inscripción alteró los pensamientos de Samsón.

Los hombres bajaron con cuerdas el ataúd. La parte estrecha, «de peana», se posó con facilidad en el fondo de la tumba; la superior se atascó dos pies más arriba.

Los hombres rebajaron con las palas la tierra parda en el punto más estrecho, y la parte superior del ataúd descendió unos pocos *vershkí*.[*]

—No va a moverse más. —Meneó la cabeza un aldeano—. Ya se bajará después. Siempre pasa lo mismo. ¡Siempre cae!

---

[*] El *vershok* (*vershkí* en plural) es una antigua medida rusa equivalente a 4,4 cm.

Samsón asintió. Y notó que el vendaje se le resbalaba. Buscó a tientas el nudo de la venda encima de la oreja seccionada, lo desató, la colocó y la ató de nuevo.

—¿Le duele? —preguntó compasivo uno de los hombres.

—No, pero no para de molestarme.

—¡Siempre pasa eso! —dijo el hombre, agitando la cabeza sin cubrir con aire de sabio que todo lo comprende. Después, sacó del bolsillo de su cazadora de guata una gorra de cuadros arrugada y se cubrió la cabeza.

Una vez recibida su paga, los hombres se fueron al carro. Samsón se quedó solo. Y entonces el sol asomó por detrás de un nubarrón y bajo sus rayos pareció llegar la calma a todo el cementerio. Las cornejas se callaron. En el lado del precipicio nadie hacía ruido o lloraba. Todo se ocultó y contuvo la respiración. Todo, excepto el viento fresco de marzo.

Las manchas pardas de tierra sobre la nieve antigua endurecida alrededor de la tumba reciente le parecían a Samsón manchas de sangre.

El abrigo de su padre, de buena calidad pero sucio, lo colgó en la mitad izquierda del armario, una vez lavado el cuello y los hombros, que tenían una entretela de guata para proteger del frío; en la mitad derecha estaba la ropa de su madre, también su abrigo corto favorito de piel de zorro gris.

Entró al despacho de su padre. No solía pasar mucho a este cuarto pequeño pero agradable, con una ventana que daba a la calle. En el escritorio su padre observaba el orden alemán. A la derecha, en el borde del tablero, estaba el ábaco, regalo del dueño del negocio donde él había llevado las cuentas hasta su cierre un año antes. Los costados del marco de nogal del ábaco tenían incrustaciones de marfil engastado. Las bolitas para contar también eran de material noble, de hueso de «animal marino», como le gustaba decir a su padre.

A mano izquierda, encima de la mesa, solían estar las carpetas de cartón y cintas con documentos. Pero, cuando el negocio cerró, las carpetas se mudaron al suelo. Su padre no tenía prisa por tirarlas, decía que no era posible vivir sin aire, sin agua y sin comercio; por eso pensaba que el negocio abriría de nuevo, en cuanto «los descontentos estén contentos».

En la pared de la izquierda y en la pared de la derecha había, colgadas en unos clavos, otras tres decenas de ábacos: una colección entera. Antes a Samsón le habían parecido todas iguales, pero, ahora que se había quedado solo y pudo observarlas con atención, vio enseguida la diferencia de formas, de tonos y de colores de las bolitas para contar. En las paredes decoradas con ábacos las pocas fotografías con marcos de madera se veían como algo raro y absurdo. El abuelo y la abuela, su padre y su madre. Él, Samsón, con su hermana Vera, de pequeños, vestidos de marinero.

Samsón se acercó un poco más a la fotografía de él con su hermana. Alargó la mano al ábaco colgado encima.

Lanzó con fuerza la bolita a la izquierda hasta el borde libre de la barra de hierro.

—¡Vera! —dijo con tristeza. Después lanzó al mismo sitio la siguiente y exclamó—: ¡Mamá! —Y, habiendo enviado a continuación una tercera, dijo con voz ya apagada—: ¡Padre!

Después separó ligeramente una cuarta ficha de las que quedaban en la hilera y, con el dedo, la paseó de izquierda a derecha por la barra.

Dejó escapar un hum y se apartó. Se sentó a la mesa de su padre. Tiró del cajón superior izquierdo. Sacó el pasaporte de familia. En la fotografía estaban los cuatro. Fecha de expedición: 13 de febrero de 1913. Su padre lo había formalizado, soñaba con un viaje familiar a Austria-Hungría, a tomar las aguas. Ahora no existía Austria-Hungría ni el Imperio ruso, tampoco su padre. Solo el pasaporte.

Samsón cerró el librito gris, lo dejó en el mismo sitio del que lo había cogido. Y, a su lado, la cajita de polvos con la oreja. Entonces se tocó la sien derecha, se palpó la herida por debajo de la venda. En efecto, le molestaba, pero no le dolía.

Chasqueó los dedos a la altura de la herida y el chasquido le pareció fuerte y sonoro.

«Lo bueno es que todavía oigo», pensó.

Capítulo 3

Al noveno día desde el asesinato de su padre, Samsón se miró en el espejo, se miró los ojos hundidos, las mejillas sumidas, la venda sucia y deshilachada.

Los días pasaban igual que el agua de lluvia por la cuesta Vladímirski. Ruidosamente, rodando. Samsón no salía a la calle, sino que se asomaba por la ventana del despacho de su padre o por las ventanas de la sala. Las ventanas de su habitación, así como las ventanas de la habitación de su hermana Vérochka y de la de sus padres daban al patio, a las ramas todavía desnudas de un viejo arce. La habitación de Vérochka ahora parecía no existir. La puerta estaba completamente tapada por un aparador. La puerta de la habitación de sus padres Samsón la había «escondido» dos días antes. Ahora se encontraba detrás de un armario desplazado. En esos cuartos cerrados para el mundo ajeno se agazapaba el dolor de las pérdidas. Y así a Samsón se le hizo un poco más fácil pensar en la hermana pequeña y en los padres que habían dejado de existir.

La nieve húmeda sustituyó a la lluvia, el chapoteo de los pies por los charcos quedaba continuamente ahogado bajo el chacoloteo de las herraduras por los adoquines; aunque a veces también irrumpía, como el viento, el ruido de un motor y entonces todo se sumergía en él, aunque no por mucho tiempo.

Después de tomarse un plato de *kísel** de avena del día anterior, al que se estaba hartando últimamente, Samsón cepilló en el pasillo el barro seco del abrigo de su padre y se lo puso. Volvió a mirarse en el espejo. No, el abrigo no le hacía parecerse a su padre, en cuyo rostro resplandecían la sabiduría y la seguridad, junto con la bondad que siempre había estado presente en la mirada de sus ojos marrones. El abrigo y su sólida importancia sencillamente subrayaban la contradicción entre él y la fisionomía atemorizada y sin afeitar de Samsón.

Escondió el abrigo cepillado en el armario, pero los pensamientos sobre su padre, que lo habían asaltado justamente en el noveno día, exigían algún tipo de acción. ¿Ir a su tumba, al cementerio Schekavítskoie? No, esa idea Samsón se la quitó enseguida de la cabeza. Estaba lejos y era peligroso. Incluso poniendo en fila a lo largo de todo el trayecto a soldados del Ejército Rojo armados con fusiles, sería peligroso. Quién sabe qué se les podía ocurrir o en quién verían de pronto a un enemigo. Porque bien podían creer que él era un enemigo y abrir fuego. ¿Acercarse a la iglesia y poner una vela? Podría hacerlo, claro, pero ni su padre ni él habían sido especialmente devotos. La madre sí que había ido a misa los días de fiesta, pero, de todas formas, le avergonzaba anunciarlo o contarlo.

Samsón cogió el portamonedas de su padre, se sentó un momento en el escritorio, escuchando los sonidos de la calle Zhiliánskaia que le llegaban a través del cristal de la ventana cerrada. Sacó los *kérenki* y los *dumki* de mil, los contó. Tres tarjetas de visita, el carnet de la Sociedad Kievita de Caza, un recibo varias veces doblado del sastre con todas las cantidades pagadas por la tela y la confección de un traje y con la confirmación de que las medidas tomadas para hacerlo eran correctas, varios sellos y timbres para el

---

* Líquido gelatinoso que se prepara con fécula, bayas y frutas, a veces también con cereales. Es uno de los postres tradicionales rusos.

pago de diferentes aranceles y tributos, una fotografía del rostro de su madre recortada...

La víspera, por la tarde, la viuda del portero había llamado a su puerta y le había hecho saber que en el ala de atrás una campesina vendía leche y mantequilla. Tuvo tiempo de salir corriendo ya a oscuras y de comprar media libra de mantequilla y un litro de leche. Y, cuando crujió bajo su pie el escalón inferior de la escalera de madera, precisamente junto a la puerta de la portería, la misma viuda, una mujer de unos cuarenta y cinco años a la que le gustaba llevar en la cabeza pañuelos baratos y nada llamativos, lo invitó a pasar a la cocina. Aquí el olor era terrible y con sustancia, como si alguien hubiera estado horas friendo cebolla. Pero, sin queja alguna, Samsón aceptó la invitación a sentarse a la mesa y a tomar té.

—Pues ahora te has quedado huérfano —dijo ella con lástima y una entonación en parte interrogativa—. ¡No puedes seguir mucho tiempo así! ¡Es malísimo!

—¿Y qué quiere que haga? —preguntó Samsón solo para mantener el interés verbal de ella en juzgar la situación en que se encontraba gracias al destino.

—Casarte —aconsejó ella con firmeza—. El matrimonio ahuyenta la orfandad. Y tendrías solucionada la comida. —Lo miró a la cara con aire crítico. Estaba claro que dicha mirada la habían provocado la falta de afeitado y las mejillas hundidas—. Si tienes suerte con tu mujer, también el sufrimiento cesará...

—Todavía soy joven —dijo Samsón después de pensar un poco—. Es pronto para mí.

—¡Qué va a ser pronto! —replicó ella—. Mírame a mí, yo tenía catorce años cuando me casé.

Samsón se terminó el té, se puso de pie sujetando la botella de leche y el paquetito de mantequilla que tenía en las rodillas. Le dio las gracias a la vecina.

—Si se me ocurre alguien con quien se pueda contar, te aviso —prometió la viuda al despedirse y cerró la puerta.

La leche y la botella con mantequilla estaban ahora en la ventana, en uno de los cristales más cercanos a la calle. Las frías estufas de azulejos pedían leña. Pero a Samsón le parecía que en el aire del piso todavía habitaba el calor de la última vez. Antes de acostarse prendió media brazada de leña en la estufa que calentaba el comedor y el dormitorio. En el despacho de su padre reinaba un frío punzante, claro; aun así, no era la frialdad del invierno en los días en que él y su padre se habían quedado sin nada de leña. Pero, de alguna manera, habían logrado superarlo. Y ya para el final del invierno se encontraron de repente con que alguien había escondido en su sótano una enorme cantidad de leña. Robada, a todas luces. La había escondido y había desaparecido. Así que ahora la casa podía estar calentita. Aunque el sol ya giraba en dirección a la primavera. No había que esperar mucho para el verdadero calor natural.

Cuando se volvió gris tras los cristales y se aproximó la hora del crepúsculo, Samsón se puso el capote del uniforme de estudiante y, echando al bolsillo el recibo del sastre con la indicación de su dirección en la calle Nemétskaia, salió de casa.

La gente caminaba por la calle con precaución e intentaba no mirar a los lados. Como si temiera ver algo desagradable. Al andar, la herida vendada recordaba su existencia. Una vez colocada la venda y atada de nuevo, continuó por el mismo camino que había acabado siendo el último para su padre. Se paró en el lugar donde había muerto, miró la pequeña cuneta, el borde del camino. Recordó cuando había llegado aquí con el doctor. La cabeza le empezó a zumbar, como si la sangre se le hubiera subido a los pensamientos. Y sus pensamientos se hicieron pesados, lentos y con regusto a sangre, como si estuvieran intentando envolverlo a él en esa lentitud y pesadez. Por eso Samsón se marchó de allí con paso decidido, dobló en Nemétskaia y ya solo se paró junto a la casa del sastre. Delante del rótulo Sastre Sivokón. Trajes. Levitas. Fracs.

En la ventana del taller brillaba una luz no muy intensa. Con mayor intensidad lucía en las dos ventanas de la segunda planta del palacete. Samsón llamó a la puerta con fuerza y se dispuso a esperar.

El sastre, al que Samsón solo había visto un par de veces en toda su vida, entreabrió la puerta y preguntó, sin saludar siquiera: «¿Qué se le ofrece a esta hora tan intempestiva?».

Samsón se identificó, pasó el recibo por la puerta, cuya cadenita era más amplia que un puño, y que no se abrió.

El sastre dejó pasar a Samsón, lo escuchó con atención, asintió varias veces con compasión.

—Es usted más pequeño que su padre —dijo y lanzó un suspiro—. Podría rehacerlo con sus medidas, por supuesto... Solo que ahora no es lo más oportuno. Las manos han empezado a temblarme. Tendría que esperar. Si quiere, puede llevárselo. O puede dejarlo aquí si le da miedo cargar con él por la calle y de noche.

—Me lo llevo —dijo Samsón.

No había oscurecido mucho ni daba tanto miedo cuando emprendió el camino de vuelta. A su encuentro salieron dos chicas cuidadosamente vestidas de oscuro. Oyó con demasiada claridad que una le susurraba a la otra: «Mira qué moreno tan guapo. ¡Herido como un héroe!».

Se paró y las acompañó con la mirada. Volvió a colocarse la venda para que no se deslizara. También pensó que, con tanta oscuridad, nadie vería que el vendaje estaba viejo y sucio.

Llevaba bajo el brazo el paquete de papel con el traje, sujeto con un cordel, e intentaba pegarlo con fuerza al cuerpo para que no llamara la atención de los transeúntes.

En casa, sin desenvolverlo, lo soltó en el fondo de la parte izquierda del armario, debajo del abrigo de su padre.

Extendió el abrigo de estudiante encima de la manta y se acostó con la abrigada camisa interior y en calzoncillos.

Se quedó tumbado esperando a que el cuerpo entrara en calor, pero no lograba dormirse. Y entonces le pareció percibir un sonido rugoso, como si un ratón estuviera royendo algo de papel o de cartón. Se levantó, prendió la lámpara de queroseno y repasó todos los rincones de la habitación, sin dar con el origen del insistente escarbo. Pero, cosa sorprendente, el sonido lo acompañó durante la búsqueda del ratón invisible. Aunque lo normal era que los ratones se callaran y desaparecieran en cuanto él empezaba a buscarlos. Salió al pasillo y oyó el escarbo con más fuerza y claridad. Parecía venir del despacho de su padre, aunque la pesada puerta de nogal debería guardar en secreto todos los sonidos de la habitación a aquellos que no se encontraban en su interior.

Samsón entró en el despacho. Oyó el importuno sonido con más fuerza todavía. Desde el lado del escritorio. Se acercó, tiró bruscamente del cajón superior izquierdo y, entonces, el sonido desapareció. El ratón se había colado por las profundidades y se había marchado. A la luz de la lámpara de queroseno, Samsón vio la cajita de polvos agujereada en la esquina superior. Por ese agujero podía pasar un dedo.

Tomó la cajita, le quitó la tapa. Vio su oreja con grumos de sangre en el borde del corte. La oreja parecía estar viva, no parecía seca. Samsón se sorprendió, la tocó con un dedo. Y le pareció que sentía ese roce con el dedo y con la oreja al mismo tiempo. Se tocó entonces la oreja izquierda, la que estaba entera. Y le asaltó la misma sensación.

Desconcertado y dormido, cerró la cajita, se fue con ella y con la lámpara a la cocina, dio con una lata redonda de caramelos franceses, escondió allí la cajita con la oreja y se la llevó al dormitorio. Sintió que las ganas de dormir vencían al frío de su cuerpo.

Capítulo 4

Nikolái Nikoláievich Vatrujin no pareció sorprenderse lo más mínimo cuando vio a Samsón.

—A ver cómo está esa oreja. ¡Pase! —invitó al muchacho al despacho, haciendo una indicación a la criada, que observaba por detrás del visitante.

Después de quitar el vendaje sucio de la cabeza y tirarlo con aprensión al cubo de la basura, se inclinó sobre el orificio abierto de la oreja.

Samsón observó que en las manos del doctor había hecho su aparición una lupa con mango de nácar.

—Vaya, vaya —asentía pensativo el doctor—. ¡Está cicatrizando como si nada! —dijo alargando las palabras, como si hasta a él le sorprendiera tal revelación—. Ahora ya puede ir sin venda. Voy a tratarle con un ungüento y luego...

—¿Y podría vendarme otra vez? —preguntó Samsón.

—¿Por qué no iba a poder? Claro que puedo. Pero no es necesario. La herida necesita respirar.

—Es que hay humedad. ¡Y hace frío! —dijo Samsón con aire desvalido—. Y, si le digo la verdad, me da miedo salir a la calle sin una oreja. ¡Quedará a la vista de todos!

—Está bien, está bien. —El doctor hizo un ademán con la mano—. No vaya a pensar que no quiero gastar una venda en usted. ¡Aunque ahora ya no hay forma de comprarlas! Vivo de las reservas. ¿Y qué tal el oído? Deje que eche un vistazo, aunque no sea especialista.

Antes de vendar de nuevo la cabeza, con ambas manos el doctor giró con fuerza hacia la ventana el orificio abierto de la oreja.

—No hay daños visibles. ¿Oye bien?

El muchacho suspiró.

—A veces me parece que demasiado bien. ¡Hasta me cuesta dormir!

—Amigo mío, eso es porque ahora tiene un oído omnidireccional por el orificio de la oreja, no es como el izquierdo. El oído no nos ha sido dado solo para oír, sino ante todo para escuchar atentamente. El oído direccional distingue entre los ruidos de la vida aquello que necesitamos, y el omnidireccional obstruye la atención. ¿Me he explicado bien?

Samsón asintió.

—¿Hay alguien en su casa que pueda rehacerle el vendaje?

El muchacho sacudió la cabeza en señal de negación.

—Bueno, siempre puede ir a un peluquero con una venda, ¡saben hacerlo! Y le aconsejaría que lave la venda cada dos días. Bastarán un par de semanas.

—¿Puedo hacerle una pregunta sobre la vista? —se atrevió al fin Samsón.

—Qué cosas tiene, ¡pregunte, claro!

—Ahora veo algunos objetos más rojos de lo habitual... Por ejemplo, en la iglesia miré una vela encendida. Sé que su luz es tirando a amarilla, ¡pero yo la vi roja!

El cristal de aumento volvió a aparecer en las manos del doctor.

—Veamos, ¡mire a la ventana!

Samsón fijó la mirada en la ventana sin lavar en la que, por fuera, se posaban copos de nieve húmedos para deslizarse hacia abajo al momento, dejando tras de sí una huella sucia y gris.

—¿Le pican los ojos? —quiso saber el doctor.

—Un poco.

—Tiene unas manchas en la retina... Unos restos rojizos... Voy a lavarlo.

Se alejó hasta un armario médico metálico de bordes blancos esmaltados. La portezuela tintineó.

—Ahora mire al techo —ordenó a Samsón.

El muchacho movió la cabeza. Abrió mucho los ojos.

—¡Ay, Señor! —soltó de pronto el doctor.

—¿Qué ve? —se asustó Samsón.

—Imagino que es sangre de su padre, que le cayó en los ojos. Y aquí tiene una pizca de seso adherida a la córnea. Vamos a humedecerla para quitarla.

El doctor echó unas gotas en los ojos del muchacho.

—Quédese de momento así, deje que los ojos se den un baño.

De regreso a casa, Samsón se arrastraba con pasos lentos, mirando para abajo.

—De ningún modo debe caerle nieve en los ojos —habían sido las severísimas palabras de despedida del doctor—. Láveselos con agua templada unas cinco veces al día. Hoy es martes, vuelva el viernes. Le limpiaremos la córnea.

A su espalda empezaron a resonar en el pavimento las herraduras de un caballo apresurándose. Asustado, Samsón corrió a refugiarse en una casa cercana. Se dio la vuelta mientras corría y vio a un soldado del Ejército Rojo que escudriñaba con intensidad el camino adelante por el que volaba su caballo. El chacoloteo se alejaba y alguien más se apartó de un salto del camino, cediendo el paso al guardián ecuestre y armado de la nueva autoridad.

Esta idea sobre la nueva autoridad provocó en Samsón una sonrisa amarga. Cuando había solo una autoridad, vale que antigua, la vida parecía miserable, comprensible y corriente. Y corriente era maldecirla, aunque en su época, incluso después del inicio de la guerra mundial, de alguna manera las dificultades, en comparación con lo que sucedió después, no eran dificultades, sino incomodidades. Pero después la antigua autoridad zariana se vino abajo y en su lugar llegaron muchas autoridades pequeñas y furiosas que se sustituían a base de tiroteos y odio. Solo en tiempos de la guarnición alemana y del invisible *hetman* Skoropadski la vida pareció ser otra vez más segura y tranquila, pero también esta calma terminó con las terribles explosiones e incendios de Zverínets que dejaron cientos de cadáveres kievitas y miles de mutilados y sin hogar.

Entonces, en junio de 1918, el aire de Kiev se quedaba asentado en la lengua y causaba hormigueo en la nariz por el olor a la pólvora quemada. Ahora, ante cada indicio de deshielo, los montones congelados de basura y nieve que se acumulaban en las esquinas de las viviendas olían a estiércol caliente, como si la cercanía de la primavera se sintiera en primer lugar en las boñigas de caballo añadidas generosamente a los montones de basura por las palas de madera de los porteros. Parecía que lo colocaban en la base de las pilas amontonadas en expansión, y por eso siempre estaba cerca, más cerca de la multitud de transeúntes que la basura de principios del invierno, que ahora estaba en algún lugar profundo y frío de estos negros y helados Apalaches y Cordilleras kievitas.

Al primer crujido del escalón inferior de la escalera de madera la puerta de la portería se abrió. La viuda del portero llamó con la mano a Samsón para que entrara en su reino nunca ventilado de olores pesados y sustanciosos.

—Han venido a verte los del Ejército Rojo —le dijo—. Querían pedirte una contribución. Ya les he dicho que eras huérfano. Les ha gustado, pero volverán de todos modos. Ahora tienen la lista entera de vecinos... Quieren echarte.

—¿Cómo? ¿Y eso?

—¡Ellos y su justicia! A cada cual le toca un rincón, no un piso. También preguntaron si había músicos en la familia... Están requisando todos los instrumentos. Quieren ser ellos quienes marquen el compás.

—Teníamos un violín —recordó Samsón—. Podría dárselo, mi padre era el único que sabía tocarlo.

—Bueno, no te he llamado para eso. ¿Has pensado en lo de casarte?

El muchacho miró sorprendido a los ojos de la viuda.

—No —reconoció.

—Tengo una chica a la vista. De las instruidas, pero que sabe hacer de todo. También defender el piso para que no os echen.

—¿Cómo va a defenderlo? —Samsón no la creyó.

—No se chupa el dedo, puede ser blanda como la mantequilla, pero también dura como el hierro fundido. Tendrías que verla. Con una mujer así da igual si no tienes un arma. A estas hasta los soldados las temen. ¿Sabes qué? Pásate esta tarde a comer arenque. También la invitaré a ella y así podrás conocerla.

Perplejo, Samsón subió a su casa. Sin descalzarse y sin quitarse el abrigo de estudiante, se dedicó a dar vueltas por el piso, donde, en realidad, sentía frío y soledad. De pie frente a los tres leños de abedul que estaban junto a la estufa izquierda, resopló con fuerza. Tenía que bajar al sótano a por leña, con tres leños solo se calentaba la portezuela de hierro fundido de la cámara, pero para que el muro de azulejos de la estufa emitiera calor se necesitaban unos diez.

Su mirada se detuvo en la lata de caramelos en cuyo interior había escondido de los dientes de los ratones la cajita de polvos. La cogió, la llevó de vuelta al despacho de su padre. La metió en el cajón de la mesa. Todavía no existían los ratones capaces de roer una lata.

Se cambió el abrigo de estudiante por una chaqueta vieja de guata de su padre y se fue al sótano a por leña.

Capítulo 5

Sonó un golpe rudo en la puerta cuando ya chisporroteaban los leños de abedul por toda la estufa que calentaba tanto el comedor como su dormitorio. Y, después del golpe brusco, enseguida otro toque, cortés e interrogante, resonó en la puerta.

Samsón vio en el umbral a dos soldados del Ejército Rojo, eran de estatura diferente, pero aproximadamente de la misma edad que él, con un capote arrugado y como de una talla más grande de la necesaria. A su lado, de perfil, la viuda del portero. Samsón comprendió que el primer golpe rudo en la puerta había sido de ellos y el segundo, el cortés, de ella. Por lo visto, les mostraba cómo debía llamarse a la puerta en una ciudad.

—Son otros —le dijo a Samsón señalando a los soldados que lo miraban fijamente con aire turbado y hostil al mismo tiempo—. Les he dicho que no tienes máquina de coser, pero no me creen. ¡Muéstraselo!

—¿Y para qué quieren una máquina? —se sorprendió Samsón y, por si acaso, les miró las manos que sobresalían de las amplias mangas del capote. Ambos tenían dedos de campesinos, aunque eran finos, como los de los músicos y los sastres.

—Es lo que nos han ordenado —respondió el más alto, intentando dar un toque de rudeza a su voz. Puede que tuviera los mismos años que Samsón.

—Pasen, miren ustedes —Samsón se encogió de hombros—. En casa no cosía nadie.

Los soldados entraron al pasillo, a la sala, miraron por todos lados con precaución.

—¿Y ahí? —preguntó el más bajo, deteniéndose ante la puerta del despacho de su padre.

Sin esperar a que se lo permitieran, echó un vistazo.

—¿Para qué han colgado eso por toda la pared? —Se volvió hacia Samsón.

—Para adornarlo —respondió sin más este—. A mi padre le gustaba hacer cuentas...

—¿Y dónde está?

—Lo mataron hace poco.

—¿En la calle?

—En la calle, sí —confirmó Samsón, y comprendió que ahora ambos soldados iban a fijarse en la cabeza vendada.

—¿Y a usted qué le pasó?, ¿le hirieron? —preguntó el pequeño.

Samsón asintió en silencio.

—Huy, aquí se está calentito, ¡mira! —lo distrajo el que era más largo con la mano apoyada en el muro de azulejos.

—¡Qué es eso de calentarse! —les gritó la viuda del portero, que se había quedado en el pasillo, en la entrada de la sala—. No hay ninguna máquina de coser, ya lo habéis visto. Pues, hale, ya podéis iros.

—¿Por qué es tan mala, eh? —El pequeño se quitó el fusil del hombro—. Voy a meterle una bala en la frente, a ver qué le parece.

En los ojos de la viuda centelló el temor, Samsón lo notaba. Pero no le tembló ni un músculo de la cara.

—Yo sí que te voy a dar en la frente, ¿quién crees que invita a *kvas* a tu comisario? Ahora voy y se lo cuento.

El pequeño se echó de nuevo al hombro el fusil.

El largo estiró el brazo y pasó los dedos por la manga de la chaqueta acolchada de guata que Samsón no se había quitado después de bajar a por leña.

—¿Y su padre no habrá dejado algo para abajo? ¿Calzones, por ejemplo? —preguntó—. Aquí el invierno se alarga, la verdad, no como en mi tierra.

—¿De dónde es? —se interesó Samsón.

—Del sur, de Melitópol.

Samsón se acercó deprisa a su dormitorio, abrió el baúl que estaba en el rincón derecho, buscó un par de calzones suyos y se los sacó al soldado. Notó que el pequeño miraba al grande con envidia y que tragaba saliva de mala manera.

—Venga, vamos —empezó a meterles prisa la viuda del portero—. Pero quedaos con que en este piso no hay material de costura...

Salieron sin despedirse, mientras que la viuda sí se demoró un instante. Le recordó la invitación para el arenque de la tarde.

Una hora antes del arenque, a Samsón se le manifestó cierta disposición romántica. Le preocupaba una cuestión que había estado dos años sin inquietarle: ¿qué aspecto tendría? Encontró enseguida una camisa blanca. Los pantalones del uniforme de estudiante lo pusieron un poco nervioso, porque resultó que no estaban en el armario, sino en un saco de lienzo dentro del baúl junto con las sandalias de verano. Antes podía llevarlos sin cinturón, pero ahora se le caían. El cinturón también apareció en el fondo del baúl con sus cosas, pero sin hebilla. Después de otro rato hurgando, descubrió la vieja hebilla de bronce del colegio con dos ramas de laurel en forma de uve y una e mayúscula sobre el fondo de un abanico de plumas para hacer caligrafía. Así vestido, se probó la chaqueta de estilo militar, y se quedó tranquilo al verse en el espejo y encontrar heroicamente atractiva la cabeza vendada.

Antes de bajar a casa de la viuda, se afeitó con una navaja barbera hasta casi sacar brillo a las mejillas, se roció con colonia floral de Brocard y al instante se arrepintió un poco. El excesivo afeitado le hacía pasar más por una víctima que por un héroe. Y la chica podía interpretar el olor de la colonia burguesa como una debilidad suya o, peor aún, como protesta contra los olores de la vida nueva. Después de quitarse la colonia con agua jabonosa, se secó con una toalla fría que olía muchísimo a humedad.

El aire en la cocina de la viuda estaba esa tarde más saturado de lo habitual. Muy cerca del hornillo de queroseno borboteaba una cazuela a la que no hacía falta mirar, porque era lo que colmaba toda la cocina de un cálido olor a patatas. En la mesa redonda, cubierta con un mantel blanco de lino, lucían tres platos distintos de la misma vajilla: uno de postre, uno de entrantes y otro de plato principal; al lado de cada uno había un tenedor tosco, de aspecto proletario. En el centro, a la misma distancia de los tres platos, había una mantequera de porcelana en forma de gallina.

—Nadiezhda no está, pero ha prometido venir —informó la viuda tras ofrecer asiento al invitado.

«Es un nombre bonito», pensó Samsón.

—Ya me perdonarás, no quería llevarlos a tu casa, normalmente los cubro de insultos y se van. Pero estos, nada: debemos comprobarlo nosotros. Y yo les digo: pero si somos de la misma mata, ¿qué pasa?, ¿que no me creéis? Pero les daba igual todo...

—No pasa nada, está bien —probó a tranquilizarla Samsón.

—Y tú, la próxima vez, no les des lo que te pidan. Porque, cuando venga uno al que no puedas decir que no, ya habrás despachado todo a alguno al que podrías no haberle dado nada. Igualito que tu padre, Dios lo tenga en su gloria...

Una llamada en la puerta distrajo a la viuda y dotó de ligereza sus movimientos. Se levantó volando de la mesa. Rechinó la puerta.

—¡Ay, Nadienka! ¡Qué bien que hayas venido! ¡Pasa!

Al ritmo del golpeteo de unos zuecos de madera en el suelo también de madera, entró en la cocina una muchacha de apariencia excesivamente atlética, alta, de cara redondeada y cuerpo voluminoso, pero no gorda, vestida con zamarra negra de piel de oveja, abotonada a duras penas, por lo que la zamarra parecía hinchada, y una falda clásica larga, por debajo de la rodilla.

Antes de sentarse en la silla que le ofrecía la viuda, se desabrochó la zamarra, y entonces se pareció a una florecilla: debajo de la zamarra bruscamente abierta se reveló una blusa de felpa color burdeos abotonada hasta el cuello. Nadiezhda se desató el pañuelo gris de Oremburgo que llevaba en la cabeza, se soltó el botón superior de la blusa y solo entonces se sentó, lanzando una mirada amistosa a un sonriente Samsón.

—Nadia. —Le tendió la mano por encima de la mesa.

—Samsón —se presentó el muchacho, sintiendo el firme apretón de manos de ella y lanzando una mirada acogedora y un pelín lastimera a sus ojos verdes.

—Huele muy bien. —Se giró ella a la anfitriona, de pie junto al hornillo de queroseno.

—Enseguida estará todo listo, Nadienka. A ver, un plato.

Tres patatas toscamente peladas y envueltas en vapor cayeron en el plato llano, que le tocó a Nadia. Otras tres fueron al platito para entrantes de Samsón. La viuda se sirvió dos en el de postre. Después, una vez sentada, le quitó la tapa-lomo a la gallina-mantequera y, orgullosa, echó una mirada a sus invitados. En la gallina-mantequera había un arenque con piel cortado en trozos grandes y adornado con unas hojitas verdes.

—Huy, ¿de dónde ha sacado la lechuga? —se maravilló Nadiezhda.

—No es lechuga, son hojas de geranio. Para adornar. —La voz de la viuda se volvió culpable—. No se comen. Son amargas.

Apartó con las manos las hojas, las llevó al poyete de la ventana y las echó a la maceta del geranio.

—¿Tomaréis una copita? —preguntó servicial.

—Si no está muy agrio —asintió Nadiezhda.

—No está agrio, no —se sonrió la dueña—. Está amargo.

Los primeros cinco minutos del ágape transcurrieron en silencio, pero después la conversación surgió por sí sola, partiendo del frío de la calle y del arenque y ascendiendo poco a poco a los problemas de la vida cotidiana y de la alimentación.

—Es todo bastante difícil con los nuevos empleados —se lamentó Nadiezhda—. Vienen, te dicen que saben hacer de todo y luego resulta que solo quieren entrar en calor. Y ni siquiera saben escribir sin faltas.

—Vaya, ¿su trabajo está bien caldeado? —se animó Samsón.

—¡Bastante bien! Pero el fogonero se queja, dice que casi todos intentan robar leña, aunque sea escondiendo un leño pequeño debajo del abrigo. A veces yo misma los controlo en la salida. Y les digo: debería daros vergüenza robar así.

—Nosotros hemos tenido suerte —suspiró Samsón—. En el sótano hay una reserva de abedul desde los tiempos del Directorio. Creo que debieron de llevársela de algún sitio y luego nos requisaron el sótano para la leña. Pero, bueno, el sótano se quedó aquí. Y también se quedó la leña, pero ya no existe el Directorio.

La viuda le lanzó una mirada punzante y molesta a Samsón, y este comprendió que se había ido de la lengua.

—Bueno, ya se está acabando, claro —decidió dejar resuelto el tema—. ¿Y dónde voy a conseguir luego leña? No tengo ni idea.

—La leña es un antiguo bosque, así que es en el bosque donde hay que recogerla. —Nadiezhda se encogió de hombros—. ¿Y usted a qué se dedica, Samsón?

—Pues a soportar las desgracias que han caído sobre nosotros... —Fue la respuesta inicial de Samsón, pero entonces captó otra mirada punzante de la viuda—. Han matado a mi padre y me ha tocado...

—¿Algún delincuente?

—Unos cosacos a caballo... ¡En el camino! Asestaban sablazos a la gente así como así.

—No es fácil mantener el orden. —La viuda meneaba la cabeza.

—Cierto —convino la muchacha—. Por culpa del pasado desgobierno, el pueblo está asilvestrado... En cuanto la autoridad se afiance y enseñe los dientes, ya no volverá a pasar. ¿Y cuál es su profesión, Samsón?

—En la universidad estudiaba máquinas eléctricas. ¿Y usted?

—Farmacia, pero ahora estoy en la oficina de estadística de la región, recojo datos.

—¿Es interesante?

—El trabajo no debe ser interesante. —De pronto, la voz de la muchacha se volvió fría—. ¡El trabajo debe ser importante y útil para la sociedad!

—Me gusta su resolución. —Samsón se atrevió a hacerle un cumplido y al instante captó una mirada aprobadora de la viuda.

Nadiezhda dio la impresión de haberse puesto colorada. Se tocó el pelo castaño y muy corto, comprobó con un dedo que el flequillo, desde cuyo borde hasta las pobladas cejas quedaba alrededor de un centímetro, estuviera igualado.

—Intento ser un ejemplo para el hombre del futuro —dijo con suavidad—. El hombre del futuro debe ser resolutivo, trabajador y bueno. Mis padres, aunque son de los de antes, están de acuerdo conmigo.

—¿Y en qué zona de Kiev vive? —preguntó Samsón.

—En Podol. Pero trabajo aquí cerca, unas pocas casas más allá.

—¿Y todos los días se hace a pie el camino de ida y vuelta?

—A veces a pie, a veces en tranvía.

—Nadienka, deberías mudarte a aquí —empezó la viuda—. Mira, Samsón ahora se ha quedado solo. Te cedería encantado un cuarto.

—Mi salario no da para alquilar una habitación. —En la voz de la muchacha resonó cierto pesar.

—Pues instálese sin pagar —propuso Samsón—. Considere la habitación una requisición por necesidades del servicio.

—Para requisar es necesario que los jefes preparen unos documentos —dijo la muchacha completamente en serio.

—Estaba de broma, como si fuera una requisición de broma.

—¿Sabe una cosa, Samsón? —La muchacha suspiró—. Regresar a casa a oscuras después del trabajo no es cosa de broma.

Samsón se disculpó, repitió la invitación, que, a decir verdad, había hecho en primer lugar la viuda.

Mientras tomaban té, se oyeron disparos en la calle y unos desconocidos echaron a correr entre gritos.

—Me voy ya. —Nadiezhda se había puesto nerviosa con los ruidos.

—Quédese —le pidió Samsón.

—No, me voy. O mi madre no pegará ojo en toda la noche.

Se puso de pie, se abrochó la zamarra y se ató el pañuelo cálido en la cabeza.

La viuda se quedó mirando fijamente a Samsón con aire interrogador. Este reaccionó.

—¡La acompaño! —dijo con firmeza, al estilo militar.

—Gracias —accedió la muchacha.

—Espere un minuto, que me pongo algo de abrigo —pidió él.

Capítulo 6

El Kiev nocturno por el que regresó a casa desde Podol impactó y asustó sin cesar a Samsón. Si, mientras acompañaba y escuchaba a Nadiezhda, bromeó un poco y hasta corrió por Kreschátik en pos de un tranvía que transportaba, junto con los pasajeros, unos sacos custodiados por soldados del Ejército Rojo, habiendo prometido a Nadiezhda que lo pararía y que convencería al conductor y a los soldados para que los llevaran al menos hasta la plaza de la Duma, el miedo sustituyó al desenfado en cuanto la puerta verde del portal de una casa de dos plantas en Naberézhno-Nikólskaia se cerró tras la muchacha. Hasta la plaza Alexándrovskaia llegó caminando tranquilo por unas calles sin gente, temibles por su vacío repentino. Pero, en cuanto pisó Alexándrovskaia, sobre su cabeza retumbó una ráfaga de fusil y Samsón se agachó tanto sobre el pavimento que por poco lo roza con las manos. No consiguió identificar de qué lado había llegado la ráfaga. Se acordó de las palabras del doctor Vatrujin sobre que el pabellón auricular, liberado de la oreja, le llevaba a la cabeza todos los ruidos sin discriminarlos ni situarlos. Comprendió, al menos, la procedencia de la ráfaga: había llegado de la derecha. Se obligó a enderezarse y acelerar el paso para cruzar cuanto antes el espacio abierto de la plaza.

Entonces, precisamente por el lado izquierdo, empezó a tintinear un tranvía que se acercaba. Era tarde para que pasaran los tranvías, así que solo podía ir a las cocheras. Parado debajo de un árbol, fusionado con su tronco en la oscuridad, miró al vagón que se aproximaba. Lo miró y se sorprendió al comprender que no iba vacío, sino que transportaba a gente y que esa gente era demasiado similar: miembros del Ejército Rojo. Sin detenerse en la parada, el tranvía siguió por Mezhigórskaia para desaparecer tras las oscuras moles de unos edificios de dos y tres plantas.

Samsón esperó un minuto y se apresuró al lateral izquierdo del mercado de abastos y, desde allí, cuesta Andréievski arriba.

Pero en Andréievski lo aguardaba otro sobresalto. Porque pronto oyó un intercambio de gritos cortos y furiosos lanzados por voces masculinas; se paró y se escondió tras la esquina de una casita de una planta con ventanas oscuras. Desde allí vio que se abría de par en par la puerta de una casa al otro lado de la cuesta, un poco más arriba, y que varios miembros del Ejército Rojo sacaban por ella unos muebles. Tras ellos salió corriendo un hombre en pijama y se puso a tirar de la manga de uno de los soldados. El segundo soldado se quitó el fusil del hombro y atravesó con la bayoneta al hombre en pijama. Este se quedó sentado al principio, pero después cayó de bruces contra los adoquines. Un caballo bufó. «¡Carga!», gritó alguien, y el caballo tiró hasta la luz de una farola pálida una telega, y entonces los soldados empezaron a lanzar unas sillas, luego levantaron y colocaron dada la vuelta una mesa de comedor de pequeñas dimensiones, seguramente para cuatro personas.

La puerta se quedó como estaba, abierta de par en par. El cochero fustigó al caballo e hizo que girara el hocico hacia arriba, en dirección a la iglesia de San Andrés Apóstol. La telega tiró lentamente de su carga, mientras los del Ejército Rojo, que serían unos cuatro, empezaron a saltar para subirse a ella. El cochero intentó pararlos a voces, pero se calló rápido, tras recibir como respuesta la promesa de que lo ayudarían a abandonar esta vida.

Cuando la telega desapareció tras la suave curva de la cuesta, Samsón se acercó corriendo al hombre en pijama. Ya no respiraba. Entonces echó un vistazo por la puerta abierta, gritó: «¿Hay alguien?» y, sin esperar respuesta, cruzó el portal y dio un paso hacia otra puerta abierta. Allí, en un piso no muy grande, estaba todo revuelto y tirado en el suelo. Una taza rota crujió bajo sus pies. Samsón vio un cable tendido por la pared hasta la araña. Encontró el interruptor. Sonó un chasquido, pero no se encendió la luz. Esa noche no habían dado electricidad a las propiedades particulares.

Se quedó un momento en la calle junto al cuerpo del asesinado, después suspiró largamente y se apresuró calle arriba, hacia la plaza Mijáilovskaia. Iba deprisa, aunque deteniéndose y aguzando el oído una y otra vez, porque no tenía ganas de alcanzar accidentalmente la telega con los soldados y los muebles requisados a tan alto precio.

Entró en casa pasadas las dos, envuelto por los desagradables olores de las calles sin limpiar, condensados por la humedad nocturna. Se quitó la chaqueta acolchada de guata, la olió con temor. Le pareció que se había empapado de todos esos efluvios enervantes para un alma agotada. Volvió a vestirse para entrar en calor. Las fuerzas le llegaron para prender en la estufa tres leños, de los que, claro está, habría más olor cálido que calor. ¡Pero no iba a quedarse junto a la cámara hasta la mañana! Se quitó los pantalones y se acostó con dos pares de calzoncillos y un suéter de punto sobre la camisa abrigada de invierno.

Sin embargo, no logró dormir lo suficiente. Apenas había empezado a vislumbrarse el gris del amanecer aguado de marzo tras los cristales cuando aporrearon la puerta bruscamente. Exactamente igual que la víspera, cuando vinieron los soldados que registraban las máquinas de coser en manos de particulares. Pero, entonces, después del golpe brusco sonó un golpe educado, de la viuda del portero. Esta vez parecía que ella no estaba con quienes habían llamado.

Tambaleándose, Samsón salió al pasillo, entreabrió la puerta y al instante lo empujaron a un lado y metieron algo en el piso. Todo pasó en penumbra. Todavía no había electricidad, como tampoco sol tras los cristales, y al somnoliento dueño del piso ni se le había ocurrido prender una vela.

Pero sí había observado que los visitantes volvían a ser soldados del Ejército Rojo con sus capotes color ratón. El taconeo de sus botas se le agolpaba en la cabeza, le infligía dolor. Samsón se apretó por debajo de la venda el pabellón auricular descubierto, retrocedió. Y entonces ante su cara estalló un fósforo y alguien lo miró a los ojos. Ese alguien, bajito y con los ojos entornados, le resultaba conocido.

—¡Muy buenas, señorito! —dijo—. Estuvimos aquí, ¿se acuerda?

Samsón asintió.

—De momento solo hemos venido a traer nuestras cosas, tres cajas. ¡Ni tocarlas! Luego nos instalaremos. El comandante nos ha dado un papel. ¡Todo está en regla!

Y le tendió a Samsón un trozo arrugado de papel.

De repente, se hizo el silencio en el piso, pero en la calle, tras los cristales, empezó a relinchar un caballo y se oyó el chirrido de ruedas de una telega.

Samsón se lavó y se vistió. Bajó a la planta baja, llamó donde la viuda.

Ya no dormía, lo recibió en el umbral con una lámpara de queroseno en la mano, pero no lo hizo entrar en el piso.

—¡Dicen que se van a instalar en mi casa! —se quejó Samsón.

—¿Y qué quieres que haga yo? —resopló ella—. Quizá a tu padre le quedaran amigos que puedan echarte una mano.

—De acuerdo, discúlpeme. —El muchacho se dio la vuelta, pisó el primer escalón, que crujió lastimero.

En cuanto hubo regresado a su piso, empezó a funcionar la electricidad. Pegadas a la pared, en el pasillo, había tres cajas militares sin candado. Samsón levantó la tapa de la que le quedaba más cerca. Encima había un portier de terciopelo. Levantó el borde y vio un candelabro de plata, hormas de madera para calzado, un martillo de zapatero, una cámara de fotos.

Se acordó del papel que había recibido del soldado pequeño. Lo leyó: «Por la presente hago constar que a los miembros del Ejército Rojo Tsvigún Antón y Bravada Fiódor se les ha concedido alojamiento en la dirección: Zhiliánskaia, n.º 24, piso 3. Los hospederos del piso están obligados a darles de comer y a suministrarles tres mudas de ropa interior, sin incluir aquí dos mudas de ropa de cama». Al final, un comisario y una firma indescifrable; encima de esta, un sello borroso.

Samsón estaba completamente abatido. «¿Qué les voy a dar de comer?», se preguntaba.

Recontó los *kérenki*, *karbóvantsy* y *dumki* que quedaban en casa, encontró varios billetes y monedas de la época zarista. Estos últimos hacía mucho que nadie los aceptaba en Kiev, claro, aunque a saber, la gente de Denikin no andaba lejos y decían los rumores que estaban atacando. El propio Denikin era partidario del zarismo; si vencían, seguro que volvería el dinero con las águilas bicéfalas. Los billetes zaristas seguían siendo los más grandes y los más bonitos. En los dedos crujían de tal forma que en la cabeza se replicaba el crujido entre los dientes de una manzana recién cogida. Los *kérenki* y los *karbóvantsy* no crujían nada de nada. Y su tamaño hablaba más de una crisis en el negocio papelero que de la capacidad de pago. Aunque de la capacidad de pago también podía contar cosas el tamaño, si se tenía en cuenta qué cantidad de *kérenki* y *karbóvantsy* era posible colocar sobre un billete zarista de tres rublos o incluso sobre uno de cien.

«Quizá debería buscarme un trabajo —se planteó Samsón, comprendiendo que el dinero no le iba a durar mucho y recordando lo que había contado Nadiezhda de su trabajo—. No le cansa lo que hace, le gusta ser útil y, además, recibe un salario del Estado. Y en la cartilla del pan estás en el primer grupo, ¡no en el tercero!».

Samsón quiso pedirle consejo a alguno de los que se habían adaptado a la nueva autoridad. El doctor Vatrujin no servía para consejos. Estaba claro que se escondía de todo lo nuevo. De aquellos con los que había estudiado Samsón, solo Babukin vibraba con la revolución, no con la afición al saber. Debía bajar a Stolípinskaia a verlo. Como alguien a quien Samsón siempre le había dado en préstamo, recordaría su vieja amistad y le prestaría ayuda.

Alentado con esta decisión, Samsón se tomó para desayunar *kasha* de avena de las reservas despenseras, después se bebió un té, cuyo envase, comprado no hacía mucho por cien *kérenki*, evocaba a la India con sus elefantes.

Se disponía a salir cuando llegaron los dos soldados a los que el comisario con su indescifrable firma había concedido alojamiento en casa de Samsón.

—Estaba a punto de salir —farfulló desconcertado cuando ellos, dando golpes, colocaron los fusiles en medio del pasillo con la culata para abajo.

—Sí, claro, váyase, váyase, ya ve... —Hizo un gesto con la mano el alto.

—Usted debe de ser Fiódor —supuso el muchacho recordando los nombres del papel.

—No, yo soy Antón, él es Fiódor. —El alto clavó un dedo en su pareja.

De los capotes que se habían quitado subió por el pasillo una oleada de olor a sudor reciente.

—No, primero vamos a colocarlos —propuso Samsón, pensando que podían ocupar su dormitorio sin pedirle permiso.

—¿Qué quiere colocar? ¡Ya estamos colocados! Nos instalaremos en la habitación pequeña, la que tiene los ábacos colgados en las paredes —dijo Antón—. No necesitamos mucho espacio y no queremos molestarte.

Samsón asintió.

—Entonces ¿puedo irme? —preguntó.

—Claro, claro, si aquí es usted el dueño. Pero deje la llave. Si nos vamos a algún sitio, no la echaremos —añadió Fiódor, el de menos estatura.

En la casa de tres plantas en Stolípinskaia la puerta del portal estaba cerrada a cal y canto y nadie respondió a la llamada cortés de Samsón. Entonces, cabreado, empezó a aporrear la puerta con ambos puños. Y en ese momento pensó que justo así habían aporreado su puerta los dos soldados del Ejército Rojo que ahora ocupaban el despacho de su padre. Y paró. Iba a darse la vuelta, pero entonces la puerta se entreabrió con miedo y por el vano se asomó un rostro de viejo con la boca abierta por el susto.

—¿A quién busca? —La voz del anciano temblaba por el tono y la irritación.

—A Alexandr Babukin.

—Alexandr Valentínovich está trabajando. Vendrá hacia las siete.

—¿Sí? —se alegró Samsón—. En ese caso, esperaré.

—Claro, espere. Vaya allá. —Por la puerta apareció una mano que se extendió hacia la izquierda—. En la esquina de la travesía Chéjovskaia hay un comedor soviético. Se está caliente.

Capítulo 7

En el centro de la ciudad habían abierto ya unos quince comedores soviéticos. Samsón lo sabía por la viuda del portero. También que en ellos daban de comer a los trabajadores estatales con unos cupones especiales y que en estos cupones para comer no entraba el pan.

Dentro lo recibió un apetitoso olor a *kasha* de trigo un pelín quemada. Se acercó precavido a la cocinera que estaba detrás de la mesa de entrega.

—¿Dan comidas sin cupón? —preguntó.

—¿Está en la lista del comité ejecutivo regional? —preguntó ella y, con la vista, empezó a buscar algo por debajo de la mesa, seguramente la lista.

—No, no, solo preguntaba, me ha entrado hambre.

Ella echó un vistazo rápido al local del comedor, donde en ese momento no había más que una mujer tomándose ruidosamente una sopa con cuchara.

—Está bien —suspiró, y dijo en voz baja—: *Kasha* de trigo con un añadido y té. Seis con cincuenta.

—¿En cuál? —se interesó Samsón precavido.

—¿Cuál tiene usted?

—*Kérenki.*

—En ese caso, veinte. —Su voz se convirtió en un susurro.

La *kasha* de trigo con un añadido marrón espeso era difícil de masticar, pero estaba rica. El extremo del mango de la cuchara de un metal extraño gris y ligero, puede que de aluminio impuro, tenía impresa una estrella pentagonal. Esta distraía continuamente a Samsón de la comida, quería examinarla bien. Además, la mano, acostumbrada a los cubiertos de mesa pesados y nobles, sujetaba la cuchara sin seguridad, casi con indulgencia. A todo esto se le añadía la sensación de que la cuchara tenía su propio sabor ácido y mohoso, que se quedaba en los labios después de cada roce. Este regusto Samsón se lo quitaba dando sorbos al té. La dulzura del té empujaba la *kasha* a lo profundo de la faringe, de la garganta, del esófago. A medida que se iba vaciando el plato con la inscripción azul COMEDOR SOVIÉTICO en el borde, el estómago se le iba llenado de gravedad y de sosiego. Poco a poco sus pensamientos se apartaron de la comida y empezaron a «embelesarse» en otros temas. Se acordó de Nadiezhda, a quien, antes de conocerla, se había imaginado frágil, fina, etérea. Después del encuentro que había convertido esa representación en todo lo contrario, no se había sentido desilusionado. En su constitución deportiva, incluso en cómo le costaba abrocharse la zamarra negra de astracán, en todo esto a él le parecía sentir una estabilidad increíble, casi acrobática, frente a una vida cotidiana que había perdido esa misma estabilidad y frente a sus retos y problemas.

«¿Cómo le voy a dar una habitación si me han colocado a unos soldados del Ejército Rojo? —meditaba no sin amargura—. A ver si los trasladan a algún sitio dentro de poco. ¡El ejército no puede vivir repartido por los pisos de los ciudadanos!».

Sasha Babukin lo recibió con desconfianza, pero lo dejó pasar. Lógicamente, después de las dos revoluciones de 1917 y después del sangriento 1918, todo hombre que se encontraba a un conocido, incluso a un amigo, al que no había visto en los dos últimos años, se cuestionaba no sin terribles presentimientos: ¿qué habrá estado haciendo en ese tiempo de disturbios y sangre?

—¿Sigues viviendo allí, en Zhiliánskaia? —preguntó Babukin precavido, mientras se retocaba los extremos finos, caídos, del bigote recortado de una manera especial, no como se llevaban antes. Antes las finas y puntiagudas brochas de ambos lados miraban un poco para arriba.

—Sí, allí sigo. —Samsón se sentó en la silla que le habían ofrecido, junto a la mesita de ajedrez—. Pero ahora estoy solo. Hace poco mataron a mi padre, y mi madre y Vérochka murieron de una infección pulmonar.

—¡Qué desgracia! —dijo meditabundo Babukin y se mordió los gruesos labios.

Él también conservaba la densidad del cuerpo a pesar de las crisis de comestibles que con sorprendente regularidad mudaban de nombre, pero no de sentido. A la crisis panadera le sucedió la láctea y la mantequillera, a esta le sucedió la cárnica, a la cárnica la cerealística y, de nuevo, la panadera.

—¿Y la nueva autoridad no ha traído a nadie para que se aloje contigo? —Samsón ojeó el amplio salón, centrando la atención en un reloj de pie, en el que el tiempo no podía corresponder con el presente.

—No, Rádomitski me ha protegido de eso. Me entregó una salvaguardia que me liberaba de requisiciones, movilizaciones y esas cosas.

Al oír el apellido de otro de sus antiguos camaradas, Samsón levantó la vista, con curiosidad miró a los ojos de Sasha Babukin, como si le pidiera que continuara.

—Ahora es jefe en el ferrocarril —añadió el dueño del piso—. Y los ferroviarios, ya sabes, están libres de todo lo malo.

—Entonces ¿ahora eres ferroviario?

—¿Yo? ¡Qué va! Yo estoy en la estación eléctrica.

Samsón levantó la cabeza y miró la bombilla, la única que lucía en la araña de cuatro brazos.

—¡Vaya! —se sorprendió—. ¡Qué suerte! Y te han servido los estudios.

—¡Qué dices de suerte! —Babukin negó con la mano—. A ver, ¿tú pagas por la luz?

—No —respondió Samsón—. Pero es que no envían las facturas.

—¡Ningún ciudadano paga por la luz! La ciudad abona la diferencia por el tranvía y ayuda con el combustible. Y ya. ¡Pero casi no queda combustible! Ahora hacemos electricidad con leña. En el Dniéper quedan dos barcazas con leña, pero ¿después? ¿Desmontamos los puentes de madera?

—Oh, claro... —El huésped asintió compasivo—. Me he fijado en que ya solo hay luz por la tarde, y no todas, agua por las mañanas y por las tardes, y no todos los días. Yo venía a pedirte un consejo de amigo. ¿Quizá tengáis allí algún trabajo para mí? Bueno, por hacer algo.

—Trabajo hay mucho —se sonrió Babukin—. Y el salario es bueno. Solo que no lo pagan.

—¿No lo pagan?

—No lo pagan, no. Te dan cupones, cartillas, no sé qué bonos para cortes de paño. Pero casi no hay dinero. Porque los ciudadanos no pagan por la luz... ¿Quieres un trabajo así? ¡Te lo consigo!

—Tengo que pensármelo... —Samsón se quedó abatido y, en respuesta, su anfitrión volvió a sonreír una vez más, esta vez con amargura.

—Sí, piénsatelo... Y no tengas prisa. Ahora solo tienen que darse prisa los que colocan los monumentos de contrachapado.

—¿Y por qué ellos sí tienen prisa?

—Les pagan con dinero por cada cabeza de monumento. Si el busto es bicéfalo, ¡el doble! Los privilegios ahora son para los artistas, ¡no para los ingenieros!

Capítulo 8

Al recorrer el pasillo, Samsón primero se tropezó con las cajas militares, después, a oscuras, con un fusil apoyado en la pared cual escoba. Este se cayó y se disparó. Del susto, el muchacho se puso en cuclillas y oyó en medio del estruendo que, por el interior del piso, se cerraba una puerta de golpe.

Tras esperar a que reinara el silencio, volvió a hacer chasquear el interruptor de la luz solo para cerciorarse de que, en efecto, no había luz. Después pasó a la sala, encontró en el sitio habitual los fósforos y la vela. Con ella en la mano, miró a su alrededor intentando comprender dónde se habían metido los soldados. Allí no estaban, así que echó un vistazo en el despacho de su padre. Y ahí los vio en un rincón, agazapados en el suelo y con cara atemorizada, que, a la luz de la vela, resultaba todavía más dramática.

—¿Qué ha sido eso? —preguntó Antón con voz temblorosa, poniéndose de pie.

—Está oscuro —respondió Samsón con aire culpable—. Se ha caído y se ha disparado.

—¿Has dejado el fusil cargado? —Antón se dio la vuelta y atravesó a su camarada con mirada furiosa.

—¿Yo? ¡Si yo no lo he cargado! —respondió Fiódor levantándose también del suelo.

Samsón ya no los escuchaba, sino que estaba intentando comprender cómo iban a distribuirse para pasar la noche en el despacho, donde solo había una meridiana.

—Quizá sería mejor que durmieran en la sala, ¿no?

—Es demasiado grande —respondió Fiódor, rascándose la mejilla sin afeitar—. Es difícil mantener las defensas.

—¿Qué defensas? —Samsón no entendió nada.

—Ya sabe, si nos atacan. Siempre hay que estar listo para mantener las defensas. Esto es más pequeño, es más fácil.

—¿Y cómo van a mantener las defensas si tienen los fusiles en el pasillo?

Sin haber captado la ironía en la pregunta, los soldados se miraron.

—No, los meteremos aquí por la noche —dijo Antón—. Eso sí, necesitamos un colchón y mantas que abriguen.

Samsón les buscó en el trastero dos colchones estrechos, sacó del baúl la ropa de cama. Incluso una almohada grande con un fuerte olor a *sapocárbol* para las polillas.

En el suelo del despacho sobresalía el poyete de la ventana, así que las cabezas se daban contra el escritorio y, por supuesto, los pies contra la meridiana.

—Hale, váyase, es hora de dormir. —Antón decidió echar al dueño en cuanto la cama estuvo lista en el suelo.

Samsón se fue. Calentó un pelín su estufa, prestando oídos a los susurros en el despacho de su padre. Después, se acostó.

El sueño tardó en llegar, le molestaba el viento melancólico tras los cristales. Pero fue cesar el viento y Samsón se sumergió lentamente en el reino de Morfeo. Ya sentía sus cálidas olas en las mejillas cuando, de pronto, resonó un cuchicheo en algún lugar cercano:

—Oye, tú, ¡muévete! —Esa voz pertenecía claramente a Antón.

—¿A dónde? ¡Si ya estoy en el borde! —susurró en respuesta el segundo soldado.

—El colchón está como húmedo, ¿no? Habría que haberlo tratado con algo de vapor.

—Esas estufas no valen para nada, son como paredes, calientan el aire y ya.

—Justo. Y creo que ni eso. ¡Es un tacaño con la leña!

La claridad de lo que oía puso en guardia a Samsón, que abrió los ojos. Se comprobó la venda con una mano: esta se deslizó, dejando al desnudo el pabellón auricular.

—¿Y si lo matamos? —murmuró Fiódor—. Es un inútil, y el piso es valioso. Si buscamos bien, encontraremos de todo.

—Duérmete, Fedia —respondió el otro—. Todo lo que haces es matar. Cuando lo prohíban y te hayas acostumbrado, ¿qué vas a hacer?, ¿echarte a los caminos?

—¿De qué costumbre hablas? ¡No me he acostumbrado! Me da cosa ver a los muertos.

—¿Y qué dijo ayer el comisario? ¿Ya no te acuerdas? Dijo que nada de muertos por casualidad.

Samsón se colocó bien la venda, se incorporó con cuidado en la cama, todo él convertido en oído. Ahora ya le había quedado del todo claro que su oreja seccionada, que estaba en un cajón del escritorio del despacho de su padre, le estaba advirtiendo del peligro. ¿Cómo si no iba él a oír esos murmullos?

«¿Debería huir?», pensó, pero enseguida sacudió la cabeza, rechazando la idea. No tenía a dónde ir. Podría bajar a casa de la viuda, quedarse allí hasta la mañana siguiente. Ella lo dejaría. Pero ¿qué haría después? Además, era su casa, ¡su piso! ¿Por qué debía huir él? ¿Y si se hacía con un fusil y los mataba? Pero a ver cómo comprobaba que en el otro, en el que no se había caído y disparado, había un cartucho. Y, aunque tuviera uno, ellos eran dos, así que el segundo lo mataría a él luego. Y ellos sabían matar, les enseñan en el ejército. ¿O quizá en el ejército aceptaban únicamente a quienes habían aprendido solos a matar? Hacía un año había muchísimos cadáveres por las calles de Kiev. Y después también. Y cuando mataron a su padre...

Samsón se levantó de la cama con cuidado. El frío suelo de madera le pinchaba los pies desnudos. Tanteó hasta dar con las zapatillas, se las puso y los pies entraron en calor.

—No hay que matarlo —susurró de nuevo Antón y, por un instante, Samsón se sintió agradecido.

—Solo era una propuesta... —reculó Fiódor y bostezó con fuerza.

—¿Quieres vivir en un piso con un cadáver? —siguió el soldado alto—. Ya no puedes sacarlo y tirarlo en la calle sin más. El portero lo vería y presentaría una queja, y encima están las patrullas...

—Tengo frío... Y me están picando los piojos, serán cabrones... Seguro que también tienen frío. —Fiódor bostezó otra vez.

—¿Cómo van a tener frío? ¡Si tú estás vivo! ¡Todavía das calor!

Luego se quedaron callados y, apenas un minuto después, Samsón oyó un ronquido. Al principio se asustó por si iba a estar oyendo roncar toda la noche, pero parece que quien roncaba se dio la vuelta, y en la cabeza de Samsón se hizo el silencio.

Salió al pasillo, se quedó quieto en la oscuridad. Se encogió por el aire frío. Después se vistió y, con una vela en la mano y con un saco vacío en la otra, bajó al sótano a por leña. Cogió docena y media, más o menos, y con cuidado, saltándose otra vez el primer escalón que crujía, subió a su casa.

Cargó la estufa-chimenea desde la que el calor llegaba también a su dormitorio. Después resolvió cargar también la segunda estufa de la sala, aquella cuya pared posterior calentaba el despacho de su padre. Aquí ya no escatimó en leña, pensando que con el calor los soldados dormirían más y, quizá, se despertaran de buen humor, pacíficos.

En efecto, por la mañana salieron del despacho apacibles. Resoplaron por turnos mientras se lavaban con agua en el cuarto de baño: para su sorpresa, la cañería funcionaba.

Después, sin haber dicho ni una palabra, se fueron con el fusil al hombro.

A la luz del día, Samsón reparó en que la bala que salió volando del fusil la noche anterior había hendido la gruesa puerta de roble del pasillo a la sala, y se había quedado encajada. El daño en la puerta resultaba desagradable a la vista, aunque era imperceptible, porque estaba debajo, casi a ras del suelo.

Los pensamientos regresaron a la vida desde el disparo accidental del día anterior del fusil caído, y Samsón comprendió que había llegado el viernes y que el viernes era cuando lo había citado el doctor Vatrujin para limpiarle los ojos.

Esta vez cerró la puerta del piso con llave, dando por supuesto que el servicio en el Ejército Rojo se terminaba por la tarde. Con su chaqueta acolchada de guata y los pantalones arrugados y desaseados, para no llamar la atención en la calle, se dirigió a ver al doctor.

En Zhiliánskaia se oía el soniquete del agua bajo las botas de los transeúntes. Los montones congelados de nieve acumulada y basura tenían un olor más fuerte, lo que significaba que la primavera volvía a conquistarle al invierno su espacio en el calendario. Sin ganas, marzo se aproximaba a abril. En algún lugar no muy lejos resonó un tranvía y un instante después este emergió desde Vladímirskaia y empezó a tintinear por Zhiliánskaia hacia el final de línea.

En la esquina de Kuznéchnaia a Samsón lo detuvo el golpeteo de un martillo. Se sorprendió, miró a su alrededor y vio a un obrero subido a una escalera de madera apoyada en una casa. Estaba clavando encima del nombre de la calle Kuznéchnaia un recuadro de contrachapado con una inscripción negra: CALLE PROLETÁRSKAIA.

Delante de la casa del doctor, Samsón sintió cierta intranquilidad antes de comprender su causa. De la fachada, de encima de la puerta, había desaparecido el cartel alargado que anunciaba que en ese edificio pasaba consulta un doctor de enfermedades oculares. A Samsón se le encogió el corazón y en su memoria se abrió paso el susurro nocturno de Fiódor: «A lo mejor podemos matarlo».

Sin embargo, estos terribles presentimientos no hicieron que Samsón se diera la vuelta; se sobrepuso y llamó a la puerta cortés, como era debido.

La criada anciana del doctor enseguida dejó pasar al visitante. No presentaba buen aspecto, tenía la cara pálida y, alrededor de los ojos, unos círculos oscuros hablaban de una noche insomne.

—Ah, bien. —Al ver a Samsón, el doctor se alegró—. ¡No se ha olvidado! Pase, pase. Tóniechka terminará enseguida de limpiar esto.

En efecto, la anciana estaba barriendo del suelo un cristal roto. El doctor vestía una bata abrigada de estar por casa, pero en los hombros y en el pecho de la bata se había adherido serrín y otros restos de carpintería.

—Esta noche he tenido una aventura desagradable —empezó el doctor, sacudiendo la bata a la que, por lo que parecía, solo había prestado atención gracias a la mirada fija de Samsón—. Dos soldados irrumpieron en casa, ¡nos sacaron de la cama! Uno gritaba: «¡Cúralo!», y me apuntaba con el fusil. Resulta que, en el fragor de una discusión política, le había clavado la bayoneta en el ojo a su camarada. Y mi cartel le vino como anillo al dedo. Así que trae a empujones al pobre con el ojo fuera. Y grita: «¡Cúralo, gusano!». Y yo intento explicarle que ya no hay nada que pueda curarse. Aun así, lo llevo al despacho, le trato la herida, el otro vocifera que va a clavarme la bayoneta en un costado, me mete prisa. Le explico que no hay nada que hacer, excepto vigilar que no haya septicemia y mantener seca la cuenca del ojo. Pero él sigue: «Que lo cures. ¡O ya verás el tratamiento que te pongo yo!». El caso es que, ni hecho a propósito, en el armarito de las medicinas había una prótesis ocular, decorativa, como anuncio. En recuerdo de un difunto camarada ortopedista. El soldado del fusil rompió el cristal del armario con la bayoneta, agarró el ojo y me lo dio: «¡Pónselo! ¡Salva a mi camarada!». Le expliqué que los ojos los hacen a medida y después de que haya cicatrizado la cuenca. En fin, agarró la prótesis, se la metió en el bolsillo del capote y prometió regresar y no dejar piedra sobre piedra. Se llevó a rastras a su camarada. Entonces levanté a los porteros de dos casas vecinas y entre los tres bajamos el cartel de mi casa, los porteros se lo llevaron como pago por su trabajo, para hacer fuego. En fin, ya me he repuesto del disgusto. También dañaron la cerradura de la puerta, hay que arreglarla. ¡Muéstreme esos ojos!

El doctor liberó la córnea del ojo de Samsón de partículas ajenas, examinó la retina.

—Bien, ¿ahora ve menos rojo? —preguntó.

—Sí, menos.

—¡Al final no ha lavado la venda! —El doctor meneó la cabeza—. No puedo ponerle otra nueva, ya no le aporta ningún beneficio medicinal.

—No pasa nada, se lo pediré a la portera, ella la lavará —respondió Samsón—. Es que no he tenido tiempo. Pensaba ponerme a trabajar, pero de momento no he encontrado nada.

—¿Trabajar? ¿Con ellos? —pronunció con dudas Vatrujin. Pero luego la voz se le suavizó un poco—. Aunque quizá deba ser así. Dicen que es más fácil trabajar con ellos que con el zar. Nadie explota a nadie. Nadie está por encima y nadie inspecciona. Salario, cartillas, cupones... Yo también he pensado en colocarme en la clínica, en la de Alexándrovskaia. Fui y un estudiante veinteañero me dijo que ahora la medicina es gratuita, así que también el doctor debe sanar sin cobrar. Que los doctores ya ganaron suficiente con los zares, decía. Y yo soy un ciudadano de la clase enemiga, de tercera categoría, solo me corresponde media libra de pan. Aunque deberían darme la segunda, ¡no soy mercader! Pero nada, resulta que soy un explotador. Que tengo una criada. Y mira que le dije: «Váyase,

Tóniechka, es usted libre. Ha llegado su momento». Pero ella: «No, Nikolái Nikoláievich, ¿a dónde voy a ir? ¡No tengo a dónde ir! Me quedo con usted». Al menos han puesto orden en la ciudad. Han retirado a delincuentes y a soldados; ya solo con esto la vida ahora es más fácil.

El doctor suspiró. La citada Tóniechka apareció en la puerta del despacho, regresó después de haberse llevado el cristal roto recogido del suelo.

—Voy a prepararle un té —dijo con firmeza.

—Claro, claro —accedió el doctor—. Un té es como un medicamento que no tiene efectos secundarios.

Capítulo 9

En la madrugada del sábado los murmullos de los soldados no intranquilizaron a Samsón. Solo oyó el lamento de Fiódor sobre que echaba de menos a su madre y que, sin sus manos campesinas, ella no lograría apañarse con la tierra.

Por la mañana el sol asomó por la ventana sucia de la habitación, subrayando con sus rayos la mugre de los cristales de la ventana y el desorden generalizado por el que sus padres, de haber estado vivos, le hubieran reprendido pero bien. En la calle, empezaron a graznar animados y alegres los sonoros cuervos kievitas.

Al salir al pasillo, Samsón pensó por el silencio que se oía que los soldados aún dormían. Cogió de la despensa la escoba y el recogedor, barrió el dormitorio.

Entonces se extendió por el pasillo el sonido de un toque cortés en la puerta.

Abrió la puerta cerrada con llave.

—Ten, han ordenado que se reparta esta instrucción a todos los vecinos. —La viuda del portero le puso un papel amarillento en la mano—. Además, hoy es sábado de trabajo, limpieza obligatoria de los montones de basura y nieve de las calles. A las diez de la mañana.

La noticia sobre el sábado y el trabajo no logró ensombrecer su radiante disposición de ánimo. Sin embargo, la instrucción, imprimida ahorrando tinta, lo dejó pensativo:

«Ciudadanos habitantes, a partir del 22 de marzo del presente año en la ciudad de Kiev se procederá a requisar el mobiliario excedente para acondicionar las instituciones soviéticas. La requisición la llevarán a cabo soldados del Ejército Rojo y representantes del Comité Ejecutivo regional en presencia de los delegados del comité vecinal. A cambio del mobiliario, se emitirá un documento corroborando la lista de lo requisado con sello y firma.

»No está sujeto a requisición el mobiliario imprescindible para la vida, incluyendo aquí una silla y una cama por cada miembro de la familia o habitante, un armario, una mesa de comedor o un escritorio por familia. El mobiliario de cocina no indicado más arriba no está sujeto a requisición.

»Presidente del Comité Ejecutivo regional, firma facsimilar, sello».

Después de releer un par de veces la instrucción, Samsón decidió hacer una visita al escritorio de su padre y entró con cuidado en el despacho. Los soldados ya no estaban, pero los colchones seguían tirados en el suelo de mala manera, sus cosas también andaban por ahí caídas. Su olor permanecía inalterable, como un poste; era una mezcla extraña de rancio, humo de tabaco y aceite de automóvil o de armas.

Lo primero que hizo fue comprobar el cajón superior de la mesa. La lata estaba en su sitio, al igual que los otros papeles y el pasaporte de la familia. En el cajón inferior reinaba el orden de siempre: el portalápiz alemán a la izquierda, las facturas antiguas abonadas a su lado y las facturas antiguas sin abonar más a la derecha.

Samsón sacó las facturas sin abonar, las hojeó. Resultó que todas pertenecían al año 1917. Eran de la conducción de aguas de Kiev, también de la estación eléctrica, de la tienda de agua mineral, cerrada tiempo atrás, una de unas gafas con montura de hueso y de la farmacia por un ungüento reparador para los talones...

Dejó las facturas en su sitio, sacó del fondo de la mesa un frasquito con el ungüento Line. Su padre se curaba con él los eccemas de los pies. Le dio varias vueltas, lo volvió a guardar y cerró el cajón.

Se inclinó por encima de la mesa, abrió la ventana, con el deseo de ventilar un poco el olor de los soldados. En el despacho paterno irrumpió el ruido sonoro y locuaz de la calle, poco habitual para un sábado. En el otro lado de Zhiliánskaia dos hombres mayores y bien vestidos intentaban resquebrajar los bordes de un montón de nieve y basura acumulada: uno con una pala y el segundo con una barra algo corta.

«¡Es sábado de trabajo!», recordó Samsón, y cerró la ventana, pero no del todo, para que el despacho y la calle pudieran hacer intercambio de aire.

Vestido con la ropa más de trabajo y menos visible, Samsón bajó hasta donde su vecino Ovetski justo estaba recibiendo una barra grande y pesada de la viuda del portero.

A Samsón le tocó una pala carbonera, no muy cómoda para cascar los montones. Pero no había mucho para elegir. Por toda Zhiliánskaia se oía un ruido primaveral. Sorprendentemente, el sol se mantenía firme en el cielo y sus rayos limaban los montones congelados. Por los cantos rodados pasaban bien automóviles, bien carros y telegas. Los cocheros blasfemaban cuando bajo los cascos de sus caballos llovían trozos de hielo sucio o de nieve negra. El hielo que antes conservaba el hedor congelado de la ciudad, que había pasado el invierno en desorden, iba retrocediendo, así que el aire se estaba llenando de la pestilencia de la basura. Pero, como se hacía poco a poco, la gente tenía tiempo de acostumbrarse al olor a *kvas* agriado y a moho del año pasado y, después, a otros olores, y ninguno de estos aromas que se añadían al aire hacía que las ciudadanas no añoraran las rosas de la dacha o las polveras volcadas. Ellas también quebraban afanosas los montones acumulados junto a las casas y parecía que hasta se alegraban por esta posibilidad de hacer un trabajo físico en un día libre, en sábado, y que en más de una ocasión se había anunciado como «festivo», aunque Samsón seguía sin tener claro si el trabajo físico podía ser festivo y, en caso de serlo, cuál era la forma correcta de festejarlo.

A cincuenta *arshiny** en dirección a Kuznéchnaia, junto a un montón bastante grande, se afanaban varias mujeres y, la verdad, se afanaban con aire realmente festivo, casi bailando. Samsón miraba hacia allí cada vez que hasta él llegaban, por encima de otro ruido, del más cercano, sus voces alegres e impetuosas.

A veces pasaban por allí patrullas del Ejército Rojo que, deteniéndose un momento junto a cada montón de nieve y basura desmoronado, observaban a los participantes en el sábado de trabajo y, a través de los bigotes y los dientes negros, se intercambiaban comentarios y burlas, lo que se manifestaba en el brillo, a veces radiante, aunque a veces también malicioso, de su mirada. Ante la aparición de las patrullas, el sábado de trabajo se aceleraba, lógicamente, y hasta el flojo vecino Ovetski, que, dada su constitución corporal, más bien debería estar sujetando una escoba y no una barra, se ponía a romper los montones con fuerzas renovadas.

La patrulla de turno manifestó con gestos y meneos de cabeza su poca seguridad en que Samsón y su vecino acabaran el día con una victoria.

Samsón miró de nuevo con envidia a la lejanía, en dirección a Kuznéchnaia, al sábado alegre de las señoras, donde ya casi no había montón alguno. Y entonces le pareció reconocer a Nadiezhda entre las participantes de voz sonora.

Dejó la pala en los adoquines y decidió darse una vuelta y comprobar si la vista no le engañaba.

---

* El *arshín* (*arshiny* en plural) es una antigua medida rusa de longitud equivalente a 0,711 m.

En efecto, allí estaba Nadiezhda y el edificio junto al que las jóvenes estaban limpiando el montón de nieve y basura no era otro que la institución soviética de estadística donde ella trabajaba.

—Anda, ¿qué tal se les da? —se interesó afable al reconocer al muchacho que se había acercado.

—Es una tortura —reconoció Samsón—. Solo somos dos, ni siquiera la portera ha salido a ayudarnos.

—¡Nosotras lo haremos! ¡Así somos! —exclamó pícara, y lanzó una mirada a sus amigas. Estas asintieron.

Samsón regresó a su casa acompañado de beldades enardecidas por el trabajo del sábado. Las palas, nuevas, de acero, refulgían en las manos de las beldades. El vecino Ovetski hasta se apartó y decidió darse un respiro, y Samsón le quitó la barra y se puso a hincar la pesada punta en el montón acumulado. El trabajo marchaba. En la ventana de la planta baja apareció el rostro sorprendido de la viuda del portero. Y en este rostro apareció una sonrisa, buena y afable.

—¿Cómo es que han salido tan pocos? —preguntó Nadiezhda sin dejar de trabajar.

—¡Es que somos pocos! Los Guzéiev, del tercero, se marcharon a Odesa a principios de febrero, y la mujer del vecino está cuidando de su hijo.

—Ah, claro, son los vecinos, nosotros somos de una institución, ¡hay mucha gente! Huy, ¡mire! —se distrajo de repente mirando más allá del muchacho.

A su montón de nieve y basura se habían acercado, con paso animado, hablando ruidosa y alegremente en su lengua, cuatro soldados chinos del Ejército Rojo. Pidieron mediante gestos a las muchachas del sábado que se apartaran, se quitaron el fusil del hombro y empezaron a propinar al montón acumulado apreciables bayonetazos. Habiendo desmenuzado la parte superior del montículo helado, hicieron un saludo afable con la mano y se fueron.

Ya quedaba poco que hacer. Una vez que hubieron desmenuzado hasta la base el montón acumulado y cubierto con sus trozos toda la calzada, el sábado de trabajo se dispersó por las casas. Solo Nadiezhda y Samsón recibieron una invitación de la viuda del portero para tomar té. Los invitó directamente por la ventana. Después del té, Samsón propuso a la muchacha que dieran un paseo por el parque Kupécheski. Ella aceptó con ganas, tanto más cuanto que el parque quedaba en su camino diario de casa al trabajo y del trabajo a casa.

El sol ya se había ocultado detrás de las nubes, pero en el aire aún se distinguía la calidez. Había dos tranvías en la curva de regreso en la antigua plaza de los Zares. Junto a ellos, bullía la multitud que quería convertirse en pasajero. Las escaleras que llevaban a la explanada panorámica y al teatro de verano estaban muy concurridas. Samsón con su abrigo de estudiante —después de tomar el té, había pasado corriendo por casa para cambiarse— y Nadiezhda con su zamarra de astracán se encontraban entre ese tropel que paseaba igual que si estuvieran entre almas afines regocijándose por el sábado soleado.

—Es sorprendente que aquí no se perciba la historia —dijo de pronto la muchacha.

—¿Qué historia? —precisó Samsón.

—¡La que está cambiando el mundo! ¡No se siente la guerra! Y eso que nuestro ejército se está preparando para el combate decisivo. ¡Contra todos sus enemigos! ¿Lo comprende? —Lanzó una mira escrutadora al muchacho.

Samsón asintió.

—Comprendo lo de los enemigos —dijo—. Pero, por ejemplo, los soldados que están alojados en mi casa añoran su pueblo, su tierra. No se debe arrancar a tanta gente de la tierra...

—Sí, los pensamientos de los campesinos están en las futuras siembras. —Nadiezhda estuvo de acuerdo—. Pero precisamente eso debe llevarlos a vencer al enemigo. ¡Para regresar cuanto antes a casa! Porque los obreros también quieren regresar a las fábricas y con la familia. Esta impaciencia por la victoria debe ayudarnos.

Samsón suspiró. Se estaban acercando al borde de la explanada panorámica. Se sentía la cercanía del crepúsculo y quienes habían paseado por el parque se daban la vuelta para regresar al descenso en escaleras junto al antiguo círculo de mercaderes. Cuando Nadiezhda y él se pararon en el borde de la explanada ya no había nadie cerca.

—¿Ve su casa desde aquí? —preguntó Samsón con interés.

—No. —Negó ella con la cabeza—. ¿Y usted ve lo bonito que es el humo de las chimeneas?

—¡Sí! —respondió Samsón.

—Me gusta muchísimo el aire en invierno cuando huele al humo de las estufas —dijo Nadiezhda soñadora—. Pero para eso hay que ir a la dacha, allí el aire es muy limpio. No hace tanto, el humo de las chimeneas se levantaba formando una columna y parecía que las columnas apuntalaban el cielo. Ahora el viento enseguida las derriba.

—Antes se quemaba carbón y el humo de carbón es más denso, más resistente —explicó el muchacho—. Ahora nos calentamos con madera, incluso hay quien con libros. El humo de leña es ligero, sin forma. El más mínimo soplo de viento se lo lleva.

—¡Huy, han encendido las farolas! —se alegró Nadiezhda y señaló con una mano abajo, a las lucecitas relumbrantes de la calle en Podol—. Estaría bien saber cómo consiguen la electricidad para las farolas.

—También de la madera —se sonrió Samsón—. Pero no hay madera suficiente. Un camarada de la estación eléctrica se lamentó porque las reservas se estaban acabando. Así que se acabarán las reservas de leña y se apagarán las farolas.

—¡Qué dice! —Nadiezhda hizo un ademán con la mano—. Anda que no hay bosques alrededor de Kiev.

—Sí, bosques hay muchos, pero no hay leñadores, los han llamado a filas.

—No pasa nada. Si es necesario, anunciarán un sábado de trabajo, entregarán un hacha a cada uno y los llevarán al bosque en el tranvía número 19 —dijo la muchacha en tono decidido.

—¿A usted también se la darán?

—¿Que si me la darán? ¿En qué soy yo peor? —Se dio la vuelta y regaló a Samsón una sonrisa llena de seguridad—. ¡Huy, ya me olvidaba! —Se inclinó un poco para coger el bolso, que colgaba del codo plegado. Lo abrió, con un crujido sacó algo envuelto en papel de periódico. Lo desenvolvió y en sus manos apareció un pan extraño en forma de martillo—. ¿Le gusta más el dulce o el salado, Samsón?

—El dulce —reconoció el muchacho.

Ella partió la parte percutante de la hogaza-martillo y se quedó el «mango».

—Nos lo ha preparado la «tahona roja» como regalo por el sábado de trabajo. ¡También por su sábado! En la parte que martillea hay dulce de ciruela, y en la del mango, col estofada.

Mordió su trozo de hogaza con mucho placer y sus ojos empezaron a brillar de alegría. Con cuidado, Samsón también mordió su trozo de hogaza, pero en ese primer bocado no llegó al dulce.

Capítulo 10

Cuando regresó sin aventuras ni momentos de peligro desde Podol a Zhiliánskaia, Samsón vio delante de su portal un carro recubierto de heno. El cochero justo estaba desenrollando una lona y colocándola encima de la paja. Las puertas dobles del portal se abrieron despacio y tras ellas, de espaldas, destacó un soldado del Ejército Rojo que transportaba algo. Un instante después Samsón era presa del estupor, porque vio que sus alojados Antón y Fiódor sacaban a la calle el escritorio de su padre: lo dejaron en el suelo al lado del carro. Detrás de ellos salió del portal otro soldado uniformado, de más edad y con chaqueta de cuero en lugar de capote.

—Perdone. —Samsón se acercó rápidamente—. ¿Cómo se atreve? ¡Esa mesa es mía!

—Ya dijimos que nos molestaría —intentó explicar Fiódor con voz culpable.

—¡Ciudadano, su mesa ha sido requisada! —Se volvió a Samsón el hombre de la chaqueta—. El portero tendría que haberle avisado. No tenemos donde sentarnos para tramitar los casos. ¡Subidla!

Los soldados hicieron un esfuerzo y volcaron la mesa en el carro, colocando el tablero sobre la lona. Samsón oyó claramente los tintineos, los traqueteos, las monedas en la alcancía, todo lo que había dentro de los cajones.

—Pero... ¡es que ahí están mis cosas! ¡Mis documentos! —empezó a gritar, sintiendo en ese momento el mismo desamparo de aquel día en el camino, cuando mataron a su padre.

—Los cajones están sellados, ¡no se va a perder nada! —dijo nervioso, girándose, el hombre de la chaqueta de cuero.

—¡Cómo que no se va a perder nada! ¿A dónde se la llevan?

—A las dependencias de la milicia, en Tarásovskaia.

—¿A la policía? —se sorprendió Samsón, y recordó cómo lo habían llevado hasta allí los gendarmes a él y a un camarada de la universidad por haber participado en una manifestación junto al monumento a Alejandro II, en la plaza de los Zares. Intentaron culparlos de haber robado las coronas de plata de la reja del monumento; sin embargo, las coronas aparecieron enseguida: resultó que las habían hurtado los obreros de los talleres del arsenal. Así que ni siquiera tuvieron que pasar la noche en el cuartel de la policía, pero recordaba bien la decoración de los gendarmes: divanes mullidos de cuero increíblemente pesados y macizos, mesas de trabajo igual de pesadas y macizas enterradas debajo de carpetas, lámparas con patas de mármol encima de las mesas.

—¡Si aquello está lleno de muebles! —Samsón levantó la vista, donde se había acumulado una resolución inesperada, y miró al hombre de la chaqueta de cuero.

—Está saqueado. Lo que no pudieron sacar por la puerta lo rompieron a hachazos —respondió este. Después se volvió al cochero y gritó—: ¿Qué haces ahí parado? ¡Vamos!

El cochero soltó un latigazo al caballo y la rienda izquierda se tensó. El carro empezó a girar, entre chirridos de las ruedas y lanzando a los pies de quienes allí estaban los restos de los montones de basura que tenía debajo.

Antón y Fiódor, que habían estado dando saltitos sin moverse de su sitio, regresaron al portal. Samsón, después de seguirlos con la mirada, se giró en pos del carro y vio al hombre de la chaqueta subiendo a este de un salto. Puede que por un minuto sintiera que habían vuelto a privarlo de una parte importante de su cuerpo, pero después una fuerza lo empujó por la espalda, y echó a andar a toda prisa detrás del carro, andaba sin mirar donde ponía los pies. Y, cuando el caballo tiró más rápido del carro, Samsón casi echó a correr para no quedarse atrás y no perder el contacto visual con el escritorio de su padre. En ese momento le parecía que corría detrás del ataúd de su progenitor, al que un carro llevaba al cementerio de Schekavítskoie.

Poco después el carro se paraba junto al conocido edificio de ladrillo. El hombre de la chaqueta de cuero pasó dentro un momento y salió, aunque ya no estaba solo, sino con tres soldados. Bajaron la mesa y tal como estaba, con las patas para arriba, la metieron en las dependencias. El cochero saltó del pescante, echó un vistazo por la puerta abierta y gritó algo sobre el pago del transporte. A su grito salió otra vez el hombre de la chaqueta, le entregó al cochero un papel del tamaño de un *kérenki*, pero nada de dinero. El otro lo giró, miró con aire interrogativo al representante de la institución miliciana, le dedicó insultos con la mirada y sacudió una mano.

Después de ver cómo se iba el carro vacío, Samsón se envalentonó tantísimo que se acercó al umbral de la institución y dio un paso dentro.

—¿A dónde va? —le preguntó con severidad un miembro del Ejército Rojo que estaba situado nada más pasar la puerta, sujetando con la mano derecha el cañón de un fusil cuya culata se apoyaba en el suelo.

—Acaban de meter aquí mi mesa —probó a explicarse el muchacho—. Pero no he podido ver a dónde se la llevaban.

—Por ahí. —El soldado señaló una escalera de madera con un bonito pasamanos de color rojo.

—¿Puedo pasar? —preguntó Samsón.

—Ajá —respondió el soldado de guardia, mirando con respeto la cabeza vendada del visitante.

Samsón subió corriendo los escalones y arriba se dio de bruces con un hombre vestido con una guerrera vieja de color verde y con pantalones de un uniforme azul. La chaqueta y los pantalones eran de uniformes diferentes, y por eso Samsón no logró hacerse una composición en su cabeza, y bajo la mirada fija e irritada del hombre tampoco es que le quedara mucho tiempo para pensar.

—¿Qué hace usted aquí? —preguntó el hombre con una pequeña ronquera.

Breve, pero confusamente, Samsón le explicó el motivo de su visita, y, sobre la marcha, recordó la instrucción recibida acerca de requisiciones del mobiliario excedente, donde se describía con todo detalle que un escritorio por familia no se consideraba superfluo y también se informaba de que a cambio del mueble confiscado se entregaría un documento. Y a él nadie le había dado un documento, sino que claramente le habían requisado la mesa por las quejas de los dos alojados, a quienes ese objeto les molestaba para dormir.

Habiendo escuchado al visitante, el hombre le hizo señas para que fuera a un cuarto y le enseñó el conocido escritorio, al que, en efecto, le habían precintado los cajones con sellos de masilla.

—¿Ese? —precisó el hombre.

—¡Sí! —asintió Samsón.

—Entonces siéntese y escriba una relación con todos los detalles de lo ocurrido —dijo el hombre. Y él mismo le trajo dos hojas de papel y un lápiz grueso sin afilar.

La palabra utilizada por el hombre para referirse al papel requerido despertó en él respeto y confianza. Incluso fulguró un rayo de esperanza de una salida positiva de todo este asunto.

Samsón acercó al escritorio una silla solitaria que estaba en un rincón del cuarto casi vacío, se sentó, miró con aire crítico al techo, donde apenas lucía una bombilla opaca.

Sin hablar, el hombre le trajo de otro cuarto una lámpara de mesa, la enchufó.

Ahora a Samsón no le quedaba otra que escribir la relación.

—Primero escriba sobre usted, apellido, unos breves datos biográficos y la dirección —le indicó el hombre.

Samsón se explayó en el documento. No se olvidó de citar la muerte de su padre, pensando que esto lo calificaría de una forma positiva, porque una víctima pocas veces suele ser un personaje real negativo.

Al poco el hombre recibió dos hojas llenas con una caligrafía cuidadosa.

—Ahora vuelva a casa —le dijo este resoplando—. Lo leeré por la mañana.

—¿Por qué no ahora?

—Tengo los ojos cansados, debo dejar que descansen. Y usted venga por la mañana, hacia las diez. Yo vivo aquí, así que lo recibiré. Diga que viene a ver a Naiden.

—¿Y no se lo van a llevar? —Samsón señaló el escritorio.

—¡Se lo prometo! —le aseguró con firmeza el hombre de extraño apellido.*

Samsón se colocó la venda de la cabeza, se la ajustó con un movimiento automático de las manos y salió a la escalera.

La puerta sin cerrar de su piso recordó al dueño, nada más llegar, que ya no era el dueño. Dos fusiles con la bayoneta encajada en el cañón estaban apoyados en la pared, igual que las escobas en una portería. A su lado, un morral repleto. Samsón encendió la luz, la bombilla resplandeció y al momento casi se apagó; su luz débil temblaba como la llama de una vela. Echó un vistazo en el morral, sacó un trozo de tela que resultó ser el patrón de un chaleco con gruesas líneas de tiza de la futura costura. Estaba claro que

---

* Aparte de que el sufijo no es el habitual de los apellidos rusos, puede percibirse claramente la raíz del verbo *naití* «encontrar».

los soldados no habían perdido el tiempo y le habían hecho una visita al sastre. El aire frío y húmedo le sopló en la cara desde la sala, obligándole a dirigirse, sin quitarse el abrigo, al sótano a por leña.

Una vez encendida la estufa que calentaba el dormitorio, se volvió a la estufa cuya pared posterior daba calor al despacho de su padre. En ese despacho dormían ahora en el suelo los dos soldados que habían desocupado su espacio durmiente de la forma más ruin.

La furia empezó a borbotar en los pensamientos de Samsón, pero la aplacó y encendió la estufa, aunque esta vez escatimó en leña conscientemente.

Esa noche no pudo dormir. Varias veces le pareció que oía un susurro misterioso, conspirativo. Se acercaba de puntillas a la puerta del despacho y pegaba a ella su única oreja, la izquierda, pero no lograba oír nada excepto silencio y un ronquido solitario, casual.

Ya al alba se imaginaba que, en cuanto se encontrara frente a frente con ellos, sin falta les soltaría a la cara sus desagradables pensamientos. Y los soldados, como gente simple que eran, no podrían responder con explicaciones, sino solo con violencia. ¿Qué sería de él entonces? ¿Iba a contrarrestar la nueva violencia con nuevas ideas? ¿A provocarlos para que fueran más violentos? ¡No!

Decidió irse pronto de casa para, después de haber dado un buen paseo, llegar hacia las diez a la plaza Tarásovskaia, a ver al camarada Naiden.

Mientras bajaba a la salida, Samsón pisó a propósito el primer escalón, el que crujía. Sabía bien que la viuda del portero se asomaba ante su chillido brusco. Y ella salió a mirar, lo invitó a pasar, le hizo té.

Al final, en lugar de pasear, se quedó más de una hora en la cocina templada de la viuda, donde abundaban los olores a vida sencilla. Le habló del paseo con Nadiezhda por el parque Kupécheski, pero no le contó nada de la mesa y hasta se sorprendió de que no le hiciera ninguna pregunta sobre ella. Era imposible que no hubiera visto a los soldados cuando la sacaban. Pero en su conversación alrededor del té no se mencionó la desventurada mesa. Mientras, la calle se despertaba tras los cristales, empezaba a hacer ruido.

—Si quieres esconder algo, puedes dármelo a mí, que te lo guardo —dijo la viuda ya casi al final—. Mañana van a pasar otra vez por las casas. Para aplicar la obligación de dar camas. Así que mira a ver, ¡guarda lo que quieras conservar!

Capítulo 11

—¡Vasyl, haz té! —gritó el camarada Naiden al ver que, por la escalera de pasamanos rojo, subía el visitante del día anterior preocupado por un escritorio.

Naiden hizo pasar a Samsón al mismo despacho y el muchacho se quedó estupefacto ante todos los cambios que había sufrido en solo una noche: ahora, aparte de la mesa y de la silla, en la otra pared había una librería sin libros y, en los laterales, dos dignos sillones de mercader. Delante del que estaba a la derecha, una mesita de ajedrez.

—¡Siéntese! —Naiden le indicó precisamente el sillón que estaba junto a la mesita—. Nos tomaremos un té.

Samsón se dejó caer con cuidado y el sillón lo recibió como a una persona importante. Le ofreció un asiento suave y respetuoso. Así que, por un instante, Samsón se sintió importante.

—He leído su relación —exhaló Naiden con aire pensativo—. Escribe usted muy bien.

En el cuarto despachador entró con dos tazas de té un hombre algo mayor, encorvado, ya entrecano. Le tendió una taza a Naiden, que se había dejado caer en el segundo sillón, y la otra, a Samsón.

—Escribe bien —repitió Naiden, cuando hubo salido Vasyl—. Hacía mucho que no leía algo con tanta facilidad. Y sabe exponer sus ideas con exactitud y detalladamente.

—Gracias —respondió Samsón a la alabanza, esperando del hablante un tránsito rápido al quid de la cuestión.

El quid de la cuestión también resonó, pero no complació al visitante.

—Me veo obligado a responder con una negativa a su resolución —sentenció con tristeza Naiden después de una pausa—. Al colaborador responsable que requisó la mesa lo castigaremos por dos faltas en sus obligaciones: por requisar algo no sujeto a requisición y por no entregar el documento por el escritorio requisado. Pero el escritorio... —Naiden lanzó al objeto citado en la conversación una mirada pensativa—. Nos hace mucha falta una mesa. Cada vez hay más casos y no tenemos dónde trabajar, claro que casi tampoco quien...

Se giró de frente a Samsón y lo miró expectante.

Samsón estaba hundido. Comprendió que habían sido vanos los esfuerzos de la víspera para describir con un lápiz en el papel ideas convincentes.

—Veo que le tiene mucho cariño —añadió Naiden compasivo.

—Es el escritorio de mi padre, en el cajón está su... Bueno, está nuestro pasaporte de familia...

—Ah, esos documentos pronto no van a tener sentido, proporcionaremos unos nuevos. —Naiden le dio un trago al té caliente y, por lo visto, se quemó el labio con el borde de la taza. Hizo una mueca.

—¿Y qué opinión le mereció la gente de Denikin? —preguntó, distrayéndose de la quemadura.

—Ninguna. Mala.

—¿Y el *hetman*?

—Como todos —respondió Samsón precavido—. La misma que tengo de los alemanes.

—Ajá —empezó a responder con la cabeza Naiden—. ¿Y simpatizaba con el Directorio de Petliura?

—¿Por qué? —Al muchacho le sorprendió la pregunta.

—¿Y con nosotros, con el poder de los obreros?

De pronto, Samsón miró a su interlocutor con verdadera lástima en la mirada.

—Con ustedes simpatizo —dijo refiriéndose precisamente a ese interlocutor extenuado, que hacía mucho que no dormía lo suficiente y con los rasgos de la cara casi borrados por su forma de vida.

Naiden se quedó callado un momento, después se acercó a la mesa, cogió la resolución escrita la víspera y volvió a sentarse en el sillón.

—Puedo ayudarlo solo si usted quiere ayudarnos a nosotros —dijo.

—¿Cómo?

—Tenemos que acabar con la delincuencia y el desorden en las calles. Necesitamos gente decidida... —al decirlo, Naiden miró el vendaje destrozado de Samsón—. Gente decidida y con estudios... Si está de acuerdo, esta puede ser su mesa de trabajo. Todo el despacho será suyo. Pondremos también una meridiana para que pueda descansar sin abandonar el lugar.

—Pero ¿cómo? ¿Qué voy a ser? —Samsón miraba a todos lados, como si intentara acostumbrarse al despacho.

—El puesto ya lo decidiremos, pero su trabajo será luchar contra los saqueos, velará por el orden. Le proveeremos con todo lo que necesite. Los cupones para el comedor soviético se los puedo entregar mañana mismo si acepta.

Samsón tardó un poco en responder, en su memoria volvió a brillar el sable que mató a su padre y el segundo sable, el que le seccionó la oreja, su oreja, la que ahora estaba ahí, en ese despacho, en el cajón superior izquierdo del escritorio de su padre. Resultaba que el propio escritorio se había mudado del piso a la institución miliciana para vengar la muerte de su dueño, para participar en la lucha por un orden que ahora no existía en ningún sitio, ni siquiera en el propio piso de Samsón, que ahora compartía con los soldados del Ejército Rojo Antón y Fiódor.

—¿Y me darán un arma? —Miró fijamente a su interlocutor, casi exigiendo.

—¡Claro!

—De acuerdo —dijo Samsón y en ese mismo momento se le secaron los labios. Le entraron ganas de beberse el té, que ya se había enfriado un poco, es decir, que no quemaba tanto.

—Bien hecho —asintió Naiden—. Ahora le traigo un papel y lo formalizaremos todo siguiendo las normas.

—¿Y podré recoger las cosas de los cajones?

—Ahora es su mesa, puede recogerlas o puede conservarlas ahí. Eso sí, el precinto debe quitarlo el camarada Pasechny. Él precintó, él tiene que desprecintar.

Capítulo 12

—Nadienka me ha hablado de usted —sonrió al estrecharle la mano Trofim Siguizmúndovich, un hombre no muy alto, ligeramente encorvado y de unos cincuenta años, con algo de tripa retenida por el chaleco que llevaba puesto encima de una camisa blanca y con un cobertor echado sobre los hombros—. La relación con nuestra hija es de muchísima confianza. ¡Pase! ¡Querida, pon el té! —le gritó a su mujer, que salió corriendo enseguida de la habitación para cumplir el encargo.

El padre de Nadiezhda ofreció a Samsón una silla mullida y él se sentó en una meridiana.

—Nuestra Nadienka está al caer. Ha ido a ver a su tía. Vive aquí cerquita la tía.

Sintiendo ante la ausencia de Nadiezhda cierta distancia prudencial con los padres que lo recibían por primera vez, Samsón se demoraba en hablar. Sin embargo, comprendía que quedarse callado era una falta de educación.

—Hace un poco de frío aquí. —Miró en todas direcciones buscando una estufa. La vio en el rincón opuesto, construida formando una pequeña columna y cubierta por azulejos de color esmeralda.

—¿En su casa se está más caliente? —se sorprendió Trofim Siguizmúndovich y echó a los pies los bordes laterales del cobertor—. Nosotros estamos acostumbrados. ¡Aunque esperamos impacientes la primavera!

—No, no se está más caliente. —Samsón se encogió un poco, se frotó una mano con la otra, como si quisiera así calentarlas, miró la puerta por la que había salido el ama de casa, con el encargo de preparar el té—. La primavera está a punto de empezar. No en vano se está recogiendo ya la basura de la ciudad.

El padre de Nadiezhda asintió.

—¿Tiene usted dacha? —preguntó.

—¿Dacha? —se sorprendió Samsón ante esta pregunta—. Teníamos, cerca de Vasilkovo... No sé cómo estará aquello ahora.

—¿Hace mucho que no va?

A Samsón se le encogió el alma. Pensó espantado en que llevaba dos años sin acordarse del nido familiar veraniego que había sido esa dacha en los años dulces de su infancia. Tampoco había oído a su padre hablar de ella después de que se quedaran ellos dos solos. Entonces recordó el largo camino hasta allá en coche de caballos, las listas de su padre de las cosas imprescindibles para el traslado veraniego, la marca junto a cada objeto empaquetado. ¡Dios mío! ¿Cómo era posible que un pasado que era relativamente reciente pudiera parecer tan lejano, como extraído de un libro, de uno no propio?

—Mucho, sí —asintió Samsón.

—Se ha puesto usted triste, joven. —Trofim Siguizmúndovich miró compasivo el rostro de su invitado—. ¿Acaso la han saqueado? La dacha, quiero decir.

—Ni siquiera sé cómo está —confesó Samsón y sintió en su propia voz lágrimas por el pasado.

—No se preocupe, en cuanto todo se tranquilice, podrá ir a verla. El océano puede estar meses con tormentas y, aun así, después llega la calma, arroja los peces muertos a la orilla y la naturaleza se asea y descansa.

Samsón sonrió. La madre de Nadiezhda trajo la tetera, comenzó a poner la mesa. En el pasillo empezó a oírse el ruido de unos tacones en el suelo de madera y Nadiezhda echó una ojeada al cuarto; llevaba la zamarra de astracán y un pañuelo abrigado en la cabeza.

—¿Tenemos invitados? —Se quedó pasmada mirando con ojos brillantes a Samsón—. De haberlo sabido, habría venido antes.

—Es que no he avisado... —se justificó Samsón—. Quería compartir las novedades.

—¿Qué novedades? —Se quitó el pañuelo, lo colgó con cuidado en el respaldo de una silla, se desabrochó la zamarra y se sentó.

—Me he puesto a trabajar —informó el muchacho.

—¡No me diga! —La muchacha agitó los brazos—. ¿Dónde?

—En la milicia, en el cuartel de Líbedski.

—¡Anda! Le queda cerca, en Tarásovskaia. No tiene que andar mucho para llegar al trabajo —sonrió ella.

—¿En Tarásovskaia? —repitió el padre de Nadiezhda. Se volvió a su mujer, que ya había echado el té en las tazas—. ¿Te acuerdas? Estuvimos allí a ver a los Savéliev.

—No fuimos a ver a los Savéliev, sino a los Trushkin —le corrigió la mujer—. Los Savéliev vivían en Nazárievskaia, y los Trushkin cerca del hospicio Mariínski, en Pankóvskaia.

—Ah, cierto —asentía el cabeza de familia—. ¡Siempre me hago un lío!

Con el cobertor a la espalda, Trofim Siguizmúndovich se mudó a la mesa. Todos se sentaron formando un círculo amistoso.

Samsón, al ver que no se ofrecía nada para acompañar el té, sintió un hambre ligera. Pero entonces notó como un zumbido en la cabeza. Como si, batiendo las alas, un ave intentara colársele en la cabeza a través del pabellón auricular desnudo y la venda. Se tapó la sien derecha con la palma, despertando miradas interrogantes del padre y de la madre de Nadiezhda.

—¿Aún no se ha cicatrizado la herida? —preguntó Trofim Siguizmúndovich compasivo.

—A veces me duele un poco —respondió Samsón dejando caer la mano, sintiéndose incómodo.

Y entonces volvió a sentir un ruido e hizo amago de girarse buscando a quien había causado el ruido. Y volvió a captar la mirada confusa por la curiosidad del ama de casa.

Sobre el fondo de ese ruido incomprensible resonaron con fuerza, como si no fuera al lado, sino dentro de su cabeza, dos disparos que hicieron que diera un brinco y corriera a la ventana. Miró a la calle desde la altura del segundo sin ver ningún movimiento, sin ver a nadie.

—¿Lo han oído? —preguntó sin dirigirse a nadie en concreto.

—¿Qué ha oído? —matizó el padre.

—¡Disparos!

—No ha habido —respondió Nadiezhda inquieta—. Yo no los he oído.

En la cabeza de Samsón seguían acumulándose ruidos: se movió pesadamente un mueble con un chirrido prolongado sobre el suelo de madera. Comenzó a adivinar de dónde venían los ruidos que oía. Y empezó a sentir miedo, miedo e incomodidad ante la familia de Nadiezhda.

—Discúlpenme, ¡tengo que irme corriendo! —Le dio la espalda a la ventana, miró a la puerta del pasillo y cruzó hasta allí con pasos rápidos. Bajó saltando la escalera de madera hasta salir de la casa. Y, en efecto, echó a correr por la calle, sintiendo fuerza en las piernas, pero también cansancio, e intentando no pisar los restos helados de los montones de nieve y basura dispersos por los adoquines, a los que el sábado de trabajo de la víspera parecía haber estado combatiendo por toda la ciudad. Después de varios minutos corriendo, aminoró el paso en contra de su voluntad; sintió que en los hombros se le amontonaba un peso con el que no podía cargar. Y entonces vio delante, en el arcén, una calesa y a un cochero de punto. Pegó un salto.

—¡Rápido! ¡A la milicia de Tarásovskaia! —gritó al torpón inmóvil que estaba en el banco delantero.

Este, con su gorro de piel con las orejeras bajadas, se dio la vuelta y Samsón le vio los ojos nada amistosos y la barba tirando a rala que le ocultaba la boca.

—¡No pienso moverme! —silbó—. A mi castaño no se le alimenta con vuestros cupones y sellos. Trabajo por avena.

Samsón sacó del bolsillo del abrigo un *kérenki* de cuarenta. La mano gruesa del cochero surgió del tubo alargado que era la amplia manga de una *poddiovka** azul oscuro —amplia como un saco y con numerosas dobleces y una faja roja a modo de cinto—, atrapó el dinero y en ese mismo instante los hombros del cochero parecieron levantarse, aunque en realidad solo levantó el brazo derecho y fustigó a su castaño después de soltarle un grito: «¡Arre! ¡Arre!».

Empezaron a golpetear las ruedas de la calesa en los adoquines, mientras Samsón, que intentaba recuperar el aliento, miraba a un lado y a otro sin enterarse, también hacia delante.

En cuanto el cochero hubo gritado : «¡So!», tras tensar las riendas, y antes de que se hubiera detenido el caballo, Samsón ya había saltado a la calle y pasado corriendo por la puerta abierta de las dependencias milicianas. Y siguió escaleras arriba, agarrándose con la mano izquierda al pasamanos rojo. Se paró en la puerta del despacho que le había asignado Naiden. Delante de la mesa estaba tumbado bocabajo un soldado del Ejército Rojo. A la derecha, en el suelo, con la espalda apoyada en la parte inferior del sillón, estaba el propio Naiden, tapándose con la mano una herida justo encima del corazón, causante de que la parte superior de la guerrera se hubiera oscurecido, empapada de sangre. Otros dos del Ejército Rojo que, por alguna razón estaban a la izquierda sin hacer nada, miraron de reojo a Samsón, que había entrado corriendo. Se abalanzó sobre Naiden.

---

* Prenda de abrigo tradicional rusa, fruncida a la cintura y que solía cerrarse en el costado.

—¿Qué pasa aquí? —gritó—. ¿Qué ha ocurrido? ¿Está herido?

—Ya han ido a buscar a un médico —logró decir Naiden—. Estos idiotas han traído a un desertor, pero no se les ocurrió registrarlo. ¡Y ha sacado un nagant! Le ha dado tiempo a disparar antes de que lo matara.

Resonaron unos pies en la escalera, y poco después metían a empujones en el despacho a un muchacho jovencito con un pequeño maletín amarillo en las manos. Tras él irrumpió, respirando con dificultad, el mismo hombre de chaqueta negra de cuero que había requisado la mesa de Samsón.

—¡Vamos! ¡Cúralo! ¡Date prisa! —ordenó al muchacho señalándole al herido.

—¿Quién es este? —preguntó Naiden mirando al muchacho.

—¡El doctor! Lo hemos traído directamente de la universidad.

—¿Un estudiante? —En la voz de Naiden podía sentirse la indignación.

—De cuarto curso, ya está enseñado.

A duras penas Naiden logró contenerse para no decir algo ofensivo. Samsón se lo vio en el rostro contraído lastimosamente.

El estudiante se puso de rodillas al lado del herido y abrió el maletín en el suelo. Algo afilado le brilló en las manos.

—¿Qué es eso? —preguntó Naiden.

—Un bisturí, tengo que dejar libre la herida.

—¡No toques! —dijo el herido con voz ronca—. Ya te daré yo cortes... ¡Ayúdame a quitármela! ¿Quién va a hacerme después una guerrera nueva? ¿Tú?

Gimiendo un poco, Naiden medio levantó los brazos para indicarles que primero había que sacar la manga del brazo derecho. Samsón se apresuró a ayudar al estudiante. Desvistieron a Naiden rápida y cuidadosamente, para no causarle ningún dolor adicional.

—¡Túmbese bocarriba! —le pidió al herido el estudiante, mientras sacaba del maletín unas ampollas y una bolsa de papel con una venda.

Samsón se puso de pie, se acercó al desertor muerto y entonces vio que el escritorio tenía salpicaduras de sangre. Y le resultó desagradable, como si pudiera sentir en los labios el sabor de la sangre ajena. Quería escupir.

Miró en todas direcciones, vio que el envejecido Vasyl también se asomaba al despacho.

—Traiga agua y un trapo —le pidió a Vasyl.

—El agua ya la traje para el doctor. De momento no hay más. En la tetera queda algo de té.

—Entonces traiga té —pidió Samsón.

Mientras restregaba las manchas de sangre ya un poco secas del tablero y de los cajones, el estudiante vendaba el pecho de Naiden con una venda blanquísima. Incluso aunque solo lo seguía con el rabillo del ojo, Samsón se sintió incómodo debido a lo sucia y gastada que estaba la venda de su cabeza.

—¡Vasyl, desvístelo! —La voz de Naiden sonó de repente más dura y resuelta.

Vasyl se puso en cuclillas delante del desertor fallecido, le dio la vuelta para ponerlo bocarriba, alejándolo así del escritorio. La bala parecía haber irrumpido bien dentro en la cara del muerto; se veía que había impactado en las fosas nasales o quizá directamente en la nariz.

—Está entero —susurró demasiado alto Vasyl, mientras daba la vuelta a la orilla derecha del capote para sacar de la manga el brazo del muerto—. Con qué precisión le ha dado.

En el despacho apareció otra vez el hombre de la chaqueta de cuero. Detuvo una mirada de sorpresa en Samsón, que estaba terminando de limpiar la sangre de los cajones izquierdos del escritorio.

—¡Yo le requisé eso! —recordó tensando la frente—. A ver, ¿qué hace aquí?

—Va a trabajar aquí, Kostia —respondió el vendado Naiden, a quien el estudiante justo acababa de ayudar a sentarse en el sillón.

—¿Quiere quedarse la bala? —preguntó el estudiante al herido, enseñándole algo rojo aprisionado en unas pinzas.

—Se la queda, se la queda —respondió por Naiden el hombre de la chaqueta—. Yo ya tengo dos de esas.

Naiden asintió.

El estudiante dejó la bala en un azafate esmaltado con forma de riñón donde ya estaban el bisturí ensangrentado y otros dos instrumentos quirúrgicos que Samsón no conocía. Vertió sobre la bala el líquido de una de las ampollas y después la secó con un trocito de algodón.

Vasyl, que había terminado con lo encomendado, miró a los dos soldados que seguían allí indecisos.

—Dejad los fusiles y llevadlo fuera, a la puerta, ¡pero no lo saquéis a la calle! —ordenó indicando con la cabeza el cuerpo completamente desnudo y despersonalizado por la bala certera.

Samsón atrajo la atención del hombre de la chaqueta.

—¿Es usted quien los ha precintado? —preguntó señalando los cajones.

—Sí, me llamo Konstantín Pasechny, puede llamarme Kostia.

—¿Se puede quitar el precinto?

—Sí, bueno —respondió el otro—. Pero hágase un sello para dejarlo cerrado por las noches. ¡Hay que mirar por el orden interno!

—¿Es que aquí también hay robos? —se sorprendió Samsón.

—De algunas menudencias —suspiró con pena Pasechny—. ¡Pero les pondremos fin! ¡Sin falta! ¿Verdad, camarada Naiden?

Sentado en el sillón, Naiden asintió. Tenía la cara pálida y los hombros, desnudos y un poco azulados por el frío, le tembleaban.

—¡Hay que taparlo! —dijo Samsón compasivo.

—Ahora lo hago yo, tenemos mantas suficientes. Nos toca dormir aquí —explicó Pasechny.

Salió y regresó poco después con un cobertor grueso de color azul. Tapó a Naiden hasta la barbilla. Después su mirada se topó con las cosas del desertor muerto. Recogió el capote que le habían quitado y también lo echó sobre el herido, encima del cobertor. Luego ordenó a Vasyl que preparara té caliente.

—Estaría bien oír música. —Naiden alargó las palabras, soñador.

—¡Pues tendrás música! —declaró Pasechny en tono seguro—. ¡Claro que sí!

Capítulo 13

En cuanto Samsón regresó a casa, Antón y Fiódor se ocultaron en el despacho del padre. No querían encontrarse cara a cara con el dueño. Mientras este escarbaba en el baúl de ropa de su dormitorio, oyó unos pasos apresurados. Comprendió que los soldados se marchaban.

Decidió asegurarse y salió al pasillo. Los fusiles no estaban; sin embargo, al saco del día anterior con patrones y otros bienes se había añadido otro más del que sobresalía un gorro de mujer de piel de reno joven. Samsón lo cogió y miró bien en su interior, incluso metió la mano dentro, se pinchó un dedo con un tenedor, lo sacó: era de plata, con las iniciales de los dueños grabadas, de sus antiguos dueños.

A Samsón se le hizo un nudo en la garganta, se quedó pensando en los sacos con bienes ajenos que estaban en la sala. Se sorprendió de no haberse sorprendido antes de la aparición de todas esas cosas. Eran cosas ajenas, robadas o cogidas por la fuerza, por consiguiente, ¡por la fuerza del Ejército Rojo que ahora representaban Antón y Fiódor! ¡Los mismos que, para poder estirar mejor las piernas por la noche, se habían llevado y entregado a la milicia la mesa de su padre! Y esto, aunque no se correspondiera con un acto de pillaje, no dejaba de ser un proceder vil y rastrero.

Samsón sintió entonces que en sus pensamientos se levantaba un muro entre él y esos soldados y, a lo que parecía, era un muro de clase. La afición al robo y a la infamia de los soldados del Ejército Rojo hizo que se sintiera mejor que ellos, más puro, más honrado. Y, ante esto, otro sentimiento desagradable le nació en el alma: que no tenía derecho a pensar mal de ellos. Al fin y al cabo, estaban combatiendo y hasta morían en combate. Aquí, donde la guerra ya había parado, se sentían fuera de lugar, puede que incluso hostiles. Porque la gente camina por las calles como si todo estuviera bien. Los tranvías funcionan, las bocinas de los automóviles suenan. Los carteles con burgueses cuya gruesa barriga aparece atravesada por una bayoneta cuelgan a cada paso y parece invitarlos a ellos, a los soldados del Ejército Rojo pasmados por la ausencia de combates, a encontrar a ese burgués, a punzarlo con la bayoneta y arrancarle el gorro de piel de reno joven de su miserable cabeza capitalista. ¿Tenía él derecho a juzgarlos?

Samsón detuvo sus pensamientos, se puso nerviosísimo, pero entonces se acordó del desertor muerto que había herido a Naiden. También era del Ejército Rojo, solo que desertor. ¿Quizá simplemente había terminado la guerra, pues no le habían llamado más para combatir, y no había tenido ropa para cambiarse? ¿Y acaban convirtiéndose así en desertores?

Un hambre ligera distrajo a Samsón del hilo de sus reflexiones. Sacó del bolsillo de su abrigo de estudiante los cupones para comida que había recibido de Vasyl. Después examinó con atención los otros tres papeles con importantes sellos azules. Uno era la autorización para moverse por la ciudad a cualquier hora de la noche; el segundo, un volante para el curso de un día de tiradores; y el tercero, un volante para el almacén de ropa militar para seleccionar y recibir el vestuario correspondiente.

Al curso de tiradores iría al día siguiente, pero la cuestión de la comida y del vestuario debía solucionarla hoy mismo.

Orgulloso, Samsón le tendió el cupón de comida a la cocinera del comedor soviético en Stolípinskaia, donde ya había estado una vez en calidad de ciudadano común de tercera categoría. Recibió todo, excepto pan: sopa de guisantes secos, *kasha* de mijo con su añadido correspondiente y *kísel* templado de leche. Se sentó al lado de un ciudadano con ropa grisácea y que masticaba ruidosamente. No había más sitios libres. Comenzó con la sopa y, entonces, sintió en su cabeza unas voces conocidas.

—¿Y has comprobado los archivos antiguos? —preguntó la voz de Pasechny.

—¡Claro que sí! —respondió la voz de Naiden—. Los gendarmes lo detuvieron por vandalismo contra el monumento al zar Alejandro. No hay nada más. Y escribe bien.

—¿Bonito?

—No, se explica muy bien y sin errores. Mejor que tú.

—Yo no estudié para escriba. De todas formas, disparar con precisión es más importante. ¿Qué tal dispara?

—De momento de ninguna manera. Lo he mandado a un curso.

—Bueno... ¿Y qué hay de su familia?

—El padre era contador, así que se le dará bien la aritmética.

—¿Y qué le pasa en la cabeza?

—Los asaltaron unos cosacos, al padre lo mataron de un tajo y a él le seccionaron la oreja.

Un ruido pesado y prolongado le chivó a Samsón que alguno de los que hablaban había abierto un cajón de la mesa.

—¡Mira! Qué pasaporte... Así que este debe de ser el padre... La madre es bonita, ¡y hay una hermana! —Pasechny hablaba alargando la voz.

—Ya no están, solo queda él.

—¿Un pogromo? ¿Es que es judío?

—No, ortodoxo, ¡pero no es creyente! Enseguida me di cuenta.

—¿Y estos caramelos?

—Kostia, déjalo. ¡No te acostumbres a rebuscar en las cosas ajenas!

—Je, je. —Pasechny se echó a reír—. ¿Y a qué nos dedicamos nosotros?

—Nosotros, por decirlo a las claras, rebuscamos en los delitos, ¡no en las cosas!

El cajón de la mesa se cerró con fuerza.

La cocinera había echado poca sal a la sopa de guisantes, lo que subrayaba que los comedores soviéticos no estaban muy bien abastecidos. La sal escaseaba desde hacía mucho, claro; seguramente se podría pagar con ella a los cocheros, y no con dinero.

En la cabeza se hizo el silencio, por lo visto Naiden y Pasechny se habían alejado de la mesa.

El *kísel* de leche dulzón le cayó sobre la lengua, falta de sal por la sopa, con suavidad, igual que una manta cálida sobre un crío.

Samsón oía de nuevo los chasquidos sonoros de su vecino, pero no se irritó. El otro ya se había terminado la *kasha*, y el *kísel* debía de habérselo bebido antes de que Samsón se le uniera a la mesa.

Tras las ventanas del comedor brillaba un sol que no había estado allí media hora antes. Dándose prisa en terminar de comer, Samsón corrió bajo sus rayos. Hasta el almacén de la ropa militar podía llegarse en tranvía. Pero el paseo hasta el tranvía le llevó unos quince minutos.

Kreschátik pasó volando por las ventanillas del tranvía, empezó la interminable calle Alexándrovskaia que bajaba a Podol. En la plaza Alexándrovskaia, Samsón se cambió al número 19 y enseguida ambos lados de Kirílovskaia quedaron atrás y, con ella, la fábrica de cerveza y la iglesia del Jordán. Poco después empezó Kureniovka, sucia, de una sola planta, no se parecía en nada a Kiev. El caso es que aquí había bastante más transporte de fuerza animal; una y otra vez golpeaban en el camino las ruedas de madera de los carros, aunque Samsón también se sorprendió al darse cuenta de cómo salpicaban las ruedas de los carros el agua de los charcos. Eso quería decir que, o bien aquí hacía más calor que en la parte alta de la ciudad, o bien el sol había empezado a calentar ya en serio.

El vagón del tranvía se paró bruscamente y Samsón, que iba agarrado a un lazo de cuero colgante, se balanceó durante la parada como un badajo.

Cada vez quedaban menos pasajeros, así que le vino a la cabeza que el tranvía debía de estar a punto de llegar a la curva de regreso. Samsón ya se había sentado en un asiento de madera que había quedado libre. Le preguntó al conductor del tranvía por el almacén. «Después de esta, pasadas las dachas», le respondió.

El almacén estaba instalado en un edificio de ladrillos parecido a una fábrica. Delante de la puerta cochera había cinco carros cargados con sacos. Cerca, en grupos separados, se veía a chinos y eslavos del Ejército Rojo. Un carro vacío salió por la puerta cochera y al momento uno cargado se dirigió sin prisas a la amplia puerta del edificio.

Samsón fue tras él; el carro se paró a unos dos metros de la entrada y hacia él salieron tres soldados en camisola militar de paño sujeta con un cinturón. Se echaron al hombro un saco cada uno y volvieron dentro con paso vivo.

—¿A dónde va? —Un cochero paró a Samsón, que intentaba entrar por ahí en el almacén—. Esta es la entrada de mercancías, la suya está por allá.

Señaló a la izquierda. Samsón se fue hasta la esquina, rodeó el edificio del almacén y vio la típica puerta de una institución. Enseñó el papel del volante al soldado de guardia, que llamó a otro, pecoso y muy joven, y ya este acompañó al visitante al almacén y se lo pasó a un hombre con aire de funcionario que vestía un traje gris, en cuyo bolsillo de parche de la chaqueta asomaban tres lápices con punta.

El hombre estudió el papel, después examinó atentamente a Samsón. Asintió y luego hizo un segundo movimiento de cabeza para indicar que lo siguiera.

El enorme espacio de la sala de almacenaje se dividía en dos partes. Una estaba repleta de sacos y fardos, la segunda recordaba más a los vestuarios de los baños municipales: varias filas de bancos de madera y, tirados encima, calzones, camisolas y capotes. Justamente a los bancos condujo el hombre a Samsón, cogió una camisola, la sacudió y la estiró, luego la pegó al tronco de Samsón; asintió satisfecho. Escogió a ojo otra más.

—¡Tenga! —dijo.

También le acercó a las piernas unos calzones sacados de un banco, y una camisa interior de abrigo. En la nariz de Samsón empezó a juguetear el olor ácido del jabón medicinal.

—Supongo que necesita una chaqueta, no un capote —dijo de pronto el hombre del traje, entornando los ojos.

Y, sin esperar respuesta, pasó por encima de dos bancos y del tercero sacó una chaqueta de cuero con un agujero en una manga.

—Es buena. —El hombre le mostró la cazadora—. Se puede coser con una aguja capotera, no lleva ni tres minutos. Y, ahora, las botas.

Llevó a Samsón a otro lado. Cerca de los fardos y de los sacos olía a podredumbre y a moho. Samsón frunció el ceño.

—Va todo a desinfectar y a relavar —explicó el hombre del traje, indicando los fardos—. Las botas las puede tratar usted mismo con vapor o con queroseno. ¡Siempre escasea!

En el rincón derecho de la sala un soldado chino sacudía los sacos de botas para vaciarlos e intentaba colocarlas por parejas.

El hombre se inclinó, tiró de un par para acercarlo, lo levantó, lo examinó; a continuación, miró los presentables botines de Samsón.

—Haría bien en cuidarlos —dijo pensativo—. Unos así ya no se compran. A ver, póngaselos.

Samsón dejó en el suelo la ropa recibida, se puso en cuclillas. Le costó que le entrara la bota derecha, pero, cuando lo hizo, sintió seguridad en el pie. Se calzó la izquierda. Pateó un poco sin moverse del sitio.

—¿No le aprietan? —preguntó el hombre.

—No.

—No se las quite —le dijo—. Voy a darle un saco para que meta todo.

En el camino de vuelta en el tranvía, Samsón captó las miradas intensas de los pasajeros sobre el saco y sobre las botas; a veces le parecían hasta hostiles. Tenía ganas de llegar cuanto antes a la plaza Alexándrovskaia para cambiar al número 2, en el que incluso en estos tiempos difíciles, o así le parecía a Samsón, los pasajeros se distinguían por un mayor aseo y afabilidad, no como en las líneas que iban a las afueras.

Capítulo 14

Solo cuando estuvo en casa, Samsón comprendió que, de todo el vestuario recibido, solamente se había probado en el almacén las botas. Y que le habían servido a la primera. Recordó entonces al hombre con aire de funcionario en traje gris y con lápices afilados sobresaliendo del bolsillo de parche. Se acordó de que lo había medido con la mirada igual que si su mirada fuera el ojo óptico de un nivel alemán superpreciso. Probablemente, en ese momento el hombre había transmitido a Samsón la seguridad en su cálculo correcto de las tallas de ropa, por lo que no se le había ocurrido ni por asomo probarse allí lo recibido.

Pero ahora, después de dejar el saco con el vestuario en la mesa de comer en la sala, y con el deseo de aprovechar que se encontraba solo —los fusiles no estaban en el pasillo y en todo el piso reinaba la calma—, decidió mirarse en el espejo con el vestuario recibido ya puesto. Se probó los pantalones de color azul oscuro que, aun necesitados de un toque de plancha, tenían un aspecto decente, nada gastado. Encima de la camisa verde de paño se puso la chaqueta de cuero. El corte lineal de la manga enseguida se abrió y, al mirarse en el espejo, Samsón se imaginó cómo se había hecho, dado que recorría la parte posterior del codo. Es decir, que el anterior propietario de la chaqueta se había defendido de alguien levantando el codo, pero ¿qué puede hacer un codo frente a un sable?

A Samsón se le llenaron los ojos de lágrimas. Ante él había aparecido ese último instante en la vida de su padre, en su memoria refulgió también el segundo sable cayendo sobre la cabeza de Samsón, la suya, y que no alcanzó su objetivo gracias a ese último acto, póstumo, de amor paternofilial. Ni siquiera tuvo tiempo de pensar en que podía haber levantado el brazo para defenderse. ¡Por eso la ropa se le había quedado intacta!

Samsón se secó las lágrimas con el reverso de la mano. Después hundió la mano en el bolsillo de la chaqueta, sus dedos tropezaron con un papel. Lo sacó, lo miró: restos de un cigarrillo liado. Comprobó el otro bolsillo: vacío. Metió entonces la mano en el de dentro y sacó un sobre y, de su interior, una fotografía.

Una cara bonita de mujer, ligeramente inclinada hacia el hombro derecho, a la que el fotógrafo había inmortalizado con un marco ovalado, miró a Samsón con amor y con pena.

Debajo del óvalo, a la derecha, la firma: «De la amantísima esposa Nastia al marido y combatiente Piotr en abrumadora memoria».

Un suspiro de angustia se escapó de la boca de Samsón. En el pasillo resonó el ruido de una presencia. Los soldados habían regresado, dando un golpe con la culata dejaron en el suelo los fusiles, entraron en la sala y se quedaron petrificados al ver al dueño con una foto en la mano.

Se acercaron observando los ojos húmedos de Samsón. Antón echó un vistazo a la fotografía, sacudió la cabeza con pena y después sacó del interior del capote una foto, ahora los movimientos de su mano eran cuidadosos. Colocó la foto de su esposa de forma que Samsón también pudiera verla bien. Esta foto era más sencilla, aun así la cara de una campesina joven de pelo liso y con el cuello de la blusa o de la chaquetilla hasta casi la barbilla le resultó simpática a Samsón, aunque no había ningún óvalo subrayando su romanticismo.

Samsón sujetó con cuidado la foto de Antón, le dio la vuelta.

«A mi querido esposo Antón en abrumadora memoria», leyó.

Fiódor, que estaba allí cerca, también fue a rebuscar en su ropa, pero, de pronto, se frenó y la mano volvió por donde había venido, y la metió en el bolsillo del capote.

—Disculpe lo de la mesa —dijo Antón—. ¡Nos molestaba mucho! ¿Cuánto ha pagado por la chaqueta? —Antón evaluó con la mirada el cuero.

—Nada —respondió Samsón—. Me la han dado en el trabajo.

—¿Se ha puesto a trabajar? —se sorprendió Fiódor—. ¿Dónde?

—En la milicia.

Fiódor y Antón intercambiaron una mirada llena de tensión. Antón asintió y los dos se fueron al despacho del padre. Cerraron la puerta tras de sí.

Samsón se miró al espejo una vez más. De lado y de frente. La chaqueta le parecía un poco rígida. Por otra parte, la de un hombre que iba a encontrarse con los peligros debía ser rígida, protectora. Aunque al propietario anterior no lo había defendido o la seguiría llevando, ¿no?

Samsón no sabía zurcir. Bajó a ver a la viuda del portero. Le pidió el favor.

Esta palpó el grosor de la piel en el lugar del corte y meneó la cabeza.

—No podré atravesarla —dijo—. ¡No me alcanzan las fuerzas!

Samsón se puso entonces la chaqueta y decidió ir a Nemétskaia, acercarse a ver al sastre de su padre.

El sastre recibió con amabilidad a Samsón, lo invitó a un té. Con la máquina, el arreglo en el codo se hizo enseguida, luego le untó betún negro y lo cepilló hasta sacarle brillo. De pronto la manga parecía de una pieza.

En el camino de vuelta Samsón se paró delante de la puerta del doctor Vatrujin. Ahora esta casa no contaba nada de sus habitantes. No habían puesto carteles nuevos y el antiguo había desaparecido igual que el montón de basura y nieve acumulada que hasta hacía poco aguantaba firme en la acera junto a la esquina derecha de la casa.

Samsón llamó a la puerta y la criada Tóniechka abrió enseguida.

Nikolái Nikoláievich no tenía buen aspecto, vestía una bata de baño abrigada y por debajo asomaba una chaquetilla de color azul, tosía cada poco rato.

—Será solo un minuto —avisó enseguida Samsón, pasando al despacho acompañado de la criada—. Solo quería hacerle una pregunta.

—Al final no ha lavado la venda —dijo Vatrujin con pena y tono de profesor.

—No ha habido manera.

Samsón se sentó en la silla para pacientes a un lado del escritorio. El doctor ocupó su sitio y la expresión de su rostro se volvió profesional, atenta.

—Bueno, ¿qué pregunta es esa? —se interesó.

—Cuando los soldados del Ejército Rojo irrumpieron en su casa, le robaron una prótesis de ojo. ¿Es correcto?

—Eso es, se la llevaron, la requisaron —corroboró irónico el doctor.

—Y esa prótesis solo sustituye al ojo en su aspecto para que no haya agujero, ¿no? ¿El ojo en sí no ve?

—¡Claro que no ve! Es para comodidad espiritual.

—¿Y no sabrá si alguien puede hacer prótesis de oreja?

—Si le soy sincero, no he conocido a nadie. —El doctor se encogió de hombros—. Hacerla de yeso es fácil, pero no va a sujetarse...

—A mí me ayudaría también para mi comodidad espiritual... Me quitaría la venda enseguida.

El doctor alzó la vista de nuevo para observar la cabeza vendada del muchacho.

—¡Debería quitársela de todas formas! A saber cuántos virus y bacterias tiene ya. Dios le libre de una septicemia.

—¿Y cómo voy a andar por la calle con un agujero en lugar de oreja? —preguntó Samsón con voz casi de mártir.

—Qué poco ingenio tiene usted, joven —se sorprendió el doctor—. Con el tiempo que tenemos ahora podría decirse que estamos en invierno. Puede llevar un gorro con orejeras, nadie le verá la herida. Y ya encontrará más adelante otro sombrero o algo para la cabeza, puede encargarlo. ¿Qué gana con esa venda? Lo único que hace es llamar la atención.

La sugerencia del doctor prendió en los pensamientos de Samsón una llamita de alegría.

«¿Cómo no he llegado yo solo a esa conclusión?», pensó pasmado.

—No sabe lo agradecido que le estoy —le dijo enseguida a Vatrujin—. No sé cómo no se me ocurrió a mí solo.

—Si no ha sido nada, no las merezco. —El doctor hizo un ademán con la mano—. ¿Y qué tal con los ojos? ¿Le causan alguna molestia?

—No, ninguna. Mañana comprobaré además la vista disparando.

—¿Como que disparando? —De la sorpresa el doctor se recostó en el respaldo del sillón, como para observar mejor al visitante sentado enfrente.

—He entrado a servir, en el cuartel de la policía de Líbedski. Mañana tengo un curso para aprender a disparar. En el tiro de la Sociedad de Caza, pasado Kureniovka.

—Lo conozco, sí. —El doctor asentía pensativo—. En tiempos yo también pasé ratos entretenidos cazando. Entonces ¿va a convertirse en bolchevique? —Miró la chaqueta de Samsón.

—¡No, qué dice! —apresuró a asegurar al doctor—. Voy a luchar por el orden.

—Hay diferentes tipos de orden. —El doctor se mordió los labios, confuso—. Está el orden bolchevique, está el orden majnovista, el de Denikin. Todos ellos sin constar en un papel y todos ellos cambiando como el tiempo en

Inglaterra. Nada resiste. Pero, para vivir, se necesita un orden que haya resistido, legitimado con leyes para que haya normas iguales para todos...

—Lo habrá —le prometió Samsón al doctor—. ¡Claro que lo habrá! Me voy ya.

—Sí, claro, claro. ¡Vaya a poner ese orden suyo! —Vatrujin despidió a Samsón con palabras algo amargas—. Y, si los ojos lo necesitaran, venga. La medicina tiene una única ley y un único orden desde hace milenios. Porque las enfermedades no distinguen entre bolcheviques y petliuristas.

Capítulo 15

Como la oreja ya no estaba en el despacho de su padre, Samsón no durmió en toda la noche, andaba intranquilo, se acercaba a la puerta e intentaba escuchar: ¿no estarían cuchicheando otra vez los soldados que vivían con él? Solo cuando le llegó de dentro un ronquido claro, Samsón se tranquilizó y se acostó definitivamente, tenía el cuerpo molido.

Recibió el amanecer con los ojos abiertos. El té con una rebanada de pan le hizo recobrar el sentido, y vestirse con el uniforme recibido la víspera le transmitió seguridad. La única cosa que le hacía titubear era que no le hubieran dado una gorra el día anterior. Pero en el armario encontró el gorro de su padre, era de piel de castor, sin orejeras con cintas para atarlas, y, aunque por su estilo no pegaba con la burda chaqueta de cuero, Samsón, decidido, sustituyó con ella la venda gastada. Como su padre tenía la cabeza más grande, el gorro le tapaba la oreja izquierda y lo que quedaba de la derecha. Y salió a la calle vistiendo las botas y la chaqueta de cuero de forma completamente diferente a como estaba acostumbrado a salir cuando llevaba el abrigo de estudiante y los botines ingleses. La espalda algo encorvada por la que ya nadie le regañaba en casa se puso recta ella sola, se estiró debajo de la chaqueta como la cuerda de un arco. Las botas exigían un caminar especial y este caminar les salió solo a sus piernas, como si ellas supieran cómo debía andarse con tales botas.

Cerca de las dependencias de la milicia había una camioneta White. Junto a la cabina estaba Pasechny fumando y charlando con el conductor por la ventanilla bajada. El conductor también fumaba. Samsón vio la nubecilla del humo de los cigarrillos saliendo de la cabina. Se acercó. Saludó.

—Estamos esperando a otro camarada más —le avisó Pasechny.

—¿Cómo está el camarada Naiden? —se interesó Samsón.

—En su puesto. Ayer por la tarde lo examinó el médico. Dice que, de momento, no salga de casa.

—Pero, entonces, ¿está en casa?

—Su casa está aquí. —Pasechny señaló la puerta del cuartel—. Está echado en la meridiana del despacho. ¿Y cómo es que no te han vestido de uniforme? —Pasechny miró con curiosidad el gorro de piel de castor.

—No, no, de momento llevo el gorro de mi padre. Ayer no me ofrecieron nada para la cabeza.

—Sí, claro, no vas a llevar una *budiónovka** —asintió comprensivo Pasechny—. No pasa nada, algo encontraremos. Además, pronto empezarán a funcionar los talleres. Ya hemos requisado trece máquinas de coser, las trabajadoras pronto se pondrán con ellas y las canciones manarán por las grandes extensiones. ¿No fumas?

—No —reconoció Samsón—. Lo probé cuando estudiaba, no me gustó.

—Ajá —se sonrió Pasechny—. Así que solo haces lo que te gusta. Vaya. ¡Ah! Ahí está el camarada Jolodny. —Trasladó su atención a alguien que estaba detrás de Samsón.

Este se giró y vio delante a un hombre bien robusto y mofletudo, de piel sorprendentemente blanca en la parte inferior de cara, con cazadora de cuero marrón y pantalones negros abombados.

---

* Casco de paño propio de los uniformes del Ejército Rojo de Obreros y Campesinos, que luego pasó a formar parte también del uniforme del Ejército Rojo.

—Este es Samsón Kolechko, también es nuevo. —Pasechny hizo un gesto con la cabeza en dirección a Samsón.

—Sergui Jolodny —se presentó el recién llegado.

—¿Sergui? —preguntó para asegurarse Samsón, acentuando, al igual que el recién presentado, la primera sílaba del nombre.

—Bueno, como le guste más. —El hombre hizo un ademán con la mano—. Llámeme simplemente camarada Jolodny.*

—El camarada Jolodny era del clero —explicó Pasechny a Samsón—. Tomó conciencia de la falsedad de la religión y hace poco que ha renegado de Dios. ¡Quiere combatir el mal! Por eso se ha unido a nosotros.

Samsón miró Jolodny a la cara con interés renovado y ahora ya le resultó comprensible la insólita blancura de la parte inferior del rostro del antiguo clérigo. Claramente había tenido barba durante muchos años y hacía muy poco que se la había quitado. La piel, que no había visto la luz del día por la barba en la que se había guarecido, de momento parecía estar avergonzada del mundo circundante.

—A ver. —Después de sacar el reloj y hacer chasquear la tapa protectora de plata, Pasechny atrajo su atención—. Ya es la hora. ¡Arriba, a la caja!

Jolodny y Samsón se instalaron en los bancos uno enfrente del otro. La camionetilla se puso en marcha y enseguida quedó patente la dureza de sus bancos de madera. Aunque el conductor no aceleraba mucho el vehículo, la calle adoquinada los sacudía con fuerza. Samsón se lamentó mentalmente por no haber ido en tranvía. Porque el tranvía también iba en esa dirección. Pero no era tarea suya decidir en qué transporte llegar al antiguo tiro de la Sociedad de Caza.

Después de la plaza Gálitskaia, el conductor giró por unas callejuelas extrañas hasta salir unos cuarenta minu-

---

* Es decir, frío.

tos después a la plaza Kirílovskaia y luego avanzaron despacio por la amplia Kurenióvskaia, tropezando una y otra vez con carros y telegas campesinas y logrando a veces adelantarlas, adentrándose para ello en los raíles del tranvía, ante lo que las manos de Samsón y Jolodny se agarraban solas al banco.

—Yo estuve aquí ayer. —Samsón le indicó a Jolodny un tranvía que pasaba en dirección a Podol.

—¿En un curso?

—No, en el almacén de vestuario. ¿Qué cargo tenía cuando servía a Dios?

—Sacerdote —respondió su interlocutor con ganas y bien alto para que se lo oyera por encima del ruido de la circulación—. En la región de Chernígov.

—¿Su familia se ha quedado allí?

—La familia está en Chernígov de momento. No tengo dónde traerlos. En cuanto me instalen en un piso, los llamaré. Aunque allí, en Chernígov, se está más seguro. Y está más cerca de Moscú. Al principio pensé en ir a Moscú y renegar de Dios allí, pero hay tantos ya allá...

—Sí, en Kiev yo no lo había oído nunca —reconoció Samsón.

—¿Y usted, camarada Samsón, también ha renegado de Dios?

—¡Soy ateo desde mis años de estudiante!

—Ah, así que no le hizo falta. Aunque le diré que siento pena por usted. No ha experimentado la limpieza moral que yo sí he experimentado.

El terreno del antiguo tiro de la Sociedad de Caza recordaba bastante a una parcela de bosque vallada. Pero entre los troncos de los pinos se alzaban a cada paso unas estatuas de contrachapado donde un mal pintor había representado a diferentes enemigos de la revolución. Todos estos enemigos tenían en la nariz pintada gafas o anteojos también pintados. Una de cada tres estatuas de contrachapado representaba a un pope barbudo.

El eco de las copas traía unos disparos breves, como si pusieran un punto final. En ese momento estaba disparando un grupo de cuatro chequistas principiantes. El instructor los había alineado, y primero corrigió la posición de partida para disparar un nagant, y después ya permitió que dispararan por turnos a los blancos de contrachapado.

Durante más de media hora el instructor estuvo trabajando con unas chicas de falda negra larga, chaqueta negra de piel y boina de piel en la cabeza. A Samsón le resultó agradable su uniforme, pero el aspecto de las chicas disparando el nagant sugería que uno debía ser cauteloso a la hora de opinar acerca de ellas. Sobre todo porque, como podía verse, no era la primera vez que entrenaban: disparaban muy bien. En un determinado momento, a Samsón le pareció que una de las chicas se despistó de repente de la mira y le lanzó una mirada interrogante. Él se giró de inmediato.

Después les llegó el turno a Samsón y a Jolodny. Mantener suspendido el nagant no era algo tan sencillo como Samsón pensaba. Además, el instructor le había hecho quitarse el gorro de piel de castor, dijo que este tipo de gorros molestaban mucho al disparar. Le dolía la mano, pero Samsón se esforzaba por seguir todas las indicaciones del instructor. Sin embargo, las balas pasaban sin tocar el contrachapado pintado. No como las de Jolodny, que a la primera le dio en la cara al prototipo de enemigo y sujetaba el nagant con tanta firmeza y seguridad que parecía haber nacido con él. Samsón hasta tenía envidia del exsacerdote. Pero el instructor, después de un rato trabajando con Jolodny, regresó con Samsón y, al fin, consiguió un relativo progreso. Los últimos cinco disparos alcanzaron el objetivo de contrachapado.

Antes de abandonar el terreno del tiro, Pasechny los llevó a ambos a la casita de madera de la antigua Sociedad de Caza, cogió en la oficina dos papeles escritos a mano con sellos lilas. Uno se lo dio a Jolodny y el otro a Samsón. Este enseguida miró fijamente el documento.

«Entregado a Kolechko Samsón Teofílovich por haber terminado un curso de tiro rojo el 22 de marzo de 1919».

—¡Guardadlo con cuidado y siempre en el bolsillo! —ordenó Pasechny—. Es más, cuantos más documentos tengáis en el bolsillo, mejor.

—¿Y van a darnos pasaportes nuevos? —preguntó de pronto Samsón acordándose del viejo pasaporte familiar en el que la persona principal era su difunto padre, y, sin el padre, este pasaporte no tenía valor para el resto de los miembros de la familia, estuvieran vivos o no.

—Los darán, sí —asintió Pasechny—. En cuanto se delimiten las fronteras de nuestra autoridad, habrá también pasaportes.

De regreso en el cuartel de la milicia, Samsón y Jolodny recibieron en mano un nagant con cinturón y pistolera de madera y una decena de cartuchos y, con esto, un permiso escrito para llevar armas.

Samsón se puso el cinturón y sintió a la derecha un peso agradable. Ahora su vida debía cambiar. La vida siempre cambia cuando un ser humano recibe un arma.

—Te he dejado en la mesa un par de asuntos de la policía zarista, para que comprendas qué es eso de las pesquisas y del servicio de información —comunicó Pasechny a Samsón—. Ve a trabajar, el camarada Jolodny y yo tenemos asuntos que discutir.

En el despacho Samsón se sentó con mucho entusiasmo en el querido escritorio de su padre, observó los cajones, todavía precintados con el sello de Pasechny. Arrancó los sellos y abrió el cajón superior izquierdo. Miró con ternura la lata redonda de caramelos y el pasaporte familiar de su padre del que se había acordado antes.

Después se acercó una carpeta en la que, con trazo bonito y suelto, habían escrito: «Caso del asesinato del propietario de fábrica Kornienko S. P. y de los miembros de su familia en Zhiliánskaia, n.º 47, tercera planta».

Delante de Samsón surgió el conocido edificio que estaba a dos manzanas de su casa. Después de buscar la fecha en la carpeta, comprendió que el caso se había iniciado en enero de 1916. La abrió bien y se enfrascó en la lectura de la primera hoja manuscrita, la denuncia del crimen, intentando al mismo tiempo recordar si había oído hablar antes de ese asesinato.

En respuesta, la memoria le recordó que esos años él intentaba no escuchar nada sobre asesinatos porque sucedían en gran número y, por eso, la vida parecía frágil y necesitada de una funda protectora, cual recipiente de cristal veneciano. Ahora, cuando en el costado derecho sentía el peso del nagant, leer la descripción del asesinato de toda una familia que vivía no muy lejos de él, en su misma calle, no impresionaba tanto ni daba tanto miedo.

Capítulo 16

Trofim Siguizmúndovich abrió la puerta de su piso y se asustó, porque no reconoció a Samsón a la primera, pero, cuando lo hizo, se asustó otra vez, aunque lo dejó pasar.

—Le favorecía más el abrigo de estudiante —dijo, mientras esperaba a que el huésped colgara en la percha el cinturón con la pistolera y la chaqueta de cuero.

Sin embargo, Nadiezhda no se asombró especialmente ante el nuevo aspecto de Samsón. Aunque leyó lástima en la mirada de la muchacha y comprendió que la causa de esa pena era la ausencia de la oreja izquierda, ahora ya sin cubrir por la venda. Y todo su interior se encogió. También había dejado el gorro en la percha, no iba a sentarse a la mesa con él puesto, claro.

El reparto del té en las tazas lo hizo Liudmila, la madre de Nadiezhda. También ella sacó unos melindres en una confitera de porcelana casi de juguete.

—Discúlpeme, pero he olvidado su patronímico. —El padre de la muchacha miró a Samsón a los ojos.

—Teofílovich.

Los labios de Trofim Siguizmúndovich se inflaron con una sonrisa de aprobación. Al mismo tiempo, los ojos de Nadiezhda resplandecieron con ironía.

—El hombre tiene derecho a liberarse del pasado que lo oprime —dijo con tono algo astuto.

—Pues yo no tengo nada de lo que liberarme —soltó su padre.

—Yo sí —declaró ella terca, pero con bastante alegría—. ¿Y usted, Samsón?

El muchacho se quedó pensando.

—A mí me gustaría recuperar algo de lo perdido —pronunció con cautela, porque temía que la muchacha exigiera que continuara la idea. Decidió cambiar de tema enseguida—. Ha venido un nuevo colaborador al cuartel de la milicia. ¡Un exsacerdote!

—¿Un exclaustrado? —se animó Trofim Siguizmúndovich.

—Sí, me contó que ha renegado de Dios y que quiere luchar por el orden.

—Tenga cuidado con él —dijo inquieta la madre de Nadiezhda—. Cuando un hombre se convierte en su contrario, puede confundir el bien y el mal.

—Todos pueden confundirlos .—El padre hizo un ademán con el brazo—. Vivimos un tiempo en el que a veces no está claro dónde está el bien y dónde el mal. Míreme a mí, ahora sé que los petliuristas son el mal, pero no sabría qué decir sobre el *hetman*. ¿Y de la gente de Denikin? ¿Es bueno o malo que lleguen a Kiev?

—No llegarán. —Enfadada, Nadiezhda interrumpió a su padre—. Kiev no es una barca que se pueda bambolear así como así.

—Bueno, esta es la segunda vez que llegan los bolcheviques —siguió el padre.

—Y, como suele decirse, a Dios le gusta la trinidad... —dijo la madre y, acto seguido, se tapó la boca con la mano, como si fuera consciente de lo inoportuno de su comentario.

Después del té, con el gorro bien calado y con la chaqueta y el resto del equipo puesto, Samsón llevó a Nadiezhda a dar un pequeño paseo.

La tarde estaba sorprendentemente tranquila. Los cuervos graznaban rítmicamente. A su lado, resonaban de vez en cuando las ruedas de hierro en los raíles del tranvía.

—¿A dónde me lleva? —quiso averiguar Nadiezhda.

Le gustaba que los transeúntes —unos con interés, otros con recelo— miraran de reojo la pistolera de Samsón.

—¡Pronto lo verá! —Samsón estiró el tiempo.

Dejaban atrás los visillos metálicos cerrados de los escaparates de las tiendas, las farolas encendidas que iluminaban los cruces, los guardacantones con anuncios del teatro en los que saltaban a la vista los nombres desconocidos de las obras. Y salieron al límite septentrional de la plaza Alexándrovskaia.

—¿Vamos a Kreschátik? —Nadiezhda se interesó de nuevo por el objetivo del paseo.

—No, ¡casi estamos!

Se pararon al llegar a un pequeño bazar desierto que se extendía junto al pozo de Sansón.

—¿Y qué hay aquí? —Miró desilusionada en todas direcciones—. Pensaba que me iba a invitar a un café...

Samsón suspiró.

—Mire bien todo alrededor —pidió.

Ella hizo una pirueta juguetona para girar sobre sus talones, cual bailarina, y detuvo la mirada sobre él.

—Vamos, ¡dígamelo! —pidió ella.

Él se acercó al borde de la fuente-pozo, señaló con una mano la figura de Sansón desquijarando las fauces del león.

—¿Sabe quién es?

—¿Sansón? —preguntó ella y, acto seguido, rompió en sonoras carcajadas—. ¿Ha decidido mostrarme a su tocayo?

—Así es —asintió el muchacho—. Aquí se conocieron mis padres. En el bazar. Después lanzaron una moneda. Y me pusieron Samsón en su honor. —Señaló la figura algo ridícula de la fuente—. De no ser por él, yo no estaría aquí.

—¡Qué conmovedor! —Agitó los brazos asombrada—. ¡Qué encanto es usted! —Su mano rozó el hombro, como si quisiera acercar a Samsón. Lo rozó y volvió a su sitio.

—Me parece importante conservar algunas historias familiares. Para que el alma mantenga la calidez. —La voz de Samsón se volvió seria, un poco didáctica—. He estado leyendo sobre unos asesinatos antiguos... Bueno, no voy a estropearle el humor, pero un camarada herido me dijo después que todos y cada uno de los hombres son testigos del mal o de un delito y que, a la postre, pagarán por ello, convirtiéndose en víctimas o siendo declarados cómplices. Y dijo que debo observar con atención a mi alrededor, mirar dos veces para ver el mal que no percibo conscientemente...

—¿Y dónde lo ha visto? —preguntó Nadiezhda algo molesta—. ¿En nuestra casa?

—¡Qué dice! Sus padres son muy agradables. Nada de eso. El mal está ahora en mi piso. En el despacho de mi difunto padre. Allí duerme. Allí debaten sobre la deserción para volver a casa a tiempo para la siembra.

—¿Y quiénes son?

—Antón y Fiódor, unos soldados del Ejército Rojo —explicó Samsón—. Han traído a casa tres cajas con bienes requisados o robados. Y un saco con cosas de sastre...

—Pero puede que lo hayan requisado de verdad.

Samsón meneó la cabeza.

—Ahora sé que lo requisado se lleva a unos almacenes y no a los pisos donde se aloja a los soldados.

Nadiezhda guardó silencio. Pensaba y miraba la fuente sin agua, la basura tirada en el suelo, los mostradores de madera, inclinados y estropeados.

—Si yo estuviera en su lugar, les preguntaría directamente —dijo de repente, levantando la mirada resuelta hacia Samsón.

—Mañana iniciaré un caso sobre ellos y describiré mis sospechas con todo detalle. Después se lo entregaré al camarada Naiden y él escribirá de su puño y letra qué hay que hacer a continuación.

—¿Lo ve? Usted está ahí sufriendo cuando ya existen unas normas. Simplemente no debemos olvidarnos de cumplirlas.

—¡Eso es! —convino Samsón—. Venga, la acompaño a casa.

—Vale.

Cuando salieron a la esquina de Mezhigórskaia y Spásskaia, súbitamente se apagaron todas las farolas eléctricas de alrededor.

—Vaya —suspiró Samsón con tristeza—. En la estación eléctrica se ha terminado la leña.

—¿Puede sacar el nagant? —preguntó Nadiezhda, asustada por la oscuridad.

Samsón desabrochó la tapa de madera de la pistolera, sacó el pesado nagant, se lo enseñó.

—No tenga miedo —dijo con ternura—. Yo la protegeré.

Los ojos de él se acostumbraron a la oscuridad con bastante rapidez. Iban más despacio de lo habitual, intentando aplicar el oído no solo a sus propios pasos. Detrás quedó el vagón de un tranvía abandonado por los pasajeros y por el conductor y que, por lo visto, se había parado por la misma razón, por la inesperada desaparición de la energía eléctrica.

Nadiezhda se agarró del brazo de Samsón y se pegó a su costado. Se pararon.

—¿Puede disparar? —susurró ella en tono conspirativo.

—¿Para qué? —preguntó él.

—¡Para no tener miedo, sino que nos lo tengan! —Su aliento cálido le golpeó en el oído izquierdo.

Samsón cargó el nagant, miró el cielo oscuro y oculto, y a este disparó. El aire resonó por culpa del disparo y el eco se dispersó por los tejados de las casas próximas y más allá de ellas. Se oyó a alguien que escapaba corriendo, golpeando con fuerza las suelas contra los adoquines.

—Gracias —le susurró Nadiezhda en el oído izquierdo. Y al poco él sintió en el oído el roce de los tiernos labios y un poco pegajosos de ella.

Capítulo 17

Samsón se sorprendió de que el despacho de Naiden fuera la mitad de pequeño que el suyo. Pero solo se decidió a preguntar por el motivo la mañana en que llamó a la puerta y entró a verlo también con una pregunta sobre la apertura de un caso por un delito.

Naiden estaba sentado a la mesa en la meridiana con esa expresión en la cara que uno pone si una mosca se le mete en la boca, y leía unos papeles escritos a mano. La mano izquierda, doblada por el codo, pendía inmóvil, colgaba del cuello con ayuda de un cinto de lienzo. Aunque puede que fuera el cinto del fusil. La bienquerencia le acudió al rostro cuando vio a Samsón. En respuesta a la pregunta cotidiana e inofensiva, Naiden señaló la estufa de hierro junto a la ventana.

—Aquí se está más cómodo —dijo—. Se calienta antes y es más fácil concentrarse. ¡Es como estar en un calabozo!

—¿Y eso? ¿Es que cuesta más trabajar en un despacho grande?

—Las paredes no presionan y la presión de las paredes es siempre un estímulo. A menos reflexiones huecas, más trabajo.

—Pues yo tengo un despacho bastante grande. —Samsón manifestó su desconcierto, mientras daba vueltas a las palabras recién escuchadas.

—Enseguida haremos que estés apiñado —prometió Naiden—. ¿Qué te trae por aquí? Porque tengo que leer los garabatos de los agentes...

—Quería un consejo —reconoció Samsón—. ¿Los casos se abren como se hacía en la época del zar? ¿Con un «informe»?

—Anda, ¿ya tienes un caso?

—Ya lo tenía, pero hasta nuestra conversación no me di cuenta. Me dijo que todos y cada uno de los hombres viven entre delincuentes y delitos, pero que uno intenta no darse cuenta mientras no se convierte en víctima.

—¿Y bien?

—Tengo alojados en casa a dos soldados del Ejército Rojo. Ya han traído al piso tres cajas y dos sacos del fruto de su pillaje y planean desertar y regresar a casa para la temporada de siembra.

—¿Qué te dije? —Naiden meneó la cabeza—. Bueno, pues a ello, ¿no?

—Entonces ¿me informo a mí mismo del delito?

—No, ya no escribimos «informes». Escribe la denuncia con el delito para la policía judicial y de investigación del cuartel de Líbedski. Enséñamelo después y te escribiré una resolución para la instrucción. ¿Está claro?

Samsón asintió y se fue a su mesa. Se quitó el cinto con la pistolera, lo dejó en el suelo a la izquierda de la silla. Enseguida sintió que respiraba mejor y que se le ocurrían ideas nuevas que había temido antes de que lo pertrecharan. Llamó a Vasyl, le pidió té y papel. Este regresó con una carpeta con casos de la policía zarista.

—De momento no hay papel en blanco y limpio —dijo—. Descosa estos casos y escriba en el lado libre. Yo iré haciendo el té.

Intentando no distraerse con las actas y detenciones zaristas, Samsón seleccionó varias páginas poco usadas. Las dejó delante, encima de la parte del tablero cubierta con una piel bien extendida de color verde oscuro. Se acercó la pluma y la tinta. Escribió arriba: «Denuncia». Y la continuación salió sola, como si llevara toda la vida redactando denuncias: «Por la presente declaro las actividades delictivas de Antón y Fiódor, miembros del Ejército Rojo, dispuestos a desertar del Ejército Rojo y sospechosos de pillaje y requisiciones ilegales…».

La facilidad con la que había empezado a escribir desapareció. Se dio cuenta de que desconocía el apellido de sus alojados, solo los había visto en el documento de concesión de alojamiento y los había olvidado nada más leerlos. Además, no sabía de qué destacamento o regimiento eran. Es decir, no podía indicar nada concreto aparte del domicilio —que era su propia dirección— en la denuncia. No quería ir otra vez donde Naiden, porque hacía muy poco que ya lo había distraído de los informes de los agentes.

Samsón decidió escribir de memoria en la denuncia lo que había visto en el saco y en las cajas. Al final de la breve comunicación añadió: «Solicito el arresto de los ciudadanos arriba indicados para efectuar una instrucción detallada y determinar las medidas de castigo».

Después de tomarse el té, pasó de nuevo a ver a Naiden.

—Escribes bien —afirmó cuando hubo leído el papel—. Pero es poco, faltan detalles. Por supuesto que ambos lo contarán en el interrogatorio, pero piensa un poco más. ¿Quizá recuerdes algo de tus conversaciones con ellos que sea de ayuda?

A la hora de la comida, Samsón se fue a casa en lugar de ir al comedor soviético. Se llevó en el bolsillo la lata de caramelos. Los soldados no estaban en el piso. Entró al despacho de su padre. Olía a tabaco y a sudor. Vio que los alojados habían desordenado las bolitas de los ábacos colgados en las paredes. Reparó en que había otros dos sacos en un rincón. Hurgó un poco, pero solo encontró ropa, incluido un chaleco de raso de un traje de gran tamaño. Soltó un hum, se apartó hacia la librería, abrió la portezuela y metió la lata con la oreja entre los libros y la parte superior del segundo estante. Dejó la puerta entreabierta.

Volvió a mirar en las cajas de madera, revisó su contenido con más atención, intentando acordarse de todo lo que veía.

En el camino de vuelta al cuartel, por poco no lo derriba una calesa. El cochero se giró, lo cubrió de tacos y, además, como colofón lo tildó de «asqueroso bolchevique».

Por eso Samsón regresó a su despacho con gesto agrio. Y, contra su voluntad, este gesto se le debió de quedar en la cara al menos una hora, porque Vasil, al verlo, preguntó de repente si en el comedor habían empezado a no echar sal a la sopa y a la *kasha* como era debido.

En ese momento resonó un ruido de gritos en la planta baja y Vasyl desapareció sin esperar respuesta. Samsón agarró el nagant y también bajó. Vio a unos agentes que conducían al sótano a dos bandidos, con las manos atadas a la espalda, para empujarlos dentro de una celda de prevención.

De regreso a la planta de arriba, Samsón se encontró con Naiden, que había decidido observar la redada con sus propios ojos o quizá quisiera hacer varias preguntas a los agentes sobre los casos.

—Bueno, ¿qué?, ¿escribes? —preguntó Naiden.

—Sí, sí —asintió Samsón.

De hecho, cuando regresó a su mesa, se puso a apuntar en el revés de otra acta policial las preguntas y palabras con cuya ayuda podría sonsacar esa tarde a los soldados más sobre sus turbios asuntos. Estaba claro que cualquier pregunta podía levantar la alarma y las sospechas de los alojados. Pero esta vez tenía las de ganar. Cuanto más se alarmaran, más susurrarían después. Y sus susurros podían resultar más importantes que cualquier conversación con ellos.

Esta vez decidió dejarse en el cuartel la pistolera con el nagant, la escondió en un cajón del escritorio. Este fue el único cajón que precintó con su propio sello, que había recibido de Vasyl la víspera.

A casa anduvo ligero y se sorprendió de que con el nagant en el costado tenía más miedo en la calle que cuando iba sin él.

El aire de la cocina le pareció esta vez similar al del despacho de su padre. También olía a humedad y a tabaco, solo que la humedad no era natural, sino de una vida incorrecta. Samsón entreabrió la ventana. En la calle el ambiente era seco y a los olores de la cocina se unió el humo de carbón ardiendo que, por lo visto, bajaba desde el tejado de una de las casas vecinas. Nadie sabía quién y con qué se calentaban las casas. Había a quien le faltaba la leña, otros seguían prendiendo en las estufas antiguas reservas de carbón.

Samsón se tomó un té y molió con una mano pesada en un mortero de hierro fundido granos de trigo, los echó en una taza y añadió agua hirviendo. Solo quedaba esperar una media hora y ya podía cenar. Aunque con una cena así lo único que hacía era engañar al estómago con el peso. Más le habría valido ir al comedor soviético. Aunque Vasyl tenía razón: escatimaban en sal y, sin sal, la comida no alimentaba.

Las botas de los soldados retumbaron en el pasillo, colocaron los fusiles.

Antón echó un vistazo a la cocina. Al ver al dueño, hizo un gesto de indiferencia.

Después de tomarse la *kasha*, Samsón bajó a por leña. Y se puso a encender ambas estufas: la que calentaba a los soldados y la suya. Ante los golpes de los leños y el chirrido de la portezuela de la estufa, Fiódor salió del despacho de su padre. Se alegró al comprender que esa noche estarían calientes.

Y un par de minutos después Antón apareció en la sala.

—Hoy hemos tenido clase sobre enfermedades —dijo—. Ha venido un doctor, nos ha contado cómo podemos volver a estar sanos y no enfermar de tifus.

La entonación enseguida le chivó a Samsón que el soldado no había sacado ese tema solo por hablar de algo. Y, en efecto, al cabo de un minuto o dos, después de un momentito callado, Antón siguió:

—Dijo que cualquier estufa es también como un médico. Solo hace falta saber cómo curarse con ella.

—¿Tiene que ver con lo de tumbarse encima de la estufa rusa? —preguntó Samsón.

Fiódor negó con la cabeza y, a continuación, también lo hizo Antón.

—No, no. Los propagadores de todas las enfermedades son los parásitos que viven en el hombre. —Antón miró atentamente los leños traídos y repartidos delante de las dos estufas de la sala—. Todos esos parásitos temen el calor. Y el doctor ha dicho que se puede calentar al máximo una estufa, después retirar las brasas y colocar en su lugar la ropa. Y añadir un poco de agua. Después hay que cerrar la portezuela y simplemente vigilar que la ropa no prenda ni salga ardiendo.

—Eso es para los piojos, ¿no? —Samsón había comprendido.

—Para las pulgas y para los piojos. Ninguno de esos bichos sobrevive al calor. Pero hace falta mucha leña para eso. —Y miró de reojo los leños que estaban delante de la estufa cuyo muro trasero calentaba la habitación de Samsón.

—¿Es que les molestan los piojos? —se le escapó al muchacho.

—¡Desde hace un año! —La cara de Antón manifestó un sufrimiento desmesurado—. Vamos a hacer lo que ha dicho el doctor. ¡En esta estufa!

Samsón accedió. Cambió los leños de sitio y los añadió.

—¿Tiene queroseno? —quiso saber Fiódor.

—Sí —reconoció Samsón.

Los soldados se miraron y la alegría les brilló en los ojos.

Samsón trajo del trastero una botella de queroseno cerrada con un tapón de caucho. Mientras, Antón ya había apretujado toda la leña en la estufa, que había empezado a ulular. Hacía mucho que Antón no oía ulular una estufa, porque siempre la cargaba modestamente, sin provocar al tiro con el fuego.

Una hora después hacía el mismo calor en la sala que en el vestuario de los baños municipales. Entonces Antón le pidió al dueño un cubo de hierro, retiró las ascuas en él y aconsejó a Samsón que las distribuyera dentro de su estufa.

—No vamos a dejar que se pierda, ¿no?

Mientras Samsón trasladaba con un recogedor de hierro el calor a su estufa, los soldados se desnudaron y metieron toda la ropa en la estufa. Fiódor trajo de la cocina una taza con agua y también la vertió dentro.

—¡Quítesela usted también! ¡Cabe! —le dijo Antón a Samsón.

—No, gracias, yo no tengo —dijo el muchacho y se sintió incómodo nada más haber dicho esas palabras. Le pareció que los soldados le regalaban una mirada hostil.

—En ese caso, venga acá, sujete el queroseno.

La siguiente media hora se le quedó por siempre grabada en la memoria a Samsón, pero nunca la recordó en voz alta.

—Sujete ese trapo. —Antón le indicó el encaje que cubría la parte de arriba de una consola con espejo—. Empápelo de queroseno y frótenos.

El encaje belga no servía en modo alguno para eso y Samsón sacó un delantal de su madre que ella se ponía muy de cuando en cuando, si quería demostrar a los invitados que había hecho la tarta ella misma. Solo se ponía el delantal para llevar la tarta a la mesa. Y justo ese delantal es el que había cogido Samsón, le echó varias gotas del queroseno de la botella.

—Así no. —Fiódor lo paró acercándose y asustando a Samsón con la quebrada desproporción de su figura desnuda, así como con unas manchas en la piel velluda del pecho, que no estaba claro si eran de suciedad o de alguna enfermedad—. Hay que repartirlo bien por el trapo.

127

La cara de Samsón nunca había mostrado tanto asco como mientras restregaba con un trapo empapado en queroseno los sobacos y la entrepierna de Antón y Fiódor, frotaba el queroseno por sus cabezas peladas, introducía el trapo mojado entre los dedos de los pies y lo deslizaba cual violinista su arco, mientras ellos resoplaban y miraban la cara del dueño con sonrisitas falsas y socarronas.

—No está usted hecho al queroseno —se sonrió Antón e hizo como que aspiraba con gusto el repugnante olor.

Poco después Fiódor arrastró fuera de la estufa la ropa y los peales. Agarrándolos a intervalos con los dedos de la mano derecha y con los de la mano izquierda para no abrasarse, empezó a sacudir la camisola y los calzones. A la luz de la lámpara, Samsón vio cómo se desprendían sobre el suelo, cual caspa, los parásitos de los andrajos extraídos, cocidos hasta morir.

Antón y Fiódor se enfundaron los calzones en las piernas cuando todavía estaban muy calientes, entre ayes y oes, y sonriendo satisfechos.

—¡Aprende de quien sabe! —espiró Antón con alegría con la camisola ya puesta.

Sin decir ni una palabra más, limpios y liberados de parásitos por el fuego y el queroseno, los soldados se retiraron a dormir.

Capítulo 18

Las brasas movidas a su estufa no añadieron temperatura a la habitación de Samsón. Se acostó debajo de la manta y solo la fuerza de voluntad hizo que se abstrajera del frío. Estaba congelado, tenía en tensión los músculos de las piernas, de los brazos y del cuello.

Y hasta se alegró cuando al poco oyó los susurros de Antón y Fiódor.

—¡Qué calorcito! —dijo Fiódor—. Es igual que estar en la *bania* después de un buen baño y limpieza.

—Sí —sonó la voz de Antón—. Y con este buen aspecto mañana nos enviarán otra vez de patrulla o de guardia. Deberíamos marcharnos ya, creo yo. Porque pueden mandarnos al cuartel bien pronto. Dicen que Denikin está muy cerca.

—¿Y cómo vamos a escaparnos? Habría que conseguir ropa campesina en algún sitio. ¡O desnudar a algún cochero por la noche! Toda la ropa que tiene el idiota este no nos queda bien. Nos pararían enseguida.

—¿Por qué? —replicó Fiódor—. Tiene alguna cosilla más en el armario, un traje de diario. Podemos mancharlo de ceniza, así no llamará la atención.

—¿Sabes qué? —susurró Antón después de una pausa—. Creo que ha estado hurgando en nuestras cosas. En las cajas los tenedores están arriba, pero antes estaban en el fondo.

—¿Quiere robarnos?

—¡Piensa un poco, Fedia! ¿Se te ha olvidado dónde trabaja?

—¡Oh! —se le escapó a Fiódor algo que ya no era un susurro. Pero enseguida volvió a los murmullos—. En ese caso, puede que sea mejor que lo ahoguemos mientras duerme, ¿no?

—No me apetece —respondió Antón—. ¡No quiero! Aunque, quizá, haya que hacerlo. Pero lo buscarían. Y lo primero que haría la milicia sería venir aquí. No, hay que decirle a Grishka que siga al uniorejudo por la calle y que lo ataque. Y nosotros movemos mañana las cosas donde Jakobson y le decimos que estamos de acuerdo con su precio. También nos dará dinero por haberlo llevado antes, y, ea, vía libre hasta la estera querida. Si nos pone pegas, pues le decimos que se lo vamos a vender al boticario.

—Ajá —susurró con firmeza Fiódor—. Mira que hablas bien, no como yo.

—Bueno, tú no serviste con el campanero. Yo sí. Algo recuerdo, no solo el eco en la cabeza.

—Y, si no hubiera habido guerra, ¿hubieras sido campanero? —preguntó Fiódor.

—¿Por qué no? —El susurro de Antón sonó más alegre—. Todos los días puedes ver el campanario y todo lo que lo rodea como si fuera tuyo, ¿lo entiendes? Y todo tañe gracias a tu mano. ¡Eso es fuerza!

Samsón, tranquilizado una vez que comprendió que esta noche no iban a ahogarlo, se durmió por fin. Y fue el primero en salir del piso por la mañana temprano.

Se quedó en el escritorio de su padre sin hacer ningún movimiento externo, solo recordando y dándole vueltas a todo lo que había oído. Después, volvió a escribir la denuncia armoniosa y detalladamente.

Esta vez Naiden estiró el brazo derecho libre y palmeó a Samsón en el hombro, poniendo de manifiesto su visto bueno al documento escrito que acababa de leer.

—Los atraparemos esta noche —dijo—. Enviaremos un camión y a cuatro agentes. ¿Quieres participar?

—No —se sinceró Samsón—. Los he visto desnudos. Me dará vergüenza.

—¿Por ellos? —se sorprendió Naiden.

—Por mí. Por mis difuntos padres.

—Está bien —lo tranquilizó Naiden—. Pero tienes que salir a hacer detenciones. ¡Te curtirá! Y comprenderás mejor a la gente. Ah, tengo algo más para ti.

Le tendió a Samsón una gorra negra de cuero.

—Ahora ya tienes el uniforme completo.

Samsón se caló la gorra y comprendió enseguida que no cubría del todo el pabellón auricular desnudo, pero no lo pensó demasiado. Le dio las gracias a Naiden.

En el comedor soviético de Stolípinskaia tenían para comer *kasha* de avena con manteca de cerdo y sopa de alforfón con cebolla. Por alguna razón, esta vez habían decidido añadir una rebanada de pan sin exigir un pago adicional.

A Samsón se le despertó el apetito. Comía con ganas y pensaba en Nadiezhda. Estos pensamientos le resultaban especialmente agradables después de la tarde anterior y de la noche posterior. En la tarde y en la noche no quería pensar, pero no había forma de que se le borraran de la memoria los piojos y las pulgas cayendo de la ropa al suelo, y los soldados desnudos y oliendo a queroseno le pinchaban en la memoria como una astilla en el talón. Y, solo pensando con fuerza en Nadiezhda, Samsón conseguía olvidarse de ellos un rato.

Por la tarde en el cuartel apareció Sergui Jolodny, el pope exclaustrado de apariencia imponente y físicamente entero. Resultaba que había estado dos días en clases de interrogatorios, lo que comunicó levantando por encima del codo el puño apretado con fuerza.

—¡Ahora sé cómo hablar con ellos! —añadió con evidente amenaza.

Se quedaron en el despacho de Samsón: él en el escritorio y Jolodny al otro lado, en un sillón. Bebieron el té que había traído Vasyl.

Pero no se lo terminaron. Naiden irrumpió a toda prisa en el despacho. Su cara expresaba intranquilidad enojada.

—Los agentes del atamán Struk están en la ciudad —dijo—. Se ha ordenado el refuerzo de las patrullas. Salís dentro de una hora. Hay que comprobar la documentación a todos, también a otras patrullas. Si alguien echa a correr durante la comprobación, abrís fuego, ¿está claro?

Los dos asintieron. Por la puerta de la escalera, que se había quedado abierta, llegó mucho ruido de abajo. Alguien había entrado apresurado en el cuartel. Un zumbido tenso de voces masculinas subía hasta la segunda planta. En el ruido se adivinaban solo palabras cortas, aunque, aun así, nada inteligibles. Como si esa tarde nadie de la planta baja usara palabras largas.

Habiendo recibido la orden de recorrer el camino Prozorovski hasta la torre, y después pasar los barracones en dirección a la calle Prozoróvskaia y seguir hasta el matadero municipal y vuelta, Samsón y Jolodny, con el nagant en un costado, pusieron rumbo al itinerario indicado.

La ciudad los recibió enfurruñada. Pocas eran las ventanas de las casas donde había luz; aunque las farolas en los cruces sí lucían, casi no había gente.

De frente llegó una calesa y mientras Samsón titubeaba —¿debía pararla e inspeccionar a los pasajeros?— pasó rápidamente de largo. Aun así, a Samsón le dio tiempo a ver que en la calesa iba una mujer.

—¿Cómo pueden hacer esto? —farfulló Jolodny disgustado—. Una patrulla debe ser de tres, ¡y nos envían solo a nosotros dos!

—¿Por qué tres? —Samsón no lo comprendía.

—¿Cómo que por qué? ¡Para poder abrir fuego en tres direcciones en caso de peligro! ¡Si nos rodean de repente! Con dos no hay manera. Y, además, a Dios le gusta la trinidad —añadió y acto seguido, captando a la luz de una farola de la calle la mirada perpleja de Samsón, soltó—: Claro que a mí no me gusta Dios y no me importa qué piensa al respecto.

Dejaron atrás dos manzanas de la desierta calle y vieron de frente a un hombre que andaba deprisa y que, al acercarse, resultó ser bastante mayor. A petición, sacó una cédula de médico del hospital militar, era antigua, de antes de la revolución. Explicó que se había retrasado en casa de un enfermo que se estaba curando de una intoxicación con alcohol de mala calidad.

—Pobre... —se compadeció Jolodny del enfermo, y dejó ir al médico mayor.

Ya en el camino Prozorovski se dieron de frente con una patrulla china del Ejército Rojo, eran tres con fusiles. Solo uno de los chinos hablaba ruso. La tensión surgida al principio se desactivó en cuanto los cinco, tras acercarse a una farola, se examinaron mutuamente la documentación.

—¿A que una patrulla debe ser de tres? —preguntó Jolodny al chino.

—Debe, debe —asintió este.

—¿Y cuántos soldados chinos son en el Ejército Rojo? —quiso saber Samsón.

—Secreto militar.

—Pero ¿son una compañía especial? —continuó averiguando Samsón, comido por la curiosidad, con un tono completamente amistoso.

—Secreto militar, pero sí, compañía especial. Hay muchas compañías —asintió el chino.

—¿Y cómo se llama? —Samsón no lograba controlarse, aunque Jolodny ya le estaba tirando de la manga.

—Soldado Li Jun Io.

—¡Anda! —se sorprendió el muchacho—. ¡Como junio!

El chino sonrió. Se despidieron amigablemente. Li Jun Io dijo a sus camaradas algo en chino y estos, poniéndose firmes bruscamente, saludaron a la patrulla de la milicia.

—Es un buen pueblo, aunque no sea ortodoxo —espiró Jolodny cuando había reiniciado el camino—. Quizá por eso sea bueno.

En algún punto a lo lejos retumbaron varios disparos. Samsón y Jolodny se pararon y miraron en todas direcciones. Deducir dónde estaban disparando era algo imposible en ese momento.

Capítulo 19

—¡Manos arriba! —retumbó dentro de la cabeza de Samsón, y este se giró bruscamente, como buscando apoyo, incluso la salvación, en Jolodny.

Al darse cuenta del brusco movimiento de cabeza de su pareja de patrulla, Jolodny se paró y miró a Samsón con aire interrogativo.

—¿No has oído nada? —preguntó Samsón.

—No.

Ya iban de vuelta, hacia donde empezaba Zhiliánskaia. Las farolas de los cruces justo se apagaron. Quedaba como una hora hasta el amanecer.

—¡No hay nadie! —Samsón suspiró y miró atento en todas direcciones.

Jolodny también miró. Tenía aspecto de cansado, aunque completamente seguro de sí mismo y fuerte. A oscuras, la piel de la parte inferior de su cara no parecía tan blanca como por el día.

Samsón, comprendiendo al fin a quién se le había ordenado que levantara las manos, prestó oídos a lo que ocurría en el despacho de su padre. Pero lo que allí sucedía no era demasiado alto ni claro. Ruido, pasos, portazos, un par de golpes con la culata sobre un cuerpo desnudo o casi desnudo. Quedó claro que habían arrestado a los soldados y que también ellos estaban ahora moviéndose en dirección al cuartel de Líbedski, donde los conducirían a la estancia para arrestados del sótano.

Samsón quería irse a casa. Comprobar qué había pasado, cerrar la puerta con llave, ventilar el olor de los alojados ajenos. Y, después, dormir hasta no poder más. Pero poco importa lo que quiera un hombre cuando este ya no se pertenece a sí mismo.

En Zhiliánskaia los adelantó un automóvil con un conductor uniformado. El borde oriental del cielo había empezado a lucir. Jolodny bostezó mientras andaba.

Ya en la segunda planta, pasaron un momento a ver a Naiden y le informaron del fin de la patrulla. Este ya no dormía, estaba vestido, y en la meridiana, bajo la luz temblorosa de una bombilla enroscada en el techo, intentaba descifrar un documento escrito a mano.

—¡Ya tienen a tus inquilinos! ¡También los objetos hurtados! Están en tu despacho. Haz un inventario por duplicado, y luego pide a Vasyl las denuncias de los perjudicados. Quizá encuentres a los dueños de los objetos robados. Y a ti te espera Pasechny. —Naiden trasladó la mirada a Jolodny, que estaba en el vano de la puerta.

Este desapareció al instante.

En su despacho a Samsón le sobrecogió el frío. Bien porque en efecto hacía frío, bien porque a la derecha, pegado a la pared, vio no solo las tres cajas militares y los dos sacos que habían llevado a Zhiliánskaia los soldados, sino también el baúl de su dormitorio, en el que guardaba la ropa de cama limpia y su ropa interior.

—¡Se han equivocado y han traído el baúl con mis cosas! —se quejó a Naiden.

—Suele pasar —asintió este, apartando la vista del documento—. Escribe una declaración de incautación errónea y devolución. Firmaré la resolución y te lo podrás llevar.

La bombilla lucía con poca seguridad y nerviosa. Sin quitarse la chaqueta, solo desabrochándose el cinto de la pistolera y dejándolo en el suelo, Samsón se colocó cerca el lado limpio de un acta zarista e intituló la hoja con la palabra «Inventario».

Empezó por el saco, que había sacudido para vaciarlo directamente en el suelo. Al final, con un tintineo, cayeron varios cuchillos de plata, pero todo lo que había arriba eran patrones y cortes de tela. Al tacto, la tela resultaba cálida y gruesa, unas franjas marrones se alternaban con otras negras, una combinación que le pareció poco habitual a Samsón, extraña.

Cogió un patrón que parecía el costado y la delantera de un chaleco. Con una tiza blanca se habían trazado las líneas de la futura costura y las medidas en centímetros.

Samsón probó a formar un traje con los patrones y, para su sorpresa, le salió enseguida, sin dificultad. El traje a rayas marrón y negro tenía un aire sorprendentemente sobrio y arrogante, y no encajaba con los tiempos actuales. ¿A dónde podría ir uno ahora vestido así? ¿Al comedor soviético?

Después de incluir los patrones y los cortes de la tela en el inventario con el número uno, añadió cuatro cuchillos de plata y se apartó a la primera caja militar.

Cuando Vasyl le trajo a Samsón una taza de té y un trozo de panecillo dulce, el inventario de los objetos ya había pasado a una segunda hoja, también el reverso de un viejo certificado de carácter sospechoso con un sello en cuyo centro campeaba el águila bicéfala zarista.

Con el número catorce Samsón registró cuatro cañas de bota y hasta dos decenas de otros cortes de zapatero, incluidos tres contrafuertes y seis suelas. El número quince del inventario fue para doce cuberterías de plata. Después, unos candelabros pesados, también de plata, dos pitilleras, una cartera amarilla de piel con un fajo de obligaciones zaristas y acciones de un molino de vapor.

Para la hora de la comida, Samsón había terminado por fin el inventario y este ocupaba cuatro gruesas columnas en las que había encajado todo lo robado. Ya no parecían trofeos abstractos de forajidos tirados en cajas y sacos, sino conjuntos aislados de objetos que indicaban parcialmente las posibles víctimas de los saqueos, entre quienes destacaban sobre todo unos artesanos: un sastre y un maestro del oficio zapatero. El resto de los bienes podía pertenecer a cualquier kievita con situación económica desahogada.

Dejando a un lado el botín de los soldados arrestados, Samsón escribió la declaración para que le devolvieran el baúl. Se la llevó a Naiden para su resolución, pero este pidió que añadiera a la declaración el inventario del contenido. Así que Samsón regresó a su despacho con una expresión en la cara que no ocultaba ni su cansancio ni su creciente desilusión.

La redacción del inventario de sus propias cosas no aportó especial alegría a Samsón. Aunque por casualidad, en el fondo del baúl, descubrió un haz de cartas que había recibido de su primer amor, Polina, quien en 1917 se había marchado con sus padres a Serbia. No incluyó el paquetito en el inventario, sino que lo metió en el cajón superior del escritorio, encima del pasaporte familiar.

Habiendo recorrido apenas con la mirada la declaración aumentada y completada, Naiden escribió arriba en diagonal y con trazo suelto «Devolver» y firmó. Viendo la cara pálida del muchacho, lo envió al comedor a comer, y le aconsejó que después regresara a casa un par de horas y se echara un poco.

La comida tardía en el comedor soviético de Stolípinskaia insufló nuevas fuerzas a Samsón, pero estas fuerzas no le infundieron ánimo al cuerpo, solo a los pensamientos.

Mientras sorbía la sopa de patatas, pensaba en los soldados arrestados y en su botín. Los planes y los objetivos de la pareja de sencillos campesinos eran ahora para Samsón bastante más comprensibles que la víspera. Ambos pensaban regresar a casa para los trabajos de siembra. Ambos debían encontrar otra ropa, no militar, para ponerse. De ahí, y ahora quedaba claro, el saqueo al sastre y la incursión al taller del zapatero. Pero tanto el uno como la otra podían tildarse con seguridad de fracaso. Donde el sastre solo se habían agenciado telas y patrones de un traje, y donde el zapatero, cortes con los que solo un zapatero podría hacer unas botas. Así que resultó que no tenían cómo cambiarse de ropa para desertar y pasar inadvertidos. Entre lo saqueado había también un par de portieres, un mantel con flecos e incluso un abrigo de mujer. Pero todo esto solo les servía si lo vendían o lo cambiaban. Y entre los demás artículos valiosos escondidos en las cajas y en los sacos solo vio objetos de plata. Ni oro ni piedras de joyería.

Samsón seguía pensando, y no se dio cuenta de que apartaba el plato vacío de la sopa y colocaba en su lugar un plato con *kasha* de trigo regada con un añadido de carne.

«Debieron de llevárselo de las casas en ausencia de sus dueños, pues, de lo contrario, les habríamos encontrado también pendientes, sortijas de oro y billeteras. —Samsón se acordó entonces de la cartera amarilla de piel con acciones y obligaciones—. Parece que eso también lo hallaron en algún lugar escondido, encima de un armario. Puede que hace dos años el contenido de la cartera costara bastante dinero, pero ¿ahora? Imagino que no entendían qué era. Miran un poco por encima, ven que hay un paquete de papeles que parece dinero. Y arramblan con ello».

El *kompot* no estaba dulce. Al salir, Samsón se despidió de la cocinera, pero esta se limitó a hacer un gesto con la cabeza. En el comedor ya solo quedaba ella.

El viento primaveral que prometía que pronto llegaría el buen tiempo le sopló en la cara.

Capítulo 20

Por la tarde, sentado en el despacho, Samsón releía denuncias de víctimas. Vasyl le había traído una carpeta gruesa. Estaban escritas de forma arbitraria, lo que enseguida indicaba a Samsón qué clase de persona había escrito uno u otro papel. En la mayoría de los casos, las víctimas denunciaban asaltos, abrigos de paño o de piel hurtados, portamonedas o monedas de oro entregadas a los asaltantes bajo la amenaza de un arma. Las seis denuncias en las que se citaban servicios de plata Samsón las apartó a un lado. Y dio muy pronto con dos denuncias de zapateros perjudicados y, además, uno de ellos tenía el taller no muy lejos de su casa. A uno de los zapateros le habían robado unas botas de caña alta y tres pares de zapatos de mujer ya reparados; al otro, todo, incluyendo cortes para unas botas de piel de vaca y de cromo, así como una caja de clavos de zapatero de cobre. Las dos denuncias Samsón las añadió a las apartadas. Después iban denuncias sobre coches de caballos hurtados, sobre el robo de una escopeta austriaca de caza marca Franz Sodia Ferlach, sobre instrumentos musicales de cobre sustraídos. ¡Pero ni una sola denuncia de un sastre!

Vasyl trajo una taza de té, miró al muchacho con simpatía y, luego, bostezó.

—El camarada Naiden pide que pase a verlo —dijo, y desapareció por la puerta.

Al levantarse de la mesa, Samsón se tambaleó. Y recordó que no había cumplido la orden de Naiden relativa al breve sueño en casa. Cuando pasó por allí después de la comida tardía, se dedicó a ventilar el piso y hasta limpió con queroseno el suelo del despacho de su padre, que tenía un aspecto un tanto extraño sin el escritorio, pero con los ábacos en las paredes. También ahora sentía en la nariz el olor a queroseno que todavía despertaba en él recuerdos desagradables. Sin embargo, ya podía estar tranquilo en cuanto a la desinfección de una estancia tan querida para él. Con todo, debía rellenar ese vacío que había surgido de forma extraña.

—¿Ya has interrogado a tus detenidos? —quiso saber Naiden.

—No, estaba examinando las denuncias de los perjudicados.

—Una cosa no quita la otra. Sobre todo, cuando puede que ellos recuerden a quién y qué desvalijaron.

—Entonces ¿qué tengo que hacer? ¿Llamarlos para un interrogatorio? —siguió preguntando Samsón, a duras penas comprendiendo cómo iba a proceder.

—No. En la primera planta hay un cuarto para la fase indagatoria. Vasyl te lo mostrará. Y te pondrá un soldado que escolte a los arrestados y se quede vigilando. Te los llevas de uno en uno y anotas todo en un acta; después, que firmen el acta o que pongan la huella del pulgar de la mano derecha. ¿Cuál de los dos lleva la voz cantante?

—Antón.

—Entonces, empieza por el otro. ¿Está claro?

Samsón asintió.

Armado con papeles, una pluma y tinta, se dirigió a la primera planta siguiendo a Vasyl. El cuarto para la indagatoria parecía la celda de una cárcel. No tenía ventanas, la puerta de hierro se cerraba con dos pestillos desde dentro. La mesa estaba allí desde tiempos remotos y tenía el aspecto de un pupitre de una escuela mala: arañada por cuchillos u otros objetos punzantes, pintada muchas veces, la última con un tono verde sucio. A un lado de la mesa, una silla rígida e incómoda con un cuadrado negro de piel que no añadía blandura alguna. Al otro lado, un taburete de patas sorprendentemente gruesas. Debajo del asiento colgaba una voluminosa cadena de hierro hasta un aro fijado al suelo de piedra. Por curiosidad, Samsón movió el taburete, pero la cadena tensada no le permitió más que un *vershok*.

Llamaron a la puerta del cuarto indagatorio y acto seguido entró un miembro del Ejército Rojo con cara de jovencito.

—Me han dicho que venga y me quede con usted —informó.

—¿Cómo se llama? —preguntó Samsón.

—Puede tutearme, camarada miliciano. —La voz del soldado sonaba con una musicalidad y una suavidad poco corriente—. Soy Semión, de Kaluga.

—De acuerdo, camarada Semión —asintió el muchacho—. Tráeme a Fiódor Bravada para que lo interrogue.

—¡A la orden! —asintió el soldado y salió.

Samsón se dispuso a mantener una conversación hosca. Justo delante se preparó el papel y la pluma, estuvo un buen rato eligiendo el lugar correcto para el tintero azul de cristal; al final, lo eligió teniendo en cuenta una distancia en la que le fuera fácil hundir dentro la pluma y traerla de vuelta al papel.

Cuando Semión metió a Fiódor en el cuarto, Samsón no lo reconoció. Tenía la cara llena de moratones y un ojo hinchado. Los labios también le parecieron más gruesos de lo que él recordaba.

—¡Siéntate! —Samsón le señaló el taburete.

El otro se sentó.

—A ver, ¡cuenta!

—¿Qué tengo que contar?

Samsón cogió las hojas con el inventario.

—¿Dónde y a quién arrebatasteis las cosas que os han encontrado?

—¿Cuáles? —Fiódor miraba con aspecto de tonto de pueblo agotado al miliciano sentado enfrente de él.

—«Patrones de un traje de hombre y cortes de tela —empezó a leer Samsón—. Cuatro cuchillos de un servicio de plata, dos candelabros grandes de plata...».

—¿Cómo voy a saber dónde nos hicimos con ellos? —Fiódor se encogía de hombros con energía, por lo que el capote se le arrugaba—. No soy de Kiev, no me sé las calles...

—¿Así que simplemente pasabais por las casas y las saqueabais? —concretó Samsón.

—Sí, eso.

La pausa que se abrió a continuación le dio a Samsón la oportunidad de recordar su primer encuentro con estos dos miembros del Ejército Rojo. En esa ocasión los había traído a su casa la viuda del portero y había dicho algo sobre que estaban buscando máquinas de coser.

—¿Y para qué buscabais máquinas de coser? —preguntó mirando a Fiódor a los ojos—. ¡Todavía no se estaban requisando!

—Pues para cosernos lo que fuera. Pantalones, una camisola.

—¿Y quién de vosotros sabe coser?

—Yo no —reconoció Fiódor—. Puede que Antón.

Samsón lanzó un largo suspiro, hizo rechinar la pluma por el papel repitiendo por escrito sus preguntas y las respuestas del interrogado. Levantó otra vez la vista para mirarlo.

—¿Y no hubiera sido más sencillo llegar y quitarle las botas a alguien, y también un abrigo y pantalones? ¿Para qué llevarse los cortes?

—Sí, claro, hubiera sido más sencillo —concedió Fiódor—. Pero resultó así...

—Qué resultado tan extraño. —Samsón sacudió la cabeza—. ¿Y en los pisos por los que pasabais solo había plata? ¿Ni oro ni piedras?

—Es que Antón dijo que solo había que coger plata, nada más. Él... —Fiódor se calló, como si se hubiera dado cuenta de que había hablado de más.

—¿Él qué?

—No, nada... Salió así, sin más, lo de la plata. No dimos con otra cosa.

—¿Y la cartera con los valores?

—Eso fui yo por tonto, pensaba que era dinero. —En el delgado rostro de Fiódor se deslizó una sonrisa boba.

—¿Y qué es eso que dijo Antón de la plata? —Samsón regresó a lo que acababa de oír.

—Nada, ¡no dijo nada! Me lo pareció, ya está.

Samsón volvió a anotar en el papel sus preguntas y las respuestas de él. Se quedó pensando. Miró a Semión, el soldado estaba inmóvil junto a la puerta, con el fusil sujeto con una mano y la culata apoyada en el suelo de piedra.

—De acuerdo —Samsón empezó a hablar otra vez—. ¿Y quién es ese tal Grishka al que ibais a pedir que me matara?

Fiódor se estremeció.

—¡No hubo nada de eso! —gritó.

—Lo hubo —le replicó Samsón tranquilamente—. Tengo en casa unas paredes especiales. Me informan de todo.

—Un combatiente... —masculló Fiódor.

—¿Iba con vosotros en los robos?

Fiódor meneó la cabeza.

—¡No, no quería! Pero tiene un agudo odio de clase. Ha atravesado con la bayoneta a varios gatos sebosos.

—¿Eso soy yo, un gato seboso? —se sorprendió Samsón.

—No, usted no. —Fiódor lo miró con desprecio, como si ni siquiera se mereciera el título de «gato seboso».

—¿Cómo se apellida Grishka?

—Fertichny.

—¿Regimiento? ¿Compañía?

—Regimiento Nézhinski, cocinero.

—¿Grishka es cocinero? —se sorprendió Samsón.

—Ajá.

—Mis paredes también me han informado de que habéis hablado de un tal Jakobson. —Samsón siguió adelante con su ardid.

Fiódor se quedó pasmado. Bloqueado. Apretó los gruesos labios.

—Bueno, a ver, ¿quién es?

—No lo sé —susurró Fiódor, y su susurro estaba lleno de espanto—, eso seguro que no pasó.

—¿El qué no pasó?

—No hablamos de ese.

—¿Y del boticario?

—¿Cómo que el boticario?

—Dijisteis que venderíais lo robado o al boticario o a Jakobson.

—¡No hay ningún Jakobson!

—De acuerdo. —De pronto, Samsón sintió la agitación—. No hubo ningún Jakobson, ¿y quién es ese boticario?

—No lo sé, lo conoce Antón —refunfuñó Fiódor—. Necesito ir a las letrinas, ¡déjeme! —le pidió.

—Espera, que apunto todo. —Samsón hundió la pluma en el tintero y se dispuso a completar el acta del interrogatorio. Una vez terminado, hizo que Fiódor acercara a la mesa las manos trabadas por las muñecas y que metiera en el tintero el pulgar derecho, para después poner su huella al pie del documento.

—¿Ahora puedo? —preguntó Fiódor.

—¡Acompáñalo! —ordenó Samsón a Semión.

—¿Lo traigo de vuelta? —preguntó este.

—No hace falta. Luego tráeme a Antón Tsvigún.

Capítulo 21

El escalón inferior de la escalera de madera crujió debajo del pie de Samsón cerca de la medianoche. Le había dado tiempo a subir seis escalones más cuando a su espalda se abrió ruidosamente la puerta de la portería y en el vano se asomó resuelta la viuda, vestida con una falda negra y una chaquetilla también negra.

—Samsón —lo llamó—. ¿Dónde vas tan deprisa? No hay nadie esperándote. ¡Han detenido a tus alojados!

Lo que menos deseaba en ese momento el somnoliento y agotado muchacho era hablar con la viuda del portero, pero, una vez atrapado, no había escapatoria. Se dio la vuelta.

—Lo sé —dijo e hizo amago de seguir subiendo, hasta la puerta le quedaba otro tramo de escaleras.

—¡Baja! Tengo una carta para ti —gritó la viuda.

—¿De correos? —se sorprendió en voz alta Samsón.

—No, de Nadienka.

Entonces sus piernas bajaron corriendo. Y él, aturdido de felicidad, no evitó el primer escalón, que volvió a crujir con estridencia, provocando en la cara de la viuda una mueca lastimera.

—Pasa —dijo ella, aunque él ya había entrado y enseguida giró en dirección a la cocina.

Esa noche brillaba la luz eléctrica. Así que la estación eléctrica había tenido leña suficiente. Samsón, sentado a la mesa ocupada por tazas y platos sucios, lanzó una mirada al techo, a la modesta pantalla amarilla hecha de alguna materia estirada sobre una carcasa redonda de alambre.

—No voy a calentar té —resopló la viuda, acomodándose en la silla de al lado—. Puedo servir licor.

—Un licor está bien —respondió Samsón.

La botella con un licor rojizo ya adornaba la mesa. Y había una copita facetada delante de la viuda, se sirvió ella primero. Después cogió otra copa —no quedó claro si estaba limpia o no—. La llenó y la puso delante de su huésped.

—Ya no pareces tú —dijo ella con simpatía.

Samsón se humedeció los labios con la copa. El licor resultó fuerte y amargo. Y a él le apetecía algo dulce. Recordó la dura e infructuosa conversación con Antón, quien lo había mirado con odio y prometido que la próxima vez no tendría reparos en ahogarlo con sus propias manos. Se desgañitó sobre todo cuando Samsón le preguntó por Jakobson. De no haber tenido las manos atadas, era seguro que habría agarrado el cuello de Samsón con todas sus fuerzas. Pero las cuerdas no permitían que Antón separara las manos y, además, cuando el arrestado se lio a dar voces, Semión le golpeó en el cuello con la culata del rifle, y enseguida se volvió pacífico pero hosco. El acta de preguntas-respuestas no funcionó con él, porque el silencio no puede anotarse con palabras, y los insultos y amenazas Samsón no quiso escribirlos. Enseguida quedó claro que no podría reconducir el interrogatorio. Semión se lo llevó de vuelta. Mientras, Samsón pasó un momento por su despacho, dejó los papeles encima de la mesa y decidió que hablaría al día siguiente con Naiden. El caso podía cerrarse pronto. Devolverían lo robado a las víctimas, los desertores en ciernes y los saqueadores probados tendrían su castigo y él se dedicaría a otros casos. Y entre esos casos, sin duda, sacaría tiempo para Nadiezhda. Pero entonces, inesperadamente, resultaba que ella había estado allí y le había dejado una carta.

—¿Y ahora estás en la milicia? —preguntó la viuda, lanzando al muchacho una mirada interesada y pensativa.

—Sí, bueno.

—¿Y puedes encontrar a diferentes asesinos?

—Sí, claro —declaró Samsón con seguridad de más, y miró la copita vacía.

La viuda se la rellenó al instante. Y no se olvidó de la suya.

Bebieron.

—Si encuentras al asesino de mi Piotr, te pagaré con oro —dijo ella de pronto.

Samsón se acordaba de su marido, del portero. Era un hombretón grandote, con barba, ruidoso y afable que siempre le había abierto la puerta principal cuando, en la época de estudiante, regresaba tarde después de alguna jarana. Era de manos recias. Una vez que discutió con un carretero, le partió la telega por la mitad con solo tres hachazos. Después el carretero lo sacudió de lo lindo, pero él, tras dos días en cama, al tercero ya tenía el mismo vigor y alegría, seguía igual de pendenciero y vocinglero. Lo encontraron muerto cerca de casa un año antes, en el 18. Seguramente esa noche alguien había golpeado con fuerza la puerta principal y él fue y abrió. Por qué había abierto es algo que nadie había averiguado.

—Tu carta. —La viuda le tendió a Samsón una notita doblada en cuatro.

Él se olvidó del marido difunto. Cogió la nota. Y entonces resonó de nuevo en su cabeza la promesa de la viuda de pagar en oro por encontrar a los asesinos. «¿Cómo es que tiene oro?», pensó. Y en respuesta a este pensamiento le vino a la cabeza el interrogatorio de Fiódor. «Dijeron que solo plata, que no nos lleváramos ni oro ni piedras», así o casi así explicó al principio Fiódor las razones de que en su botín no hubiera oro. Y también le vino el apellido de Jakobson, al que habían mencionado por la noche y que, al oírlo, tanto había asustado a Fiódor.

Para entonces a Samsón había empezado a dolerle la cabeza, le zumbaba, tenía sueño y pedía descanso.

«Querido Samsón: ¿Dónde se ha metido? Yo pensaba que nuestros encuentros le hacían ilusión. Pero he aquí que llevo varios días sin ver su cara ni oír su voz. ¿Quizá se ha hartado de mí? Si es así, siempre será más honrado hacérmelo saber de alguna manera. Nadiezhda».

—¡Ay, Dios! —se le escapó a Samsón.

—¿Qué ha pasado? —Su exclamación por la nota había asustado a la viuda.

—Casi ha pasado —respondió él y se marchó a casa, intentando hacerse una idea de cuándo podría ver a Nadiezhda al día siguiente. Cuándo y dónde.

—Ya que han arrestado a esos rojos, puede alojar a Nadienka en su casa —dijo de pronto la viuda—. Será de su agrado, ya que trabaja cerca. En cuanto a esos placeres suyos, ¡yo no diré nada!

La última frase casi logra sacar de sus casillas a Samsón. ¿En qué placeres estaba pensando la vieja viuda? Aunque en lo de que Nadiezhda viviera cerca sí que tenía razón y estaba bien que lo hubiera recordado. Pero tenía que pensarlo por la mañana, con la cabeza despejada. Por cierto, antes de acostarse podía escribirle una nota a Nadiezhda y dejársela al soldado del Ejército Rojo que estaría de guardia en la entrada de su institución soviética. Así ya le haría saber bien de mañana que todos sus temores eran vanos y que él pensaba en ella cada minuto que tenía libre. El problema era que estos minutos no habían existido en los últimos tres días.

El piso seguía oliendo a queroseno. El frío también estaba presente en el aire, pero no era tan terrible como apenas una semana antes. Cargó la estufa próxima al dormitorio con cuatro leños de abedul y se deslizó debajo de la manta para enseguida verse arrastrado a los brazos de Morfeo por una corriente de agotamiento. Y apenas si tuvo tiempo de acordarse de sus ganas de escribir a Nadiezhda, porque los ojos se le cerraban y el cuerpo se le llenó de una calidez pesada e inexpresiva que le impedía moverse o apartarse del sueño de cualquier otra manera.

Por la mañana, nada más despertarse, se acordó de Nadiezhda y de la nota. En su mensaje pedía disculpas de antemano porque pasaría a verlos por casa bastante tarde. Pero prometió esforzarse para que incluso su visita tardía transcurriera dentro de los límites de la decencia. Explicó que ahora pertenecía por completo a su servicio y que ella, Nadienka, como servidora soviética que era, debía comprenderlo bien.

El soldado de guardia recibió la nota con la misma normalidad que si trabajara en correos. Por lo visto, esta forma de comunicación estaba bastante extendida en las oficinas de estadística.

Lo primero que hizo Samsón en el cuartel fue informar a Naiden de los interrogatorios y las conclusiones. No se olvidó de mencionar que había encontrado a varias víctimas.

—A ver —lo paró Naiden, sentado en la meridiana y desentumeciendo con los dedos de la mano sana los dedos de la mano izquierda, sujeta al cuello con una correa—. No sufras por esas tonterías. Los servicios de plata no vamos a devolverlos, irán a las arcas. Las telas y la piel las puedes devolver si vienen y presentan el inventario de lo robado. Del resto de las ideas te olvidas. Esos dos campesinos han cometido dos delitos: saqueo y preparativos para desertar. La deserción se lava con sangre, en cuanto al saqueo... Sin guerra son tres años de cárcel. Pero con guerra se les puede fusilar.

—Pero es que me parece que alguien les daba las órdenes. —Samsón metió baza—. Y le tienen mucho miedo. Un tal Jakobson. Les había ordenado que solo robaran plata.

—¡Tonterías! —Naiden hizo un gesto de fastidio con la mano sana—. Y también puede que alguien les sugiriera dónde robar. Pero no vamos a buscarlo. Mañana pediré consejo. Lo más seguro es que les ofrezcamos que laven con sangre sus crímenes. El frente está cada vez más cerca.

—¿Es que pueden tomar Kiev otra vez? —preguntó Samsón con cautela.

Naiden tomó aire.

—No, no van a tomarla —dijo después de una pausa con voz segura—. No tienen agallas para combatir contra nosotros.

—Camarada Naiden, ¿puedo hacerle otra pregunta?

—A ver.

—¿Por qué un hombre puede ordenar que se robe solo plata y que no se robe oro o diamantes? —La curiosidad sincera brillaba en los ojos de Samsón y era imposible que Naiden no lo notara.

—Puede que necesite fundir lingotes de plata... o balas. —Se encogió de hombros.

—¿Balas de plata? —se sorprendió Samsón.

—¡Eso es poco probable! La gente supersticiosa piensa que se puede matar a los vampiros con balas de plata. —Naiden se sonrió.

—¿Usted cree en los vampiros? —preguntó el muchacho precavido.

Naiden negó con la cabeza.

—Mejor pregúntale a Jolodny —le aconsejó—. Quizá en los libros eclesiásticos haya algo sobre los vampiros y las balas de plata. Yo no los he leído y no pienso hacerlo. Y en los libros que yo leo no escriben sobre esas tonterías.

Capítulo 22

Cuando Samsón se acercó a la esquina de Zhiliánskaia con la travesía Diakóvskaia, se quedó desconcertado, porque no había ninguna vivienda evidente. Sin embargo, el zapatero que había sido víctima de robo había indicado en la denuncia no la dirección de su casa, sino la del taller, una casita de madera no muy grande, achaparrada, pintada con el color azul propio de la ciudad, y precisamente este tono parecía subrayar su rango y su diferencia con el habitual cobertizo de madera que los ingeniosos habitantes locales, percibiendo la ausencia de la habitual ley y orden con la llegada de la revolución y de la guerra, habían ido levantando poco a poco en todos los rincones posibles de la plaza Gálitskaia y en las callejuelas y travesías contiguas al bazar. Pero, si en estos cobertizos sin pintar los habitantes guardaban para su venta leña y otras cosas, ahí, en el presentable taller del zapatero, saltaba a la vista un orden ya olvidado, y a la nariz, el aroma a cerote, a cera, a betún y a diferentes tipos de piel curtida o todavía sin curtir.

—¡Me ha emocionado! —Las lágrimas se amontonaban en los ojos del zapatero. Miraba los cortes derramados del saco a la mesa de trabajo, y los tocaba una y otra vez con las manos, como si precisamente las manos hubieran echado de menos lo robado—. ¡Ya no confiaba! Y mi mujer me decía: «No pongas ninguna queja. Todavía dirán que eres culpable. ¿Es que no ves que ni siquiera recogen a los muertos de las calles?». Pero recuerdo cómo era con el zar. ¡Me entraron a robar! ¡Seis veces!

—¿Seis? —se sorprendió Samsón—. Y a mí que me parecía que antes no había tantos robos.

—¡Qué dice, joven! ¿Aquí? Todo alrededor de Gálitskaia siempre ha habido saqueos y robos. Y eso sin nombrar a los carteristas del mercado. Pero usted... ¡me ha emocionado! ¿Puedo darle algo de dinero?

—¡Qué dice! ¡De ninguna manera! —se asustó Samsón—. Mi trabajo es devolver lo robado, nada más. Firme aquí que lo ha recibido. —Le ofreció al zapatero el inventario de las propiedades devueltas.

Este sacó un lápiz e hizo un garabato.

—Los clavos de bronce que usted anotó no estaban entre las cosas de los ladrones.

—Los tiraron en la calle. —El zapatero hizo un gesto con la mano—. Después vi tantos en el camino... Cogí los que pude. Eran menos de los que había, claro. Son muy pequeños, se colaron entre los adoquines. ¿Y no quiere venir a casa? Mi mujer va a calentar *borsch*. ¿Por qué no come con nosotros?

—No, no, iré al comedor —declinó Samsón resuelto.

Pero en el alma se le derramó una calidez sin precedentes ante la conciencia de que había hecho feliz a este hombre simple —podría decirse que simplísimo— solo cumpliendo con la justicia de su trabajo, devolviéndole lo robado. Tenía razón Naiden, era poco probable que el hombre al que le habían robado el servicio de plata fuera tan agradecido en caso de que le devolvieran todos los tenedores y cucharas o parte de ellos.

Por detrás, al zapatero Gólikov se le podía tomar fácilmente por un chico de unos dieciséis años. Delgaducho, de poca estatura y cargado de espaldas; incluso cuando estaba de pie, su frente pendía por encima de las punteras de los botines, como si en ese momento precisamente las punteras de los botines fueran el centro de su atención.

Todo se colocaba en su sitio cuando, en el taller, se sentaba a trabajar en el borrico. Entonces resultaba comprensible la continua inclinación de su cabeza. El delantal negro, puesto encima de un chaleco de lana de oveja que asomaba por los bordes del corte del cuello, por debajo de la cabeza, le dotaba de solidez y autoestima.

—Si se le agujerean las botas, venga a verme enseguida —dijo para despedirse el dueño del taller—. Estoy en deuda con usted. ¡No lo olvide!

Ya en la calle, bajo el fresco vientecillo primaveral, Samsón ocultó el saco de los cortes, ya vacío, en el saco de noche que le había prestado Vasyl del almacén de pruebas. Aquí seguían de momento los patrones, pero no ocupaban todo el bolso de viaje, así que para el saco había sitio de sobra.

Siguiendo el plan marcado, Samsón se dirigió en el tranvía número 9 a la esquina de Mariínsko-Blagovéschenskaia con Kuznéchnaia, y desde aquí a pie a Nemétskaia, a ver al sastre de su difunto padre, de quien quería oír alguna idea sobre cuál de sus colegas había sido víctima de un saqueo o de un robo y no había informado al respecto.

Los sastres, claro está, eran de una clase superior a los zapateros. Con ellos se podía tomar el té y hablar de política, algo que precisamente el sastre de su difunto padre había demostrado ya dos veces. Y, además, Samsón pensaba por el camino en que no había tantos sastres en la ciudad y que seguramente se conocían, mientras que en Kiev debía de haber más zapateros que sastres, en vista del materialismo y de la imperiosa obligatoriedad de su trabajo para todos los habitantes, no solo para quienes tenían gusto y dinero.

El especialista en fracs y chalecos, el sastre Sivokón, se alegró mucho al abrirle la puerta a Samsón. Hospitalario, le hizo pasar a su mundo. Le ofreció una silla mullida, avisó a su mujer para que pusiera la tetera.

—¡Se ha quitado la venda! —dijo con interés, evaluando con la mirada el corte cicatrizado de la oreja, que apenas sobresalía por debajo de la gorra de cuero.

—Sí —asintió Samsón.

—Tiene algo diferente. —Sivokón frunció el ceño—. En la cara. Como si se hubiera hecho mayor.

—Yo también lo siento así —confesó Samsón y, abriendo el «cuello» dispuesto en forma de cuadrado del saco de noche, colocó en el suelo el saco vacío y después empezó a dejar en la mesa los patrones del traje doblados con cuidado.

Mientras lo hacía, el sastre aguzó la mirada, incluso se levantó de la silla de madera y se acercó más. Estiró con la mano un patrón, se puso las gafas y se inclinó sobre las pequeñas cifras escritas con tiza en la tela.

—¿Qué es esto que tiene aquí? —levantó la vista hacia el muchacho—. ¿Por qué viene a verme con esto?

—Verá —empezó Samsón, dejando en la mesa el último trocito de tela a rayas negras y marrones y cubierta de trazos—. Es todo robado... Pero no hay registrada ninguna denuncia de un sastre. ¿No sabrá usted de algún sastre al que hayan robado últimamente?

—¡A todos! —Sivokón se encogió de hombros, después su mirada volvió a las telas—. ¡Es lana de Yorkshire! ¡Vaya! —Aplastó el borde de la tela con los dedos—. ¡Bien cara! Está claro que son reservas antiguas. —Tomó con ambas manos uno de los trozos, se lo colocó delante—. Ajá, el lateral de la pechera... Estas cifras... Parece la letra de Baltzer. Le gusta que todas las cifras estén en las esquinas, que vayan hacia arriba.

—¿Dónde puedo encontrarlo?

—En Basséinaia, a la vera de la antigua escuela de contramaestres. Casi en la esquina, enfrente del mercado cubierto. Pero no creo que esté en la ciudad. Decía que tenía intención de irse a Bruselas.

—Lo comprobaremos. —Samsón agitó la cabeza—. Si se ha quedado, se alegrará de que le devuelvan lo robado.

—Sí, claro —convino Sivokón. Y volvió a recorrer con la mirada los patrones, cogió otro más y se lo acercó delante de los ojos—. ¡Qué talla tan curiosa! —Meneó la cabeza, sorprendido—. Como para un muchacho regordete. ¿Quién iba a encargar ahora para un hijo aún menor un traje de lana de Yorkshire y, además, tan sobrio? Ya no hay recepciones imperiales ni en la bolsa, y a un sábado de trabajo no vas así. Alguien del Ejército Rojo lo tomaría como un ataque de clase y atravesaría con la bayoneta el traje y al que estuviera dentro.

—Bueno, quizá lo estuviera haciendo para su hijo —propuso Samsón—. ¿Para la mayoría de edad, por ejemplo? Nadie ha cancelado las mayorías de edad.

—De momento, no —corroboró el sastre.

Samsón no encontró con la vista un escaparate claro de la sastrería Baltzer en el tramo de Basséinaia indicado por Sivokón. Las ventanas de la confitería, cubiertas de periódicos encolados, observaban el mundo con pena y añoranza. Cerca de una puerta de un local semisótano habían trazado con pintura amarilla «Despacho de droga». En la primera planta de la tercera casa de dos plantas desde la esquina, la mitad de las ventanas también estaban encoladas, pero, en la segunda, la vida parecía continuar. La puerta del portal estaba abierta. Y ya dentro, en la pared de la derecha, había dibujada una mano con un dedo señalando escaleras arriba y con la leyenda «Arreglos de ropa».

Con el saco de noche en la mano, Samsón subió por los escalones de madera y llamó a una puerta alta, la única en esa planta.

El hombre algo calvo y con bigote de cepillo que abrió al visitante lo miró a través de las lentes gruesas de sus gafas con atención concentrada y enfado.

—¿Qué necesita reparar? —preguntó bajando la vista al saco de noche.

—Estoy buscando al sastre Baltzer —declaró Samsón.

—No acepto más encargos importantes. Solo pequeños arreglos.

—Entonces ¿es usted Baltzer?

—Sí, soy Baltzer —se presentó el hombre—. Pase.

El cuarto tras la puerta era al mismo tiempo taller y, claramente de forma temporal, una estancia de paso tras la que, al parecer, se disponía su piso. La máquina de coser de pedal estaba en el rincón derecho, tapada con una sábana. Pero el ancho pedal para poner en marcha el mecanismo de costura no quedaba cubierto por la sábana. Una mesa amplísima ocupaba casi la mitad del cuarto. En el apartado rincón izquierdo, cinco planchas de carbón adornaban una consola y a la izquierda, pegada a la pared, había una estrecha mesita de plancha. Debajo de las ventanas, unas cajitas de madera debían de guardar retales o instrumentos. Encima de las planchas, en la pared, en unos marcos con cristales brillaba la estampación dorada de unos diplomas extranjeros.

—Bien, ¿qué se le ofrece? —Impaciente, Baltzer indicó con un dedo el saco de noche—. ¡Enséñemelo! No tengo tiempo.

La frialdad del dueño no molestó a Samsón. Por el contrario, se imaginó cómo le cambiaría la cara a Baltzer cuando viera la pérdida a la que se había resignado. Porque, si no se hubiera resignado, habría ido a denunciar el robo.

—Tengo buenas noticias para usted. —Samsón dejó el saco de noche en la mesa, lo abrió y empezó a exponer a su lado los trozos de patrones.

Baltzer se puso pálido. Miraba los patrones con espanto y después con el mismo espanto dirigió la mirada a Samsón.

—¿Qué es eso? —preguntó.

—Parece que se lo robaron a usted. He venido a devolvérselo.

Baltzer primero negó con la cabeza.

—¡Eso no es mío! —añadió verbalmente—. ¡No me han robado nada! Aquí ya no queda nada que robar. —Recorrió con la mirada la estancia—. ¿De dónde viene usted?

—De la milicia —declaró Samsón—. Pero me han dicho que lo más probable es que fuera suyo. ¡Es lana cara!

—Lo es. —Baltzer miró de reojo el patrón superior—. ¡Pero no es mía! ¡Lléveselo!

Desorientado, Samsón empezó a meter otra vez los patrones en el bolso, pero se paró de repente.

—Quizá sepa a quién se lo han podido robar. —Miró a los ojos al sastre.

Este volvió a sacudir la cabeza antes de responder.

—¡No lo sé! ¡A saber! Antes de la guerra se trasladaron a Kiev al menos otros cinco sastres alemanes. Aquí teníamos más encargos que en Viena. Puede que a alguno de ellos...

—¿Y no reconoce la letra? —El dedo de Samsón señaló las cifras escritas con tiza encima de las líneas del patrón.

—Pero ¡qué dice de letra! ¡Si son las medidas! —El nerviosismo de Baltzer era evidente.

—¿Y podría echar un vistazo a sus patrones? —La mirada de Samsón tenía al sastre acorralado.

—Ahora no estoy con ningún encargo... No tengo patrones. Váyase.

—Pero, si oye que hayan asaltado a algún sastre, ¿lo comunicará? ¿Sabe dónde está el cuartel de Líbedski?

—Lo sé, lo sé. —De pronto, Baltzer dio un paso adelante y por poco no apartó a Samsón con el pecho—. ¡Váyase! —añadió impaciente.

—Vaya tipo... —soltó Samsón en el escalón inferior de la escalera de madera.

Se quedó parado un momento, cavilando sobre el encuentro recién terminado. Después se encogió de hombros y salió a Basséinaia.

Por encima de su cabeza una corneja batió las alas y en el pavimento, cerca de su hombro, cayó una mancha aviar blanca.

Capítulo 23

Samsón llamó a la puerta del portal cerrado de la casa de Nadiezhda hasta que le empezó a doler la mano. Y solo cuando paró se oyó desde dentro una voz atemorizada de mujer.

—¿A quién busca?

—A Nadiezhda —gritó él. Y acto seguido añadió—: Y a Trofim Siguizmúndovich.

—¡Están durmiendo! No se ve luz en la casa.

—Se ha ido la luz en toda la ciudad. —Samsón volvió la vista al cruce en penumbra—. La madera se ha debido de acabar en la estación eléctrica.

—Espere un momento, que voy a preguntar —informó la voz de mujer y desapareció.

Samsón oyó desde el lado del cruce cercano unos pasos arrastrándose. Sintió que algo no iba bien. Parecía que la densa oscuridad le obligaba a pegarse a la puerta cerrada, a ser parte de ella, un listón más. La mano se apoyó en la funda de madera del nagant. El dedo se topó con el cierre en tensión de la tapa de la pistolera, parecida a un hongo de cobre. La tapa aflojada se levantó.

Y, justo cuando Samsón creyó que los pasos aproximándose de un hombre invisible habían alcanzado la esquina de la casa, al otro lado de la puerta rechinó pesadamente el cerrojo al ser retirado, en el vano se agitó la llama de una vela, y en los destellos del fueguecillo vio la cara de Nadiezhda, bondadosa, agitada, dulce.

—¡Rápido! —Ella le metió prisa.

Samsón empujó la puerta con todas sus fuerzas y el cerrojo volvió a hacerla impenetrable.

—Mílochka ya está durmiendo —informó al invitado tardío que acababa de entrar Trofim Siguizmúndovich, sentado a la mesa con la abrigada bata de baño echada por encima de la ropa habitual, no por sentir condiciones hogareñas, sino para añadirle calor al cuerpo.

En la mesa ardían tres velas en un candelabro de cinco brazos. Olía a queroseno y Samsón enseguida vio por qué. A tres *arshiny* de la mesa, en un taburete basto de cocina, ardía un hornillo de queroseno Triumf en el que borboteaba una tetera de cobre, añadiendo al aire de la sala cálida humedad.

—Ya hemos añadido agua dos veces —explicó con total tranquilidad el padre de Nadiezhda, siguiendo la mirada del huésped—. Mílochka tenía tantas ganas de esperarlo, pero la jaqueca ha podido con ella. Siéntese. Cuéntenos qué nos aguarda.

Samsón se quitó el cinto con la pistolera, cerró de nuevo la tapa metiendo el cierre por el agujerito lateral del «hongo» de cobre. Después lo colgó en el borde del respaldo de la silla. Esperó a que Nadienka repartiera el té.

—Se dice de todo —dijo con pena y responsabilidad—. Hay guerra por todo el país. Y nosotros tenemos nuestro propio frente... En fin, sí, parece que estamos peor.

Trofim Siguizmúndovich asintió.

—¡Ya ni las farolas de las calles alumbran! —añadió él.

—Es algo temporal... Aunque también está la desgracia de los robos de la leña estatal.

—Lo sé. Lo importante es mantenerse hasta que llegue el buen tiempo.

—Bueno, ya hace menos frío. —Nadiezhda se sumó a la conversación con voz alegre—. Dentro de muy poquito podremos sembrar flores. Y entonces a todos se les levantará el ánimo.

La conversación derivó suavemente hacia temas primaverales y Samsón sintió en verdad una oleada de calidez. De calidez espiritual. Incluso se sonrió interiormente, aunque enseguida comprendió que, en realidad, el calor emanaba del hornillo que estaba allí al lado.

El padre de Nadiezhda, que había seguido de nuevo la mirada del huésped, se levantó y se acercó rápidamente al hornillo para apagarlo. Cuando hubo regresado a su sitio en la mesa, bostezó, lo que hizo que Samsón se acordara de la hora.

—Trofim Siguizmúndovich —se dirigió a él su joven huésped—, ya no tengo alojados en mi casa. Así que para una persona hay exceso de superficie. Y quería ofrecerle a Nadiezhda una habitación. Estaría cerquísima de su trabajo y no necesitaría regresar a casa todas las noches con tanta oscuridad.

Trofim Siguizmúndovich meditó un rato.

—No sé cómo nos vamos a apañar sin ella —dijo tras un minuto de pausa—. Aunque tiene usted toda la razón. Son tiempos de zozobra, los tranvías tan pronto pasan como que se paran, las farolas no se encienden, toda la gente alrededor se ha vuelto tan poco agradable que hasta te pueden matar por una *kérenka*... Le preguntaría a Mílochka, pero ya está durmiendo, la jaqueca...

Miró a su hija. Esta parecía también estar dándole vueltas, y a ratos lanzaba a Samsón miradas escrutadoras y agudas, como si buscara en su rostro, en sus ojos, cierta confirmación a sus ideas y suposiciones.

—Yo me iría con mucho gusto, creo —exhaló finalmente—. Y Valerián Serguéich, mi jefe, escribiría una disposición para que todo se haga según las normas.

—Pero no hemos estado en su casa ni una sola vez —se expresó el padre con desconcierto—. Casi me resulta incómodo preguntarle qué comodidades tiene su piso para una muchacha.

—Verá, yo tenía una hermana... Su habitación está libre. No he dejado pasar a nadie.

—Sí, sí, sabía lo de su hermana —asintió Trofim Siguizmúndovich y tomó aire con dificultad—. ¿Cómo ha conseguido proteger su cuarto de la nueva autoridad?

—¡Porque no saben que existe! También he ocultado el dormitorio de mis padres. Una de las puertas la clausuré con un aparador, y la otra, con un armario.

—¿Y si nos tomamos una copita de vodka? —Fue la propuesta inesperada del padre de Nadiezhda.

—¡Padre, qué dice! —se sorprendió la muchacha.

—Hija mía, ¿no sería mejor que te fueras ya a descansar? Mañana trabajas. Nosotros nos quedaremos unos diez minutillos más, y yo acompañaré al joven cuando salga.

Nadiezhda estuvo de acuerdo con los argumentos de su padre. Se despidió de Samsón haciendo un gesto con la cabeza, sonrió y se fue. Mientras, su padre sacó del aparador una jarrita y unas copas de vodka. Acercó su silla a la de Samsón.

—Comprendo que su preocupación por ella no es menor que la nuestra —susurró después de coger la copita con dos dedos y acercársela a la boca—. Y es algo que me gusta de usted... —Se tomó el vodka y esperó a que Samsón siguiera su ejemplo. Después continuó—: Pero no quisiera que Nadienka y usted... Bueno, que no hubiera responsabilidad y decoro, ¿me comprende?

Samsón asintió.

—¿Cree usted en Dios?

—No, pero lo respeto —respondió Samsón.

—¿Respeta a Dios?

—Respeto la fe como tradición. Pero yo personalmente no soy creyente.

—Bueno, yo hablaba más de tradición. —El padre movía la cabeza—. Si de pronto entre usted y ella surge algo más que ser vecinos de piso, entonces habría un casamiento por la iglesia...

—Por supuesto —le aseguró Samsón—. Yo solo he hablado de vecindad y tutela...

—Sí, ya lo veo, sí. —Trofim Siguizmúndovich esbozó una sonrisa tensa y se sirvió media copita.

Para quitar el cerrojo y abrir la puerta, Samsón volvió a empujar con todas sus fuerzas el tirador de bronce. El cerrojo se deslizó casi sin hacer ruido. Al otro lado de la puerta olía a humo. La calma se veía interrumpida por fragmentos de eco, ya de un tranvía tardío, ya de golpes de herraduras en el pavimento adoquinado.

—¡Vaya con Dios! —se despidió el padre de Nadiezhda antes de cerrar la puerta.

Por el rechino repentinamente interrumpido del cierre, Samsón comprendió que Trofim Siguizmúndovich no tenía fuerza suficiente para presionar la puerta y que esta se quedara completamente cerrada. Samsón decidió apuntalar la puerta con el hombro.

—¡Ahora! —gritó.

—¡Huy, gracias, muchas gracias! —le llegó de detrás de la puerta, cuando el cierre crujió con facilidad y, ya sin hacer ruido, se deslizó hasta el tope del grapón de hierro.

A Samsón no le hacía ninguna gracia ser invisible, pero sí bien audible mientras avanzaba en la más completa oscuridad por la calle Podólskaia. Había probado a pisar con suavidad y, aun así, las tapas metálicas en las suelas de sus botas lo delataban claramente. Ya había intentado andar de puntillas, pero este método resultó demasiado duro y molesto para las piernas.

Se paró a descansar a la altura del pozo de Sansón. Aquí la calma nocturna de la ciudad parecía más ruidosa. Como si vinieran de arriba, rodaban varios sonidos por las colinas. Y, si no, el eco de unos pasos le llegaba por la derecha a través del pabellón auricular no limitado por una oreja, creándole una sensación incómoda de peligro.

Samsón se caló la gorra en la sien izquierda, intentando cerrarla al exceso de ruidos nocturnos. Así que se le quedó completamente ladeada, como el quepis de un golfillo de Podol.

Se relajó un poco y emprendió de nuevo la marcha en dirección a la cuesta Andréievski.

Pero entonces de la iglesia Pigoroscha le salió al encuentro la silueta de un hombre y resonó un disparo. Sobre el fondo del eco ensordecedor de ese disparo, junto a la sien derecha pio, cual finísimo mosquito, una bala que no se sabía el camino. Samsón se tiró sobre los adoquines, desabrochó el cierre de la pistolera, sacó rápido el nagant y, distinguiendo todavía en la oscuridad la silueta que le había disparado, descargó sobre esta todo el tambor, llenando así la calma perturbada con otros siete estallidos y ráfagas. Y, en el estrepitoso fondo de combate que se desplomó sobre él, algo cayó no muy lejos en el camino y, junto con la caída, a Samsón le llegó un gemido. En algún punto no muy lejano alguien empezó a silbar y a gritar con voz frenética. Pero estos sonidos y gritos venían de detrás de las casas, quizá no fuera la primera vez que se apartaban de sus fríos muros nocturnos.

Samsón se puso en pie de un salto y se acercó corriendo al hombre que yacía cerca de la iglesia de Pigoroscha. No podía verlo bien y no llevaba fósforos en el bolsillo. El yacente gemía. Samsón le quitó de las manos el máuser sin ninguna dificultad, y después metió la derecha en los bolsillos del abrigo corto. Este abrigo le confirió a Samsón la seguridad para justificarse y atreverse, puesto que solo un forajido era capaz de moverse por el Kiev nocturno con máuser y abrigo.

Del bolsillo interior sacó unos trozos de papel o cartón. Se los guardó. Del bolsillo lateral extrajo un puñado de cartuchos.

Entonces, alguien empezó a gritar otra vez, pero ya no estaba tan lejos, y el golpeteo de unas botas herradas empezó a sonar realmente cerca.

Samsón, sin saber quién más venía corriendo, salió disparado calle Floróvskaia arriba, dejando atrás al atacante herido y a los desconocidos que llegaban apresurados ante el ruido del inesperado combate. En la oscuridad de la ciudad sin farolas no se podía confiar en nadie.

Capítulo 24

Por la mañana, todavía acostado de lado justo en el borde de la cama, a la luz difusa del amanecer, Samsón observaba las botas tiradas la víspera al suelo, la pistolera con el nagant y el máuser sin funda. A la chaqueta de cuero se le había concedido un lugar más respetuoso: colgaba de cualquier forma en el respaldo de la silla junto al tocador.

La cabeza le zumbaba un poco, algo que Samsón podía atribuir fácilmente tanto a las dos copas de vodka estatal tomadas en casa de Nadiezhda como al disparo del que, prodigiosamente, había salido vencedor.

Le vino entonces a la cabeza la breve conversación nocturna con la viuda del portero, a quien se había visto obligado a despertar para subir a casa. La puerta del portal, que por lo habitual solía quedarse abierta hasta tarde, esta vez lo recibió con un cerrojo igual de sólido que el que la víspera contenía la puerta del portal de Nadiezhda. Y también le tocó a Samsón llamar, puede que unos dos minutos, antes de oír cómo rechinaba al abrirse la puerta del piso del portero.

—¿Quién es? —gritó con voz somnolienta la viuda. Y solo abrió cuando hubo distinguido la respuesta.

—¿De quién se ha encerrado así? —se interesó Samsón, cansado, aunque aprobando mentalmente tanta prudencia.

—¿De quién? ¿Cómo que de quién? —refunfuñó ella irritada—. ¡Eres tú quien debería saberlo! ¡Pues de los petliuristas!

—¿Y eso? ¿Es que ya están en la ciudad? —bromeó el muchacho.

—Si no lo están, ¡lo estarán mañana o pasado mañana!

—¿Quién le ha dicho eso?

—Lo estaban diciendo en el bazar.

—Muchas cosas saben en el bazar. —Fue la respuesta de Samsón.

—¡Huy, muchísimo, Samsónchik! —declaró la viuda de repente y su voz ya no sonaba somnolienta, sino tirando a afectuosa—. Tanto que no puedes ni imaginártelo. El bazar no es solamente un reclamo para el comercio, no es solo engaño e intercambio. ¡También hay gran política! Allí la gente no responde por sus palabras, así que te sueltan las cuatro verdades a la cara.

Samsón no tenía ni fuerzas ni ganas de debatir sobre las novedades del bazar. Iba a ayudar a la viuda a poner el cerrojo en su sitio, pero ella lo hizo sola y sin dificultad alguna. Porque la puerta, hecha con el alma y con responsabilidad, mantenía las proporciones respecto a candados y cerrojos, no se había curvado, no se había hinchado, no se había alabeado por la lluvia, la nieve o el viento.

Samsón fijó la vista en el rectángulo de tono más oscuro en el suelo de madera, entre el cabecero de la cama y el amplio poyete de la ventana. Hasta hacía bien poco ahí había estado el baúl del que ahora habría podido sacar muda limpia, incluso cambiar la ropa de cama. Pero el baúl, a pesar de la resolución sobre la solicitud de devolución que Naiden ya tenía disponible, seguía ocupando sitio en su despacho. De no ser así, la cazadora ahora estaría encima de él, y no en el respaldo de la silla. Era más cómodo tirar la ropa ahí encima, en la tapa del baúl cubierta con un mantel blanco de encaje belga que antes su madre lavaba dos veces al año.

Samsón bajó los pies al suelo y se quedó sentado en el borde de la cama un par de minutos, después se levantó y sacó del bolsillo de la chaqueta los papeles quitados al desconocido que lo había atacado por la noche.

El primer papel desdoblado y leído le produjo escalofríos. «El portador de la presente, el camarada Martens Leonti Adámovich, es actualmente ayudante del director de la Unidad Activa del Departamento Especial de la Comisión Extraordinaria Panrusa del Tercer Ejército. Todas las instituciones, tanto civiles como militares, están obligadas a prestarle toda clase de ayuda en el cumplimiento de sus obligaciones del servicio tales como arrestar a las personas por él indicadas, al primer requerimiento efectuar registros e incautaciones, comprobar los documentos a quien considere necesario. El camarada Martens tiene permitido portar y guardar armas de cualquier tipo y el acceso libre y sin obstáculo alguno». La foto pegada en el lado izquierdo había sido, además, cosida con unos hilos cuyos extremos estaban fundidos en el sello de lacre rojo de la institución que había emitido el documento.

La cabeza empezó a dolerle.

«¿Qué he hecho?, ¿he disparado a un chequista?», pensó espantado.

En ese mismo momento, como si estuviera viendo la noche anterior en un cinematógrafo, recordó que el chequista había disparado primero. Pero ¿por qué lo había hecho? ¿Puede que estuviera emboscado y que confundiera a Samsón con el verdadero enemigo?

Los dedos de las manos sintieron frío, también las palmas se le quedaron frías; Samsón juntó las manos y empezó a restregarse las palmas para que entraran en calor. Su mirada cayó sobre la cama, a la izquierda, donde estaban los otros papeles del chequista que lo había atacado. Dejó la cédula en el otro lado de la cama y se acercó a los ojos el siguiente documento.

«Credencial. Se entrega esta cédula de identidad al cam. Kirílov Mijaíl Vladímirovich como miembro que es del Comité Militar-Revolucionario de la región de Kiev y como miembro que es de la Comisión Extraordinaria de la región de Kiev, lo que se certifica con las firmas y la selladura».

El siguiente documento de cartón resultó ser una legitimación polaca en polaco y para el apellido Budrżewski; sin embargo, no tenía foto. Pero en el último documento sí que estaba presente una fotografía. Este documento certificaba la identidad Kochevyj Piotr Filimónovich, ayudante del jefe de los talleres del ferrocarril.

A Samsón se le embrollaban las ideas. Cogió la primera cédula con el sello rojo y el último documento. Las fotografías eran idénticas: un hombre de cara cuadrada y de mediana edad, de pelo castaño claro y ojos claros de mirada un poco despectiva. Uno era el chequista Martens; el otro, el ayudante del jefe de los talleres del ferrocarril Piotr Kochevyj.

La sensación de peso en el pecho iba en aumento. A Samsón le parecía que el día anterior, sin ninguna intención, solo por la falta de leña en la estación eléctrica, había hecho fracasar alguna operación importante de los chequistas. Había oído hablar de estas operaciones y redadas, pero, de alguna manera, la vida lo había protegido del papel de testigo o, lo que es peor, de sospechoso. Y ahora, sin comerlo ni beberlo, se había convertido en algo más que un testigo de un error increíble y trágico.

«Debo informar a Naiden», decidió Samsón. Y enseguida se sintió más tranquilo.

«La honradez es la mejor manera de conservar el dominio y el respeto por uno mismo». Así hablaba su padre cuando veía que el pequeño Samsónchik no quería reconocer alguna pequeña falta. Entonces a Samsón estas palabras le parecían raras y poco finas. Sabía que los seres humanos tenían que respetar a las demás personas, pero no comprendía por qué un hombre debía igualmente respetarse a sí mismo. Ahora las palabras de su padre se le hicieron más comprensibles, pero ya no resultaba posible contárselo a él. Como no fuera en la tumba del cementerio Schekavítskoie.

Reunió los documentos y echó también en la cartera el máuser y los cartuchos desparramados, después se dirigió al cuartel sin pensar siquiera en tomarse un té o en desayunar. En lo que se refería al té, podía estar tranquilo: Vasyl repartía té a todos los de la segunda planta. Quizá también abajo, pero la vida de la primera planta con la mayoría y el cuarto para la indagatoria no interesaba mucho a Samsón. A Naiden, que estaba escribiendo algo sentado a la mesa de su pequeño despacho, la inesperada y temprana visita de Samsón no le pilló en buen momento. Le pidió que pasara a verlo al cabo de media hora. Y en esta media hora a Samsón le desapareció el arrebato de contarle al camarada jefe el suceso nocturno a corazón abierto. Quizá por eso al cabo de media hora Samsón le contaba a Naiden el tiroteo junto a la iglesia todo enmarañado y desordenado. Sin embargo, no parecía haber omitido ningún detalle y sacó de la cartera para mostrarlo en la mesa de Naiden el máuser, los cartuchos y todos los papeles sacados del bolsillo del herido.

—¿Ordena que lo ponga todo por escrito? —preguntó al fin.

—Aguarda un momento —lo paró Naiden.

Examinó los documentos, le dio vueltas al máuser con la mano izquierda, que ya no estaba atada al cuello, lo que quería decir que la herida había dejado tranquilo a Naiden.

—¡No escribas nada! Déjamelo a mí. Haré averiguaciones. Después pensaremos qué hacer —dijo sin ocultar su preocupación.

Antes de comer Samsón leyó varias decenas de denuncias de perjudicados con nuevos robos y saqueos. No se enteró de nada especial con la lectura de esas denuncias, pero se fijó en que todas ellas estaban muy bien escritas, lo que hablaba de la buena instrucción de esas personas.

—Siento como si ahora solo asaltaran a quienes saben leer y escribir bien —dijo mientras devolvía el fajo de papeles a Vasyl.

Este miró a Samsón con ojillos astutos.

—¡Porque los analfabetos no escriben! Se secan las lágrimas y tiran para delante.

—Pero si los analfabetos no tienen nada que se les pueda robar —le respondió Samsón.

—Quién sabe, quién sabe... —Al irse, el principal del té alargó las palabras con aire significativo.

Mientras lo seguía con la mirada, Samsón prestó atención a la insonoridad de sus pasos. Es decir, crujir claro que crujían a veces, pero el paso en sí era silencioso. ¡Así que no llevaba tapas de hierro!

Tras cerrar la puerta con la aldabilla, Samsón se quitó las botas y, ayudándose del destornillador reglamentario para montar y desmontar el nagant, libró del sonoro hierro a las suelas de las botas.

«Ahora no se me oirá por la noche», pensó.

A la hora de la comida logró convencer a Jolodny de que le hiciera compañía. Y se dirigieron al comedor soviético. A cambio de los cupones con sello, recibieron sendas escudillas de sopa de guisantes y sendos platos de *kasha* de maíz con un trozo de arenque. Para pasar la comida, un vaso de refresco de frutas desecadas.

Entre sorbo y sorbo de sopa, Samsón le contó al antiguo padre el extraño comportamiento del sastre alemán, que no había querido que se le devolvieran los patrones robados.

—¿Quizá las telas fueran de un robo anterior? —Fue la hipótesis de Jolodny, rascándose la piel suave y pálida de las bien afeitadas mejillas—. Y se asustó porque pensó que ibas a arrestarlo. A lo mejor está metido en algo sucio.

—Y quería preguntarte otra cosa. —Samsón pensaba en voz alta con la mirada levantada hacia el que tenía enfrente. Y entonces, como a propósito, no preguntó nada de lo que tenía en mente—: En los tiempos que corren, ¿puede uno casarse sin que sea en la iglesia?

Jolodny por poco no se atragantó con la sopa. Tosió un par de veces, pero una sonrisa de satisfacción le brotó en la cara.

—Claro que sí —dijo, dando un trago al vaso del refresco—. Conozco a un padre ateo. Se llama Artemi. Se construyó una pequeña capilla en la senda Sobachia, detrás de la casa de amparo y de la morgue. Allí ofrece aclaraciones a propósito de Dios y de las oraciones a quienes van al santuario de las Cuevas.

—¿Qué aclaraciones?

—Pues sermones en contra de Dios. Les explica que en vano van hasta allí, que las oraciones no ayudan con sus esperanzas.

—Así que, si él oficia el casamiento, ¿sería como hacerlo en la iglesia? —Samsón no había comprendido las explicaciones de Jolodny.

—La capilla de un sacerdote que no cree en Dios no forma parte de la iglesia. ¡Si es casi una institución soviética!

—Pero, si es una institución, tendrá que tener un sello para refrendar a los que se han unido.

—Lo del sello no lo sé —reconoció Jolodny—, pero hemos estado de patrulla no muy lejos. Puedes acercarte y preguntar. Pero mira a ver que no te muerdan los perros. Hay un montón. Acuérdate, el padre Artemi.

—Me acordaré, sí. —Movió la cabeza Samsón, y volvió a deslizársele por la cabeza la pregunta importante que tenía para Jolodny—: Estaba pensando en otra cosa del caso... ¿Para qué quiere una persona mucha plata robada?

—¿Robada? —Jolodny titubeó—. Si no fuera robada, en los monasterios siempre se necesita mucha. Para las cubiertas de los iconos, para las cruces... Pero robada, no lo sé. ¿Puede que para lanzarla al pozo y purificar el agua...? Aunque no creo. Antes sí lo hacían.

—¿Y si un hombre cree en los vampiros y tiene miedo de ellos? —preguntó Samsón—. ¿Un hombre así podría fundir balas de plata contra los vampiros?

Jolodny resolló.

—Pues no lo sé —dijo poco seguro—. Siempre se han encontrado personas con poca sangre. Puede que también haya vampiros. ¿Quién lo sabría? Y lo de las balas de plata... Hasta en los periódicos he llegado a leer sobre ellas. ¡Pero fue hace mucho tiempo! Un vecino había matado a otro vecino con una bala de plata y dijo que era un vampiro. Sin embargo, no encontraron ninguna prueba.

—¿Pruebas de que el vecino era un vampiro? —precisó Samsón.

—Eso es —asintió Jolodny—. Si hay vampiros, estos disponen mucho a la gente en su favor. Son personas agradables e inteligentes. Lo más importante es atraer a la víctima a su casa. No beben sangre en casa ajena.

—¿Cómo sabes todo eso? —Samsón estaba sorprendido por los conocimientos tan precisos de su interlocutor.

—Son cosas que se cuentan en la calle. Pero yo no me lo creo. Esas ideas solo surgen en las cabezas por culpa de la cerrazón.

Antes de que empezara el turno de tarde, Vasyl pasó por el despacho de Samsón sin té y le dijo que a medianoche volvería a salir de patrulla con Jolodny. Y que les pondrían a alguien del Ejército Rojo con un rifle. Y que Samsón podía irse a casa hasta entonces.

Samsón decidió no ir a casa andando, sino en transporte. Junto con el baúl. No le costó encontrar un carro, toda vez que pagó al cochero por adelantado. Pero, cuando Vasyl y él sacaban el baúl a la calle, entre el vocerío y el ruido general que llegaba por las puertas abiertas de la planta baja, Samsón oyó que alguien le decía a otro: «¡Fíjate, el uniorejudo se ha requisado todo un baúl de bienes robados!».

Estas palabras se le quedaron atravesadas en la cabeza a Samsón hasta la medianoche. Y, cuando ya se disponían a salir a patrullar, ordenó a Semión que fuera a la primera planta, donde los soldados provisionalmente destinados esperaban las órdenes y las salidas para arrestar, y que dijera en voz bien alta, para que todos pudieran oírlo, que el baúl que Samsón se había llevado en carro del cuartel era de su propiedad, y que simplemente lo habían retirado de su casa por un error, y que contaba con la comprensión y una resolución del camarada Naiden.

Capítulo 25

Un toque cortés en la puerta despertó enseguida a Samsón. Después de salir de patrulla nocturna su sueño no se había caracterizado por ser muy profundo. El cuerpo, claro está, exigía descansar, pero, aun así, su cabeza no quería dormir. Las ideas le intranquilizaban. Las ideas y los recuerdos frescos de la noche pasada, en cuyo transcurso se cruzaron con otras tres patrullas, incluyendo una «china». Y, por supuesto, en cada uno de estos encuentros los documentos de las patrullas se comprobaron. Sin embargo, ahora Samsón no terminaba de confiar en todas esas cédulas y certificaciones de identidad. Ante sus ojos flotaban los papeles de Martens-Kochevyj, el hombre con dos apellidos, una sola cara y un máuser. Pensaba que, si a una fotografía se le podía colocar debajo otro apellido, ¿qué decir de los documentos sin foto? ¿Cómo podía fiarse de esos documentos? ¿Por los sellos y firmas? Si había cientos y miles de sellos y firmas. Por alguna razón, los únicos documentos que no le suscitaban dudas eran los de los miembros chinos del Ejército Rojo. En general, los nombres chinos escritos con letras rusas le causaban casi respeto y, a veces, también admiración. Además, hasta ese momento en el pabellón auricular derecho había retumbado el eco de unos pies huyendo. Ya habían oído varias veces un eco así, pero no se lanzaron a perseguirlos. Porque no estaba claro de dónde y a dónde huía alguien por la oscuridad kievita. Hubo un último eco, más fuerte y esta vez sí que parecía más claro en qué dirección debían correr en pos del fugitivo. Pero, aun así, no siguieron al desconocido. Si al menos hubiese disparado y después hubiera salido huyendo. Pero nada, no hubo disparo. Sí se oyeron otros disparos, más lejanos, en la zona del Dniéper o por Pechersk. Sin embargo, estos solo sirvieron para corroborar lo que a los tres de la patrulla les había quedado claro: junto con el derretimiento de la nieve y del hielo se estaba descongelando también la mala gente, helada por el invierno. Y toda esta mala gente se había puesto a robar, a saquear y a matar más de lo que era habitual. Eran muchos a los que robaban, y se daba el caso de que los robos de la leña estatal en estaciones y apeaderos privaba a la ciudad de la iluminación nocturna de las farolas, haciendo que fuera más simple y ligero el trabajo sucio de rapiña.

El suelo de madera punzaba con un leve frío los pies descalzos de Samsón. Había dormido sin desvestirse, solo se había descalzado, por eso, tambaleándose, salió enseguida al pasillo y abrió la puerta.

—Ha venido a verte Nadienka con un joven caballero —anunció la viuda del portero y ella misma lo apartó a un lado, abriéndose camino hasta el pasillo y guiando tras de sí a la pareja citada.

Nadiezhda llevaba la zamarra desabrochada y sonreía. El hombre joven, con una chaqueta negra de una tela poco habitual, cuyo corte recordaba a la típica chaqueta de cuero, y con gorra marrón de piel, movió la cabeza para saludar a Samsón y, al mismo tiempo, le tendió la mano.

—Valerián Poddómov —se presentó—. Soy el jefe de Nadiezhda, me ha dicho que podría tener un hueco en su casa. He decidido ver si está todo en orden.

—Está todo en orden, sí —le aseguró Samsón y bostezó.

Se pararon en la sala. Valerián Poddómov echó un vistazo por la puerta abierta del dormitorio, donde se veían las botas tiradas junto a la cama. Samsón la entrecerró de inmediato.

—Fíjese, hay dos estufas —centró la atención del jefe de Nadiezhda en las fuentes de calor del piso.

—¿Y el excusado funciona? —preguntó este, girándose en dirección al pasillo.

—¡Claro! —Samsón los condujo a todos a la cocina, abrió la puerta del retrete, después les enseñó el cuarto de baño—. No siempre hay agua, como ya sabrá.

—¿Y dónde va a instalar a Nadiezhda? ¿En qué cuarto?

La mirada de la viuda correteaba por todos los rincones del piso, lo que no gustó a Samsón. Ella ya había estado antes en su casa, y en sus anteriores visitas no había mostrado curiosidad alguna por el piso, pero ahora sus ojos lo recorrían.

De regreso en la sala, Samsón lanzó una mirada al aparador tras el que se ocultaba la puerta del dormitorio de su difunta hermana. Después llevó la mirada al armario encasquetado en la puerta del dormitorio de sus padres.

—No tiene mucho espacio aquí —dijo en tono de duda Valerián Poddómov.

Samsón volvió a detener la mirada en la chaqueta de corte extraño, como hecha por las manos de quien la llevaba puesta. Le parecía que veía algún dibujo bordado en negro sobre el negro. ¡Cruces!

—Écheme una mano —le pidió al jefe de la chica y se acercó al lateral izquierdo del armario—. Vamos a apartarlo de aquí.

—No lo tiene vacío, no —resopló Valerián cuando hubieron cambiado de sitio el armario ropero a la pared derecha, donde estaba ahora, entre las dos ventanas que daban a la calle, tabicando parcialmente la de la derecha.

Samsón abrió la puerta anteriormente oculta por el armario. Aquí, en el espacioso dormitorio de sus padres, en el centro, había una cama amplia de matrimonio. A la izquierda de esta, un tocador con espejo, dos sillas, una estantería con frasquitos de perfumes y polveras de cristal.

—¡Ay, qué bonito! —Nadiezhda agitó las manos—. ¿A que sí? —se dirigió a su jefe.

—Sí que es bonito, por Dios —convino Valerián—. Mi mujer y yo también hemos encontrado un hueco con la familia de un confitero, aquí cerca. Pero nuestras condiciones son muchísimo más pobres que esto... Y bien, Nadiezhda Trofímovna, ¿se va a instalar aquí?

—Sí, sí, ¡claro!

—¡Gracias! —Valerián le tendió de nuevo la mano a Samsón—. Redactaré la orden de establecimiento y se la entregaré con el sello y la firma por medio de Nadiezhda Trofímovna.

—Y dígame —la mirada de Samsón se detuvo por tercera vez en la chaqueta de su visitante—, ¿se la ha hecho usted?

—¡Qué va! —El jefe de la chica rompió a reír—. A los colaboradores del servicio nos trajeron hábitos requisados del monasterio de Vídubitski. Tocamos a dos cada uno. Yo se los llevé a un sastre y me hizo una chaqueta. Metió por dentro una tela acolchada para que abrigara más.

—Qué cosas... —asentía Samsón, y se acordó del sastre alemán y, a continuación, recordó los patrones de un traje que todavía seguían en el saco de noche.

Regresó al cuartel justo antes de la comida. Informó a Naiden y, después de pedirle a Semión que trajera a Fiódor Bravada para hacer una declaración, entró a la estancia sin ventanas con una silla, una mesa y un taburete encadenado.

Esta vez Fiódor tenía mejor aspecto. O bien porque le habían disminuido los moratones de la cara, o bien porque le habían dejado que se lavara a conciencia y con jabón. Se sentó en el taburete y frunció el ceño al ver a Samsón. Esa mueca en su cara no le gustó a Samsón. Llamó aparte a Semión para que se acercara a la puerta y le pidió susurrando que se llegara donde Vasyl y le pidiera un té.

Se quedó a solas con Fiódor en el cuarto sombrío y los dos guardaron silencio hasta que el del Ejército Rojo trajo una taza de hierro con té. Samsón le pasó la taza a Fiódor. La sorpresa se le reflejó en el rostro. Levantó las manos atadas con una cuerda por las muñecas. Atrapó la taza caliente y se la bajó a las rodillas.

—Dime —se dirigió a él Samsón—. ¿A cuántos sastres saqueasteis?

—No me acuerdo —respondió Fiódor—. Ya dije que me acordaba de dos, pero no tenían nada ponible.

—Y el sastre al que le quitasteis los patrones y la tela, ¿lo visteis? ¿Estaba allí presente?

—Sí, pero se escondió. Detrás de un sillón.

—¿Y no dijo nada?

—Maldecía.

—¿Y en qué lengua maldecía?

—¿Que en qué lengua lo oí? ¿Eso pregunta? Maldijo cuando Antón le golpeó con la culata, pero al principio saltó dando voces.

—¿Y qué gritaba? ¿Tenía algún acento? ¿O puede que fuera en otra lengua?

—Nos insultó, nos llamó gentuza y no sé qué más. Hubo una palabra que no era rusa, eso seguro. Algo así como *shvaise...*

—¿Podía haber sido *schwaine* o *schaise*? —apuntó Samsón.

—¡Eso es! ¡*Schaise!*

Samsón asentía satisfecho. Después escribió en una hoja sus preguntas y las respuestas de Fiódor y decidió cambiar el tema de la declaración. Volvió a preguntar por la plata y por Jakobson. Pero Fiódor no abrió la boca. Incluso la cara del interrogador se giró hacia Semión. Se quedó mirando al del Ejército Rojo y el arma, en vertical y con la bayoneta apuntando al techo gris y sombrío.

—Está bien, tómate el té. —Samsón se resignó, la conversación no iba a avanzar más.

Después de comer se montó un buen alboroto en el sótano de los arrestados. Los desertores se liaron a golpes con un cuatrero. Tanto que no le quedó ni un sitio sano. Solo Naiden, que bajó corriendo y empezó a disparar al aire, logró calmar a los arrestados. Estos se apartaron a la pared, asustados por el feroz brillo de sus ojos. Después, dos soldados pudieron arrastrar a las escaleras al cuatrero apaleado. Encerraron bajo llave a los arrestados, y Naiden se inclinó sobre el apaleado y le preguntó:

—Te han dado bien, ¿eh?

El otro asintió e intentó escupir algo que tenía en la boca, pero, en lugar de eso, la saliva sanguinolenta se le derramó por la comisura de la boca.

—En fin... —dijo Naiden—. Quédate aquí hasta que te recuperes y, luego, ¡largo! No tengo dónde retenerte. Como te pillen otra vez, seré yo quien te muela a palos. ¿Lo has comprendido?

El cuatrero incorporó débilmente la cabeza, intentando asentir otra vez. Murmuró algo incomprensible.

—Empújalo ahí, junto a la pared —ordenó Naiden al guarda—. En cuanto se recupere y pueda irse, que se vaya. ¡No lo retengáis!

A la caída de la tarde, reunieron a los desertores y, con ellos, a Antón y a Fiódor. Los condujeron a un camión con escolta.

—Cierra el caso de esos dos —le dijo Naiden a Samsón, pasando a su despacho y dejándose caer en un sillón—. Escribe que han accedido a expiar con sangre.

—A la orden —asintió Samsón.

El caso y el total de sus doce hojas estaban encima de la mesa: las actas de la indagatoria, los inventarios de lo robado y de lo devuelto a las víctimas.

—Lo coses y a la caja —añadió Naiden. De pronto, se quedó pensativo mirando al techo, a la bombilla con una pantalla verde y que ardía débilmente—. Tus documentos tienen una historia curiosa. —Esbozó una sonrisa y bajó la mirada hacia Samsón—. Son falsos, ¡todos! No hay en la naturaleza ni un chequista Martens ni Kirílov, tampoco un polaco Budrżewski o un Kochevyj. Bueno, puede que existan en la realidad, pero será en otra, no en la nuestra. Así que no sabemos a quién has matado.

—¿Matado? —Samsón se puso tenso—. ¡No lo he matado! ¡Estaba herido!

—¿Tres balas en el corazón y cuatro en el estómago? ¿Herido dices? —Naiden se echó a reír—. Tenemos que contárselo a Pasechny, no se lo va a creer. Piensa que es el que mejor dispara del cuartel. ¡Y parece que no es verdad!

—Pero si gemía... ¿Lo encontraron muerto?

—Así es. Incluso le han hecho fotos. Nadie ha reclamado al difunto, así que de momento se lo han dado a los estudiantes de Medicina. Se lo han llevado a Fundukléievskaia. Al anfiteatro mortuorio.

—¿Y podría pedir otra declaración relacionada con el caso de los dos del Ejército Rojo? —quiso saber Samsón—. No de los dos que se han llevado, sino del sastre al que robaron. Estaba realmente atemorizado cuando quise devolverle los patrones... Además, ¡es alemán!

—Será que tiene miedo a nuestra autoridad. En las afueras de Kiev la temen —dijo Naiden.

—Jolodny cree que lo que le robaron a él también era robado —le respondió Samsón.

—Así que quieres darle un susto para resolver otro robo. ¿Eso opina Jolodny? —Naiden bajó la vista al suelo, torció los labios, como si estuviera pensando en algo desagradable. Unos dos minutos después se reanimó—. Está bien, llévate a un soldado y ten un día bajo arresto a ese alemán. Te contará enseguida todos sus miedos. Y no me busques más robos o se nos llenará otra vez el sótano con toda la canallada y acabarán rajándose el gaznate.

Hacia las nueve de la noche Samsón estaba cosiendo los documentos del caso con un hilo burdo gris y ya iba a separar la aguja con un cuchillo cuando se acordó del sastre. ¿Y si este le contaba algo interesante? Entonces tendría que añadir otra acta a este caso, coserlo de nuevo.

Metió el caso, del que pendía un hilo con una aguja, en el cajón superior de la mesa. Desenrolló una tira pequeña de masilla, la pegó en el borde del cajón y la presionó con su propio sello.

La oscuridad sin farolas volvía a envolver Kiev con miedo y con sensación de inseguridad. Por las calles desiertas pasaba de cuando en cuando, haciendo temblar la luz de los faros amarillos, algún automóvil de servicio. Pero Samsón, con la pistolera de madera colgada amenazadoramente del cinto en su costado derecho, y el soldado Semión con un fusil al hombro iban andando por Basséinaia. Las suelas de las botas de Samsón chocaban en el pavimento adoquinado con sonoridad, pero sin ruido. Algo que alegraba a Samsón. Como también se alegraba de que igual de sonoras y sin ruido golpearan el camino las suelas de las botas de Semión. Porque los sonidos de su presencia oficial no violentaban el rumor sordo del silencio, sino que se entrelazaban en él.

Samsón encontró enseguida la puerta que necesitaba, y los dos subieron casi a tientas por la escalera de madera hasta la segunda planta. Samsón llamó a la puerta del sastre primero con cortesía, después ya haciendo bastante estrépito. Le pareció haber oído unos ruidos al otro lado de la puerta, no sabía si de pasos o si de una silla cambiándose de sitio. Pero nadie abría la puerta. Entonces fue cuando Samsón la aporreó con las dos manos.

—¿Quién es? —sonó al fin la voz conocida.

—¡Milicia! —le gritó Samsón—. ¿Se acuerda de mí? Le traje unos patrones. ¡Abra!

—¡Ya estaba durmiendo! —dijo el sastre.

—¡Abra! —repitió Samsón sin perder la fuerza—. Tengo que hacerle dos preguntas.

Tras la puerta otra vez sonó algo parecido a una silla moviéndose. Pero entonces se oyó el suave crujido de la llave abriendo la cerradura. Samsón dio un paso atrás porque no recordaba hacia dónde se abría la puerta.

La puerta se abría hacia fuera. En el vano apareció primero una mano con una lámpara de queroseno prendida. Detrás se asomó un rostro muy asustado.

Samsón atrapó al sastre por el puño, le arrancó la lámpara, así que la campana de vidrio salió volando y se hizo añicos en el suelo.

—¡Está detenido! —anunció Samsón.

De repente, alguien pareció empujar al sastre por detrás y este se desplomó sobre Samsón con todo su peso. Casi al mismo tiempo resonó un disparo y los ojos del sastre se quedaron petrificados, mientras que su cuerpo, agarrado al de Samsón, se volvió insoportablemente pesado. Empezó a descender y, por detrás de él, salió bruscamente un hombre con abrigo. De la sorpresa, Samsón dio un paso atrás, chocándose de espaldas con la barandilla y manteniéndose apenas en el borde del escalón superior de la escalera. A la luz de la llama de queroseno, que se agitaba al no estar ya protegida por la campana de vidrio, vio a un hombre cuyo rostro fue imposible de distinguir. Solo la silueta de su figura y el brazo extendido hacia delante con un nagant o un máuser. Y el cañón apuntando al pecho de Samsón. Samsón soltó al sastre, que, al caer, ocupó casi toda la superficie delante de la puerta abierta. A Samsón le quedaba un segundo o puede que dos de vida, pero entonces Semión, el soldado del Ejército Rojo que se había quedado pegado a la pared, a la derecha, atrapó el brazo con el arma y se entabló una lucha, una lucha muy breve. El hombre invisible logró liberarse de alguna manera, disparó a Semión y se lanzó escaleras abajo con gran estruendo. Retumbó una puerta.

La ráfaga de viento que irrumpió desde la calle apagó la lámpara de queroseno. Se hizo la oscuridad absoluta. Y el silencio. Samsón se puso en cuclillas. Palpó los cuerpos caídos: el soldado, al caer, había aplastado la cara del sastre con la culata del fusil. Los dos estaban muertos.

Capítulo 26

Los cálidos rayos del sol se alargaban y pintaban de oro los montones de tierra negra excavada para dar amplitud a la fosa común del Ejército Rojo en el apartado límite izquierdo del parque Alexándrovski, algo lejos de la iglesia de Alejandro Nevski y de las antiguas tumbas diseminadas a su alrededor. Tocaba una banda. Los músicos, de cara obesa y no muy militar, vestían capote y botas de caña alta. Pero llevaban la cabeza descubierta y no podían por menos que sentir en la coronilla el roce radiante del sol, igual que no podían por menos que sentir el vientecillo que agitaba los cabellos. El tercer día de abril podría haber quedado en la memoria como el momento inicial de la primavera, de no ser por el ligero frío que emanaba desde el inmenso foso de más de diez *arshiny* de profundidad, en cuyo fondo los soldados vivos apiñaban a los muertos, que yacían en ataúdes de pino sin pulir, estrechamente pegados.

Samsón no quería contar los ataúdes. No quería, pero no consiguió no contarlos. Veintidós en el lado más lejano del foso alargado, es decir, veintidós en el lado cercano que él no podía ver.

A su lado estaba Nadiezhda con un abrigo algo antiguo, seguramente de su madre, de color negro grisáceo, con un pañuelo rojo en la cabeza. Las lágrimas le brillaban en los ojos. Le habían aparecido en cuanto empezó a tocar la banda.

La banda, que había terminado de interpretar *Habéis caído víctimas*, se puso a soplar otra melodía menos clara, pero, aun así, trágica, parecida a una romanza lacrimosa.

Por encima de Samsón graznó una corneja que saltó repentinamente de una rama al suelo, recorrió cerniéndose las tumbas amontonadas en un lateral. Nadie más pareció prestar atención al ave negra.

La música cesó. Un comisario se encaramó a una pequeña tarima hecha con tablas amontonadas.

—Queridos camaradas: la guerra arrebata a los mejores. El enemigo no está vencido. Se ha ocultado y abre fuego por la espalda. ¡Pero se acabó el consentirlo! Ya hace un año que declaramos el terror rojo contra los enemigos de la revolución. Que los traga, los mastica hasta deshacerlos y luego los escupe. ¡Y nadie volverá a acordarse de ellos! Pero nosotros no os olvidaremos a vosotros, nuestros héroes caídos. Os elevaremos a la dignidad de los rojos sagrados, de quienes no temieron sacrificarse por la fe en el luminoso futuro. ¡Habéis caído víctimas de un combate fatal! ¡Y el combate continúa! Y ya ha llegado quien ocupará vuestro lugar. ¡No estamos consumidos! ¡Somos invencibles! ¡Estamos sentenciados a vencer cueste lo que cueste! ¡Hurra!

Después de su «¡Hurra!» volvió a sonar la música, los soldados del Ejército Rojo y los jefes se quitaron la gorra. Las láminas de una decena de palas empezaron a brillar bajo el sol y comenzó a golpear en los ataúdes la tierra devuelta al foso.

Una mano maciza cayó sobre el hombro de Samsón. Fue tan inesperado que Samsón se estremeció. Se giró. Naiden se había detenido a su derecha. Ya había retirado la mano, pero, al captar la mirada de Samsón, asintió imperceptible y respetuosamente.

—Aquí va a haber un cementerio de héroes —dijo en voz baja—. ¡Es un buen lugar para guardar su memoria! Sobre el Dniéper.

—Quería salvarme —dijo Samsón triste, acordándose de Semión.

—¡Te salvó! —corrigió Naiden—. En esto reside el sencillo heroísmo humano. ¿Tú no lo hubieras salvado si le hubieran disparado a él?

Samsón se quedó paralítico de pensamiento. En esa pregunta él no oyó una pregunta, sino una afirmación para él desagradable.

—No lo sé —reconoció después de una breve pausa.

—Creo que es sencillo. —Naiden agitó la cabeza—. Me he puesto en su lugar. Y, ¿sabes?, lo hizo porque no se paró a pensar. Solo si no te paras a pensar, puedes realizar un acto de heroísmo, salvar a alguien. Pero, si uno está acostumbrado a pensar y es incapaz de no pararse a pensar, entonces no hay manera...

Samsón asintió. No podía por menos que estar de acuerdo. Y, de improviso, comprendió que a veces los pensamientos molestaban. Precisamente cuando había algo importante que se podía hacer solo si no se pensaba.

—Véngase un rato a casa —propuso Samsón a Naiden, y comprobó con la mirada si Nadiezhda había oído la invitación.

La había oído: se echó un poco hacia delante y miró a Naiden a los ojos.

—Sí, claro, venga a casa.

Naiden accedió.

—Pasechny está al cargo, me reemplazará —explicó, más bien a sí mismo, la breve desviación de sus obligaciones de servicio, a la que había accedido en consideración a los luctuosos acontecimientos.

Entró en el piso de Samsón como si hubiera estado allí cien veces. Ni siquiera miró a los lados. Con la mirada encontró la mesa de la sala y tomó asiento.

A solas los tres, se bebieron una copita de alcohol medicinal que el padre de Nadiezhda había enviado junto con su hija. No comieron nada. Guardaban silencio.

—Va a costar defender Kiev —dijo de pronto Naiden—. Los bandidos nos han rodeado. Y con los de Boríspol, de Sviatóshino... Que si están con nosotros, que si luego andan a su aire... Atacan por sorpresa en las afueras, saquean... ¡Tendríamos que reforzar el ejército!

Samsón resopló con pesar.

—¿Semión estaba casado? —preguntó Nadiezhda de pronto.

Samsón se levantó sin hablar, se acercó a su habitación y cogió del poyete de la ventana los papeles que había sacado del bolsillo del capote del soldado muerto. Aparte de la cédula de identidad y de la autorización para moverse por Kiev a cualquier hora de la noche, Semión guardaba en el bolsillo una fotografía de su esposa: una mujer sencilla de cara fina y nariz un poco respingona. Samsón dejó los papeles encima de la mesa. Nadiezhda enseguida estiró la mano para coger la fotografía.

—A mi querido esposo Semión de su esposa Zinaída, siempre añorante —leyó con voz temblorosa. Las lágrimas volvieron a recorrerle las mejillas—. ¡Nunca me casaré! No hay razón para cargar con una pena así...

Samsón la miró con los ojos bien abiertos.

—¡Qué dices, Nadienka!

—¡No quiero estar siempre añorante! —Fue su explicación apenas audible.

Naiden miró a Nadiezhda con aire crítico. Se levantó de la mesa y trasladó la mirada a Samsón.

—Tenemos que irnos. Ya hemos bebido por él, ahora ¡al combate!

—Tendría que pasarme por allí. —Samsón también se puso de pie, aunque menos decidido—. Debo registrar el taller del sastre. Lo mismo encuentro algo importante.

—Bien, pues vamos y emitiré una orden de registro.

—¿Y si se cuela alguien antes?

—¡Si está sellado!

—¡Pero no hay guardia!

—Cierto... Está bien, vete. Por la tarde emitiré la orden, hay que adjuntarla al caso.

—¿Es el mismo caso que el de los soldados desertores del Ejército Rojo? —aclaró Samsón.

—¿Tú qué tienes en la cabeza? —se enfadó Naiden—. ¿Es que quieres meterlo todo en el mismo saco? Claro que no, estamos ante un caso nuevo por asesinato, ¡por doble asesinato! ¿Queda claro?

Samsón asintió.

El sol continuaba calentando los adoquines del pavimento y los muros de las casas. Entre la gente con la que se cruzaba solo había transeúntes mal y pobremente vestidos, aunque las caras de algunos los revelaban como participantes de una mascarada en la que nadie quería destacar por su vestimenta. Los soldados y los jefes eran los únicos que no fingían que no eran soldados o jefes. En general, andaban rápido, como si estuvieran de servicio siempre. En los coches y calesas también tenían ese aire de preocupación y de estar ocupados.

El tranvía número 7 resonó a su lado, rodeando el mercado cubierto Bessarabski, y una mujer se quedó mirando fijamente a Samsón desde la ventanilla, como si estuviera viendo a un viejo conocido. El tranvía dobló hacia la colina Redonda.

Nadie había arrancado el sello de la puerta del taller de confección de Baltzer. Puede que nadie se hubiera acercado hasta allí en los dos últimos días. No había forma de saberlo. Samsón abrió la puerta y pasó dentro. El silencio mortal del taller recordaba el trágico final del sastre y de Semión. Daban ganas de homenajear su memoria con un momento de recogimiento afligido.

Echó una ojeada a todas las cajas y cajones del taller, movió y removió dos decenas de grandes cortes de tejido. Después, Samsón retiró la sábana de la máquina de coser de pedal y vio debajo de la aguja tres trozos de la lana de Yorkshire de color marrón y negro que ya conocía, y en la que habían marcado con tiza cifras, líneas y flechas. Estos patrones parecían similares a aquellos cuya devolución Baltzer había rechazado tan bruscamente. Samsón los enrolló y se los guardó en el bolsillo de la cazadora de cuero. Del cajoncito lateral de la mesita de costura Samsón sacó un paquete de papeles escritos a lápiz y dos libretas. Pasó a la parte habitable del lugar. Allí había un cuarto pequeño con una cama de hierro, una pequeña cocina con un hornillo de queroseno caro, doble, y un cuarto de aseo con lavabo y retrete. En el cuarto, debajo de la cama, aparecieron dos maletas de contrachapado. Una cerrada con candado, y la otra, con un cinto ceñido. En la que tenía candado, Samsón descubrió no solo bastantes *kérenki*, *dumki* y *karbóvantsi*, sino también marcos alemanes. Además, había una pequeña pistola de mujer y un puñal con el grabado «*Gott mit uns*» todo a lo largo de la hoja. En la segunda maleta, aparte de ropa personal demasiado sencilla para un sastre, Samsón no encontró nada. Entonces se acordó de que no había revisado los bolsillos al sastre asesinado. Era extraño que hubiera podido tantear los bolsillos del capote de Semión y sacar sus papeles. ¡En la más completa oscuridad y con la cabeza aturdida por el disparo!

Todo lo que le pareció interesante Samsón lo metió en una maleta pequeña y, después de sellar la puerta tras de sí, se fue.

Ya en el cuartel, extrajo del saco de noche los patrones y añadió los fragmentos hallados. Observó atentamente los dibujos de tiza y comprendió que había encontrado donde Baltzer los cortes de los bolsillos de la chaqueta. No podía imaginarse cómo eran esos bolsillos en función de los patrones, pero no tenía ni un atisbo de duda de que estaba en lo cierto.

De repente le vinieron a la cabeza las palabras del sastre Sivokón, que había visto los patrones. ¿Qué dijo en relación con la talla?

Samsón ejercitó la memoria. Recordó el rostro de Baltzer cuando este le abrió la puerta con la lámpara de queroseno en la mano. Después, no sin esfuerzo, recordó el momento en que, después del disparo, Baltzer empezó a caer sobre él y cómo apareció por detrás la figura del que había disparado. Alta, robusta, brutal. Y se había liberado con mucha facilidad cuando Semión intentó atraparlo. Se liberó, disparó a Semión y salió corriendo escaleras abajo con gran estruendo.

También recordó Samsón ese estruendo retumbando en la escalera de madera. Así que el que corría era pesado.

Una revelación inesperada sorprendió el pensamiento de Samsón. La persona que había matado al sastre y a Semión era quien debía haber llevado el traje, si no se hubieran entrometido los soldados Antón y Fiódor, que necesitaban ropa civil para desertar y volver a casa. ¡Eso era!

Samsón se respaldó en la silla. Se soltó el cinto con la pistolera y lo dejó en el suelo. Se quedó así unos cinco minutos. Después, guardó en su sitio de antes el traje cortado pero no confeccionado, y sacó de la maleta los papeles y las libretas de Baltzer. Los dejó encima de la mesa un poco más a la izquierda del cuadrado forrado de piel para tramitar los casos. Y en el cuadrado colocó el lado en blanco de una vieja circular de los gendarmes. Trazó con lápiz: «Caso sobre el asesinato del soldado del Ejército Rojo Semión Glújov y del sastre Friedrich Baltzer, súbdito alemán. Iniciado el 3 de abril del año 1919».

Capítulo 27

El viernes por la tarde un agotado e inquieto Samsón recibió a sus invitados: los padres de Nadiezhda, que habían traído en un carro una maleta y un baúl con las cosas de ella.

La viuda del portero salió pitando a la calle para así tener más tiempo de examinar en condiciones las cosas antes de que las subieran al piso de Samsón.

Trofim Siguizmúndovich la saludó respetuosamente, pero, cuando supo por Samsón quién era, sus miradas dirigidas a la viuda ya no expresaban respeto.

La viuda daba vueltas en la escalera, como esperando a que Samsón la invitara a entrar. Sin embargo, estaba ocupado por una cuestión bastante más importante y, por eso, al verla, lo único que hacía era cabrearse.

Ni él ni Nadiezhda habían encontrado la forma de preparar la cena, los dos habían tenido muchísimo trabajo. De camino a casa, Samsón pasó en calesa por el comedor soviético de Kreschátik y les persuadió para que le sirvieran en una cazuela estatal *kasha* de cebada perlada con trocitos de tocino frito por valor de cuatro cupones para comer. La joven cocinera, comprendiendo que tenía delante a un representante de la autoridad y del orden, le sirvió de golpe *kasha* por unos seis cupones. Pero, claro está, no le ofreció ni sopa ni *kompot*. Y, aunque se lo hubiera ofrecido, no habría podido transportar hasta casa comida líquida sin sufrir alguna pérdida. Y ahí estaba Samsón, calentando la *kasha* con el tocino frito en el fuego de la cocina y pensando compulsivamente en que no tenía vodka. La media botella de licor de nuez, el preferido de su padre, seguía guardada, pero quedaba feo poner media botella en la mesa. Samsón pensó primero en bajar a casa de la viuda y pedirle, pero la viuda prefería aguardiente casero y licores amargos, que salían más baratos y eran de sabor más vulgar, al vodka de la tienda estatal. Al final, ya con la puerta del aparador abierta, su mirada se detuvo en una jarrita y dio con la solución. Dejó en la botella los restos de nueces prensadas y traspasó a la jarrita el licor, que adquirió un aspecto digno.

Nadiezhda condujo mientras a sus padres a su cuarto, el antiguo dormitorio de los difuntos padres de Samsón. De aquí salió cinco minutos después Trofim Siguizmúndovich y explicó que su hija se estaba cambiando para la cena.

En ese momento Samsón se imaginó a Nadiezhda escogiendo un vestido y una falda en el baúl recién traído y probándoselo, inclinada sobre el espejo del tocador. Seguro que después le pediría el visto bueno a su madre.

Enseguida se sentaron todos a la mesa. Nadiezhda con una falda azul oscura por debajo de las rodillas y una blusa blanca; su madre Liudmila con falda negra y chaquetilla abrigada de color verde y, por supuesto, Trofim Siguizmúndovich con su traje y el pañuelo para la nariz asomándose en el bolsillo de pecho de la chaqueta.

Se tomaron con alegría la *kasha* con tocino frito. Nadiezhda y su madre rechazaron el licor, así que solo se sirvieron Samsón y Trofim Siguizmúndovich.

—Es un placer dormir aquí —decía Nadiezhda—. Las ventanas dan al patio y nadie puede entrar en el patio. La puerta cochera tiene candado porque hay dos cobertizos, el de la portería y el de los vecinos.

—¡Dos cobertizos! ¡Y sin saquear! —El padre de la chica levantó el índice de la mano derecha—. ¡Así se nota que hay orden! Allí, en nuestro patio hay despensas, pero todas vacías y con el candado arrancado.

—¿Qué quieres, Trofímushka? —Su mujer lo miró cariñosa—. Nuestra casa está en Podol, mientras que aquí, arriba, es más fácil mantener el orden.

—Así es —asintió Trofim Siguizmúndovich—. Mientras veníamos en el carro, hemos contado cinco patrullas. Tres chinas y dos normales. Por cierto, he hablado con unos chinos del Ejército Rojo. Cuando iba a por el pan. Resulta que trabajan en la construcción del ferrocarril. Antes de la guerra montaban raíles en Murmansk por una concesión del zar. Después, la guerra, la revolución. Y que si la guerra, que si la revolución, y acabaron en Kiev. Les gusta estar aquí, pero, aun así, quieren volver a casa.

—A ver quién los suelta ahora —se sonrió Samsón—. Yo haría lo contrario, ¡todos a la milicia!

—En la checa de la región ya hay chinos —aseguró Trofim Siguizmúndovich—. Una vecina me ha contado la conversación de dos chequistas en el mercado de Zhitni. Discutían sobre quién fusilaba mejor a los enemigos del proletariado. Si los soldados del Ejército Rojo o los chinos. Y uno dijo que los chinos eran mejores. Que nunca les tiembla la mano y que los músculos de la cara se les quedan tan inmóviles como si fueran la mismísima Temis.

—Huy, Nadienka, ¿le has hablado a Samsón de vuestro gran trabajo? —Liudmila lanzó una mirada de entusiasmo a su hija—. Anda que no da de sí el tema de los fusilamientos... —Y se volvió por un instante para, con una mirada crítica, dejar clara su queja a su marido.

—No, no se lo he contado —reconoció Nadiezhda—. Samsón y yo no hablamos de trabajo. Enseguida se queda pensativo y deja de hablar. —Le regaló al muchacho una mirada de ternura—. Tiene un trabajo completamente impredecible.

—Bueno, tú también —metió baza su padre.

—¿Por qué? —La chica no estaba de acuerdo—. Precisamente el nuestro es predecible. Porque está basado en las matemáticas.

—Dinos entonces si ya habéis contado a todo Kiev.
—La madre volvió a meterse en la conversación.

—Lo hemos inscrito. Pero vamos a estar mucho tiempo contando. No es un simple censo de población como se hacía en la época de los zares. Hemos medido al mismo tiempo todas las casas y fábricas, todos los locales, todos los pisos... Los camaradas Bisk y Dviniánigov han organizado un trabajo gigantesco.

—Bueno, ¿y cuántos somos en Kiev? Lo he olvidado, pero creo que nos lo has dicho —preguntó Trofim Siguizmúndovich.

—¡Más de quinientos mil! —dijo Nadiezhda.

—¿Contando con los soldados del Ejército Rojo? —quiso saber Samsón, cuya cara manifestaba asombro.

—No, sin ellos.

—¿Y también sin los chinos? —preguntó el padre.

—Sin los chinos que forman parte del Ejército Rojo —respondió la chica—. Pero los chinos que viven aquí claro que están computados.

—¿Y, por nacionalidad, qué hay más? —preguntó la madre.

—¡Rusos! Después ucranianos y cerca de un veinte por ciento es población judía.

—¿Y hay muchos alemanes? —preguntó Samsón pensativo.

—¿Y cómo va a acordarse? —intervino la madre en lugar de Nadiezhda, que retrasaba la respuesta a la inesperada pregunta.

—¡Tiene muy buena memoria! Si no la tuviera, no la hubieran cogido para el trabajo. —El padre salió en defensa de su hija.

—¡Tres mil cuatrocientos! —Al final pronunció con claridad Nadiezhda—. Es más fácil contar cuando son pocos —añadió con una sonrisa.

—¿Y a qué se dedican los alemanes? —De repente, la mirada de Samsón estaba realmente concentrada.

—No preguntamos por la profesión. Solo la nacionalidad, la edad y el nivel de alfabetización.

—¿Y cómo están de alfabetizados los alemanes kievitas? —Samsón, repentinamente interesado en el padrón, no dejaba a Nadiezhda.

—Huy, eso es complicado. —De repente, Nadiezhda resopló—. Según las tarjetas, la mitad son analfabetos. Pero son analfabetos en ruso, en su propia lengua saben leer y escribir muy bien. A los franceses les pasa lo mismo.

—¿Es que hay franceses viviendo en Kiev? —se sorprendió el padre.

—Sí, pero no muchos, poco más de trescientos.

—Nunca se me hubiera ocurrido —exclamó Trofim Siguizmúndovich—. Aunque quizá la gente dice que es francesa para diferenciarse, ¿no? Y resulta que son de la Pequeña Rusia o caraítas de Crimea.

—Padre, si hubiera más tiempo hasta se podría computar estadísticamente cuántos mentirosos hay en Kiev —se echó a reír Nadiezhda—. En realidad, lo que más me ha sorprendido es que en la ciudad tenemos calles inteligentes y calles tontas.

—¿Cómo va a ser eso? —Samsón no lo creyó.

—Pues lo es. Nosotros vivimos en una de las calles más instruidas. Podol es solo un pelín más tonto, y la más analfabeta de Kiev es Priorka.

—No conozco a nadie allí. —El padre de la muchacha separó los brazos con sorpresa—. Ni siquiera puedo decir nada de ella.

—¡Por eso no conocen a nadie! —le sonrió Nadiezhda—. Resulta que las personas instruidas gustan de establecerse cerca de otras instruidas, y las que no lo son, junto a las que no lo son. Y así resulta que en algunos sitios una calle es más inteligente, y en otros, muy tonta.

—No hace falta ser tan arrogante. —Liudmila no aprobó las conclusiones de su hija—. Un hombre sin instrucción no tiene por qué ser tonto. ¡Se puede aprender a leer y a escribir! Pero adquirir inteligencia..., eso ya es otra cosa.

La conversación sobre las estadísticas y Kiev podría haberse prolongado indefinidamente, pero terminó cuando Trofim Siguizmúndovich empezó a bostezar sin cesar. Samsón salió con los padres de Nadiezhda con aspecto de estar de servicio y con el nagant. Solo dieron con una calesa en la esquina con Stepánovskaia, a la altura de los baños. Para sorpresa de Samsón, los baños estaban abiertos, aunque puede que solo para los miembros del Ejército Rojo. Porque, según se acercaron a la calesa, por la puerta de los baños salieron tres rostros enrojecidos de soldados en capote, pero sin armas.

El cochero, al comprender que no iba a llevar a un hombre con un nagant, sino a una pareja respetable, asintió servicial, ofreció asiento a Trofim Siguizmúndovich y a Liudmila y les cubrió las rodillas con una arpillera cálida.

Las ruedas de la calesa empezaron a hacer ruido sobre los adoquines en dirección a la plaza Gálitskaia. Y el hierro de las herraduras empezó a golpear en la piedra, añadiendo a la oscuridad vespertina cierta vivacidad sonora. Samsón miró en derredor. Los soldados bañados se habían perdido de vista. Allí cerca, en Stepánovskaia, brillaba una farola. Y en la plaza Gálitskaia, a donde salía Stepánovskaia, había más luz gracias a las farolas que alumbraban una vez doblada la esquina, por eso no entraban en el campo de visión de Samsón.

Capítulo 28

Por la mañana Samsón se acordó de una vez que, de pequeño, se había despertado en el mismo cuarto en el que ahora vivía. Se había despertado por un miedo repentino. Y fue a la sala para pedir permiso para entrar al cuarto de sus padres. Y se quedó parado delante de la puerta cerrada de su dormitorio, sin decidirse ni a llamar ni a abrir sin llamar.

Había recordado esta historia porque, ya al amanecer, había soñado con Semión, el soldado asesinado, con algo que le había contado sobre Chernígov y su perro durante la patrulla conjunta. Se habían encontrado un perro caro, pero fugitivo, sin dueño. Un perrillo faldero de color negro. Todavía llevaba el collar, era de piel, estaba sucio. Y se les instaló en casa, se coló en el patio por el agujerillo que había quedado en el lugar de la cancela desmontada por unos ladrones. Por entonces todo eran desgracias para las cancelas de Chernígov. Al principio se pensaba que había aparecido alguna cuadrilla de ladrones que sacaba de los goznes las cancelas más bonitas de la ciudad para llevárselas a otra región y venderlas. Esto había sido un año antes, en 1918. Solo después la gente comprendió que se robaban las cancelas como recurso para calentarse. Para no comprar leña, que se había vuelto carísima. En ese momento ya algunos propietarios habían quitado las cancelas y las habían escondido en cobertizos y despensas. Los más desahogados empezaron a alimentar mejor a sus perros para que los ladridos tuvieran la suficiente fuerza para ahuyentar a los ladrones. El perrillo que acogieron en esa época no ladraba nunca. Así que no se le podía sacar provecho. Pero no iban a echar al animal solo porque no tuviera ninguna utilidad, ¿no? Así que le estuvieron dando de comer hasta la primavera. Para entonces Semión había ensamblado una cancela sencillita de una vieja cerca. Había que levantarla un poco para abrirla. No se quedaba suspendida. Sin embargo, seguía funcionando. Eso contaba Semión. Y el animal, el perrillo faldero, se escapó después. Puede que hubiera recordado dónde vivía su anterior dueño. O simplemente porque a muchas personas y a muchos animales en primavera se les despierta el espíritu ambulante. Y tanto había conmovido a Samsón este relato que le había venido a la memoria y que le había contado el asesinado Semión que salió sin vestirse a la sala y se paró delante de la puerta del dormitorio de sus padres. Como entonces, como cuando era niño. Y su mano se alargó buscando el tirador de bronce. Pero entonces volvió en sí y se asustó, recordó que ahora era Nadiezhda quien estaba en la cama de sus padres y que todavía dormía. Porque era pronto. Tras los cristales apenas si habían nacido las primeras luces. Y ella tenía que estar agotada. Por lo que había contado la tarde anterior, era incluso difícil imaginarse cómo se las apañaba para computar a la población de Kiev. Bueno, claro, no estaba sola. Ella misma había dicho que no eran menos de trescientos quienes habían entrevistado a los kievitas y habían anotado todo lo importante. Una muchacha de esas trescientas también lo había entrevistado en marzo, así que también él, Samsón Teofílovich Kolechko, había dejado huella en el censo.

Se acordó, asimismo, de los alemanes, que eran más de tres mil en Kiev, y de que solo la mitad de ellos sabían escribir bien en ruso. De los alemanes, los pensamientos de Samsón pasaron al sastre Baltzer. Y entonces se cerró el círculo. Samsón comprendió que el censo de los habitantes de Kiev aún no se había terminado de calcular y, sin embargo, ya no era ni veraz ni exacto. Porque Baltzer seguramente aparecía vivo en ese censo. Y Semión no estaba en ese censo. Así que la estadística no era ni tan importante ni tan exacta. Pero no podía decírselo a Nadiezhda. No lo entendería.

Samsón regresó a su cuarto y se vistió. Quería una venganza justa para Semión. Y comprendía que esta venganza dependía completamente de él. A Naiden, que tenía tanto ajetreo y problemas en la cabeza, ni la muerte de Baltzer ni la de Semión le habían tocado el corazón. Pero a Samsón sí. Y le dolía como si estuviera herido.

Mientras así reflexionaba, se llevó la mano al pabellón auricular, los dedos acariciaron las cicatrices de la antigua oreja. La herida se había cicatrizado, aunque le quedaría para siempre.

«¿Para siempre? —Samsón repitió mentalmente la desagradable expresión—. ¡No! Tiene que ocurrírseme algo. ¡Sin oreja soy un monstruo!».

Pasó al despacho de su padre, sacó de la librería la lata de caramelos. Iba a abrirla, pero cambió de opinión. Se había asustado. Le daba miedo ver una parte de su cara muerta, encogida como una hoja en otoño. Dio un golpecito suave con un dedo y prestó atención. Le quedó claro que la oreja desprendida no había perdido su sorprendente don: oír todo por separado y transmitírselo a su oído interno.

Esto arrancó a Samsón una sonrisa. Bondadosa y contenida.

Después tomó el saco de noche con los patrones de Baltzer y, en calesa, llegó a Nemétskaia, donde Sivokón.

El sastre de su padre lo recibió cordial, llevaba puesto el delantal de trabajo.

En el taller, Samsón comprendió que Sivokón estaba con un encargo. El maniquí de costura vestía una guerrera a medio hacer, era de talla pequeña, nadie sería capaz de abotonarla en el maniquí.

—¿Tiene trabajo? —preguntó Samsón.

—Sí —asintió el sastre—. ¡Gracias a Dios! Aunque no me pagan con dinero, sino con leña y comida. ¿Y qué me trae usted? ¿Pasó a ver a Baltzer?

—Sí —asintió el muchacho—. Pasé. Dos veces. Lo mataron la segunda vez que estuve. Delante de mí. Yo sobreviví de milagro.

Sivokón suspiró largamente.

—La guerrera es también para un comisario rojo. Chino.

—¡Ah! —comprendió Samsón—. Son todos realmente delgados. No comen lo suficiente...

—Tiene que ver con su cultura. Para adquirir resistencia y para saber salir de situaciones complicadas. Me lo ha explicado él.

—Yo también quería pedirle un trabajo.

—¿Que le rehaga el traje de su padre? —probó a adivinar el sastre.

—No. ¿Puede hacer un traje con estos patrones de Baltzer?

—¿Y para qué lo quiere? —se sorprendió Sivokón.

—Verá, creo que ese para el que estaba haciendo el traje los mató a él y a Semión. Y, si el traje está hecho, comprenderé mejor su figura. Usted mismo dijo que era singular. Así que el traje puede ser una prueba importante.

—A ver, sáquelo —asintió el sastre.

Expusieron los patrones en la gran mesa de costura. Con habilidad y rapidez, Sivokón juntó lo que parecían las tres partes del traje. Los últimos fragmentos de los patrones, los hallados en el taller de Baltzer, se los quedó en las manos, girándolos con curiosidad mientras meneaba la cabeza. Después volvió a examinar todos.

—Sí, las tallas son peculiares. En la vida me he topado con algo así. No tiene más de cinco pies de altura, pero el volumen de un barril de cerveza. Sin embargo, las piernas no son gruesas. —Se acercó a los patrones del pantalón—. Es una figura extraña, quebrada, como si estuviera formada de dos personas diferentes: debajo una y, arriba, otra.

—¡Eso son imaginaciones suyas! —Samsón negaba con la cabeza.

—¿Por qué imaginaciones? —replicó serio Sivokón—. ¿Quizá los pantalones fueran para otra persona?

Samsón revisó atentamente los patrones del chaleco, de la chaqueta y de los pantalones.

—¡Pero si la tela es idéntica!

—La tela es idéntica —accedió Sivokón—. ¿Y cómo va a pagarme por el trabajo?

—Le anotaré el encargo al jefe. ¡Es para la instrucción! Para encontrar al asesino.

—Vale, de acuerdo —dijo Sivokón al final—. Aunque usted no me va a traer al cliente para poder medirlo. Y yo necesito montar el traje.

—¿Y? —Samsón no lo comprendió.

—Habrá que encargar un maniquí de costura con estas medidas. —Señaló el maniquí con la guerrera para el comisario chino.

—¿Y es caro?

—Bueno, no es barato.

—¡Encárguelo! Si luego no llega con el dinero del servicio, lo abonaré de mi bolsillo.

Al oír que Samsón pretendía atrapar a un asesino con ayuda de un traje, Naiden tardó en recuperar la calma.

—Pero ¿quién hace algo así? —decía casi a gritos en su pequeño y escaso despacho—. Hay que tomar las huellas de los dedos, ¡no encargar un traje! ¿Es que no lo sabes?

—Bueno, antes no me dedicaba a las investigaciones, no sé buscar huellas. —Samsón abrió los brazos, desconcertado—. Y solo me ha enviado a un curso de tiro.

—Vasyl tiene varias cajas con causas de cuando los zares. ¡Lee y aprende!

—De acuerdo —dijo Samsón—. Aun así, ¿me asignará dinero para el sastre? Necesita para el traje y para el maniquí.

—¿Qué maniquí? —Naiden volvió a alterarse.

—¿Es que no sabe que hace falta un maniquí para hacer un traje? —La sorpresa de Samsón era real.

—¡Nunca he encargado un traje a medida! —respondió enfadado el dueño del despacho—. El sastre del bazar me hace la chaqueta sin maniquí... ¡y sin medirme! Un buen sastre tiene tan buena vista como un artillero experimentado. ¡Enseguida da en el clavo! ¿Y por qué tengo yo que ocuparme de tus asesinos mientras las bandas nos atacan por todas partes? Si no es hoy, será mañana cuando nos ordenen salir con los chequistas a las posiciones defensivas.

—Pero es que estoy buscando al que mató a Semión. —Samsón miró fijamente a Naiden a los ojos—. ¡Estuvimos juntos en su entierro! ¿Cómo puedo olvidarlo sin más?

—Nadie va a quedar en el olvido —dijo Naiden en un tono más conciliador—. Asignaremos el dinero, si hay. Pero menos de lo que él pida.

—De momento no ha dicho cuánto quiere.

—¡Pues no le preguntes! Que vaya cosiendo y ya veremos después.

Capítulo 29

Resultaba que el tirando a viejo Vasyl había pasado casi toda su vida laboral en el mismo edificio, en la mesa de la mayoría del cuartel de la policía. Pero de esto se enteró Samsón solo cuando le pidió a Vasyl que tomaran un té juntos. Complaciente, Vasyl trajo dos tazas y ambos se sentaron en unos sillones mullidos requisados, de los que le «sobraban» a alguien. Aunque tomar el té sentado en ellos era bastante incómodo. Uno se veía obligado a inclinarse hacia delante si no quería derramárselo accidentalmente en el cuello.

Lo primero que hizo Samsón fue interesarse por quién del cuartel respondía por la toma de huellas.

—Nadie —se sonrió Vasyl y miró a Samsón con los ojos entornados, astutos—. ¿Acaso esto es trabajo? ¿Lo que se hace aquí ahora? —Habiendo olvidado, parece ser, que tenía en la mano derecha una taza, por poco no hizo un gesto brusco con la mano, pero se contuvo a tiempo; aun así, medio sorbo salpicó el suelo—. ¡Es una cacofonía revolucionaria! Hay gente armada por doquier, no hay orden y cien veces más bandidos y saqueadores que los que solía haber. Y, por supuesto, expulsaron a todos los policías y jueces de instrucción antiguos, solo ha quedado su firma ahí, en los casos antiguos.

—¿Y usted sabe tomar huellas? —lo interrumpió Samsón.

—¿Y por qué iba a saber? Soy un ratón de oficina. Debo saber todo sobre puntos y comas y sobre los sellos correctos y adecuados. Pero sobre el maletín dactiloscópico no tengo por qué.

—¿Tenemos un maletín de esos? —se animó Samsón.

—¿De dónde íbamos a sacarlo? La primera vez que entraron al asalto en el cuartel Néstor Iványch salió como pudo con él y pies para qué os quiero...

—¿Néstor Iványch?

—Sí, el policía dactiloscopista. Administraba los dedos de los delincuentes.

—¿Y está vivo?

—Quién sabe. Puede que siga vivo, solo que ¿dónde está?

—¿Y no tendrá por casualidad su dirección?

—¿Y por qué no? Aquí dentro todavía no está todo cubierto de polvo. —Se golpeó suavemente la sien con el dedo izquierdo—. Travesía Dionísiev, n.º 5 piso 3. Solía ir a buscarlo, incluso de noche. Cuando echaban los polvitos. Pero han pasado dos años desde la última vez.

—Vayamos a comprobarlo —propuso Samsón, y en los ojos empezaron a brillarle chispas de entusiasmo—. ¿Y si, de pronto, nos sonríe la suerte?

—¿Necesita el maletín o a él, a Néstor Iványch? —El tono de Vasyl se había vuelto más serio.

—A ambos. —Samsón hizo un gesto con la cabeza—. A Néstor Iványch y sus instrumentos.

Una hora después, tras adelantar en calesa al tranvía número 4, doblaban la travesía Dionísiev y se detenían a la altura de la casa número cinco. El cielo gris prometía lluvia, pero la llevaba prometiendo desde la mañana, así que la gente había dejado de mirar hacia arriba, comprendiendo que las promesas, en los actuales tiempos, no valían nada. Ni siquiera las promesas de la naturaleza.

Unos escalones de madera que crujían con generosidad debajo de Vasyl y Samsón condujeron a estos a una puerta ajada en la segunda planta. No había número en la puerta, pero todo evidenciaba que Vasyl había pasado por allí a menudo. Porque había estirado el brazo hacia el rincón derecho, donde, por encima del borde superior del marco, se abría un pequeño agujero en una chapita de metal redonda cuidadosamente incrustada en la pared, y que recordaba a un plato para confitura.

Samsón comprendió que Vasyl pretendía tirar del cordón de una campanilla interior, pero ya no había cordón.

Un descompuesto Vasyl ahuecó los labios, soltó un hum y dio tres golpes en la puerta con el lateral de la mano.

—¡Todo lo destrozan! —refunfuñó—. Unos gamberros, seguramente.

Al otro lado de la puerta se oyeron unos pasos.

—¿Quién va? —se oyó una voz tirando a ronca.

—Soy yo, Vasyl, ¡del cuartel!

La puerta se abrió. Samsón, que había esperado ver a un anciano decrépito, se sorprendió: ante él estaba un hombre no muy alto y de cabellos negros con rostro de ser todavía joven. Vestía unos pantalones abombados y abrigados, de andar por casa, del habitual color de las botas de fieltro, y una chaquetilla negra de grandes botones. El tal Néstor Iványch parecía más joven que Vasyl.

En el pasillo, Samsón reparó en que el dueño del piso cojeaba ligeramente.

—¿Y qué tal todo por allí? —dijo, mirando con curiosidad al joven que había llegado junto con su antiguo colega de la policía—. Pasad a la cocina. Mi piso es minúsculo, solo hay cama y cocina.

—¿Y qué ha sido del cuarto? —Vasyl miraba sorprendido todo alrededor.

—¡Recortado! —dijo Néstor Iványch y suspiró—. Me lo han recortado, lo taparon con tablas y lo añadieron a los antiguos apartamentos de Krivoschókov. Ahora es una residencia para los cursos de los comandantes.

—Al menos habrán dejado el excusado, ¿no? —preguntó Vasyl con simpatía.

—Sí, eso sí. —Señaló la puerta estrecha del retrete—. ¡Hace mucho que no venías!

—Ya ves cómo está todo... —dijo Vasyl mientras se sentaba en un taburete—. Siéntate, ¿qué haces ahí de pie? —Miró a Samsón y le indicó con una mirada una silla pequeña de madera junto a la mesa. Después volvió los ojos a su anfitrión—. Aquí Samsón, nuestro nuevo instructor, por así decirlo, ha preguntado de repente por ti.

—¿Por mí? —se sorprendió Néstor Iványch y, al ver una bolita de lana en la chaquetilla, la arrancó y la tiró al suelo.

—Bueno, por tu maletín, por tu trabajo.

Néstor Iványch se animó de veras. Llevó la conversación a un tono no muy alto, pero interesado.

—¿Y eso? ¿Es que ya nadie reúne los dibujos papilares? —preguntó, sin creer las palabras de Vasyl sobre que ya hacía un año que no había dactiloscopista en el cuartel.

—No hay muchos ya, no. —Vasyl meneó la cabeza—. Si acaso, cuando nos han ayudado los de la checa. Pero uno propio y de continuo, después de ti no ha habido.

—¿Así que os han dicho que vengáis a buscarme y que vuelva al servicio? —preguntó su anfitrión con esperanza en la voz.

Los dos visitantes menearon la cabeza.

—Verá, tenía que haber tomado las huellas por un caso de asesinato en Basséinaia, ¡y nadie me lo dijo! Estoy especializado en sistemas eléctricos, no en asesinatos, pero la vida es así... —añadió Samsón con un gesto.

—¿Y a quién han matado en Basséinaia? —Los pequeños ojos grises de Néstor Iványch habían empezado a arder.

—A dos personas —explicó Samsón—. A un sastre alemán y a un soldado del Ejército Rojo, era de Chernígov, estaba conmigo.

—¿Así que también podían haberlo matado a usted?

—Sí, pero precisamente el soldado se lanzó a luchar con él, con el asesino. Fue una lucha desigual.

—Vaya... —Néstor Iványch hacía gestos con la cabeza—. No sé qué decirle...

—¿Y si le pidiera que fuera hasta allí y buscara huellas? —Samsón miró adulador a la cara de su anfitrión—. ¿Qué diría a eso?

—Si paga la calesa hasta allí y luego de vuelta a casa, encantado. Es una desgracia vivir sin sentido cuando lo que le da sentido a tu vida puede servir para una buena acción.

El cochero, al que se le había prometido el pago en dinero, blasfemó un rato y, al mismo tiempo, miraba perplejo a un azorado Samsón y al extraño hombre del maletín.

—Por el amor de Dios, ¡si podrá comer! ¡También es dinero! —repitió Samsón, avergonzado de veras porque en el bolsillo, en lugar de la habitual cartera en la que entraban bien los *kérenki*, hubiera solo cupones para comer con los sellos lilas de la milicia.

—Claro, ¿y quién los va a aceptar, eh? —rugió de nuevo el cochero, aunque ya sin blasfemar. Ahora examinaba con mayor atención los papelitos que le habían metido casi debajo de la nariz.

—¡Los aceptan! En el comedor soviético de Kreschátik, aquí al lado, y en el de Stolípinskaia. No son vales.

El cochero sacudió la cabeza y fustigó al caballo. Se puso en marcha sin volver ni una vez la vista.

—Ya me disculpará, es la primera vez que se me olvida el dinero en casa. —Samsón se volvió hacia Néstor Iványch.

—No se preocupe, se hinchará la tripa con alegría, ya verá. Les gusta el pan más que a una vaca el heno.

Samsón lanzó otro largo suspiro.

—Con los cupones no dan pan para comer. ¡El pan hay que comprarlo!

Cruzaron la puerta tras la que estaba, en la pared de la derecha, el dedo señalador con la leyenda ARREGLOS DE ROPA que invitaba a subir a la segunda planta.

Para espanto de Samsón, habían arrancado su sello de masilla de la puerta, que estaba tirado junto a la pared.

—¡Aquí ha estado alguien! —dijo Samsón con aire de condenado, y lanzó una mirada trágica a su acompañante dactiloscopista.

—Tanto mejor —sonrió este—. Así es más entretenido.

En el taller todo parecía estar más o menos igual que la última vez. Néstor Iványch, con el maletín en vilo, sacó una lupa con mango, examinó con ella el borde de la mesa de costura, después dejó ahí el maletín y volvió a abrirlo.

—Bueno, usted trabaje aquí, que yo examinaré el piso —le dijo Samsón.

En el cuarto que hacía las veces de casa del sastre alemán, sus ojos se fijaron enseguida en una mancha oscura junto a la cama. Se agachó hasta quedarse en cuclillas, la tocó. En la almohadilla del dedo sintió algo viscoso, parecido a sangre reseca. Y también fijó la vista en otra cosa: en un rincón del cuarto, colocadas verticalmente, había unas parihuelas rudimentarias. La última vez seguro que no estaban ahí.

Samsón se acercó, sujetó el borde superior de las dos pértigas teñidas de color marrón, las separó para estirar la gruesa lona que había entre ellas. Reparó en que los asideros de dos *vershkí* tenían una forma poco habitual, nada cómoda para las manos. Le resultó sorprendente, así que comprobó los bordes inferiores de las pértigas. Aquí también los dos *vershkí* de los extremos estaban desbastados formando un cuadrado, cuyos ángulos rectos habrían cortado las manos durante el traslado de un enfermo o un herido.

Completamente desconcertado, Samsón miró todo a su alrededor y enseguida le llamaron la atención dos maderos marrones similares a los costados de una caja, solo que con ranuras. Levantó uno del suelo y lo comprendió: las parihuelas que había encontrado podían servir tanto de parihuelas como de cama de campaña. Los bordes de dos *vershkí* de las pértigas, recortados en forma de cuadrado, entraban en las aberturas de los bordes de los maderos, que se convertían en los respaldos de la cama de campaña.

«Así que alguien ha pasado la noche aquí», pensó Samsón, y decidió examinar con mayor atención el cuarto y el resto de las estancias del pequeño piso.

En el aire de la cocina se había quedado instalado un fuerte olor a tabaco que no estaba la última vez. También aquí, encima de la mesa «adornada» con círculos negros de sartenes y cazuelas calientes, se veían pieles de cebolla; al lado, un cuchillo con el mango de hierro arañado.

Samsón puso la mano encima de la tabla de la mesa y sintió que se le pegaban migas de pan secas.

Sus pensamientos regresaron a la mancha junto a la cama. Si alguien había pasado allí la noche, lo había hecho en la cama de campaña. Entonces ¿la mancha junto a la cama del alemán? Quien hubiera estado por la noche se había preparado algo para picar, pero no había dejado nada. ¿Regresaría de nuevo? O quizá lo hubieran matado ahí mismo.

A Samsón se le acumulaban las preguntas por momentos. Y todo esto le parecía tanto más extraño porque el alemán, según él había observado el piso y el taller la primera vez, vivía solo.

Dando un chasquido con la boca de puro enojo, Samsón regresó al taller y se encontró a Néstor Iványch trabajando en la superficie de la máquina de coser de pedal. La cara del dactiloscopista resplandecía de pasión; una sonrisa le tensaba los labios.

—¿Qué tiene? —preguntó Samsón.

—Es muy interesante. Simplemente muy interesante —respondió el otro sin apartar la vista de la plataforma negra esmaltada, en cuya parte izquierda se apoyaba el pie prensatelas de la barra de aguja—. ¡Aquí se nos han conservado los diez dedos del señor sastre! Así que podremos descifrar fácilmente quién es el invitado y quién el dueño añadió, y la boca se le ensanchó en una nueva sonrisa intensa, frenética.

Capítulo 30

Por la tarde, sentado a la mesa de su padre y repasando por tercera vez los papeles del sastre Baltzer, Samsón regresaba mentalmente una y otra vez a la puerta de nuevo sellada en la casa de Basséinaia. El sellado en sí tenía poco sentido, solo era un aviso de que la milicia vigilaba esa puerta. Pero un aviso así podía causar precisamente el efecto contrario en la gente, acostumbrada a los cambios de autoridad y a la ausencia de orden y de ley. Qué más daba por qué estaba el sello, ¿no? Quizá hubiera algo de valor, algo que los milicianos o la policía no hubieran tenido tiempo de recoger debido a la abundancia de vida criminal.

Samsón expulsaba estos pensamientos de su cabeza, claro. Intentaba concentrarse, aguzar la mirada y aclararse, distinguir algo importante en esas notas y cuentas en ruso y en alemán.

Pero si no era el recelo por la puerta sellada, eran otras cuestiones diversas las que se le metían en la cabeza. Estaban las parihuelas-cama de campaña, estaba la mancha de sangre reseca... Y también se acordaba del dactiloscopista Néstor Iványch. Después del trabajo, Samsón lo había invitado a que viniera aquí, al cuartel, pero no había accedido. Se fue andando a su casa en la travesía Dionísiev. Dijo que podía hacer todo el trabajo en casa, aunque para examinar los resultados del trabajo sí que tendrían que verse. Aunque no en el cuartel, sino en otro lugar. Samsón podía ir a su casa, pero no antes de la tarde del día siguiente.

La tarde del día siguiente parecía estar lejos, aunque también cerca. El tiempo ahora pasaba un poco más despacio, porque el sol se demoraba en el cielo más que un mes atrás. E, incluso si no se veía, oscurecía más tarde y la vida en las calles se prolongaba un poco más, si bien esta era quien menos dependía del sol. La vida dependía más de la propia gente. De su valor o de su tontería.

—Samsón Teofílovich, ¿le sirvo un té? —preguntó Vasyl, pasando por el despacho con una taza en la mano.

Samsón asintió.

—¿Está contento con Néstor Iványch? —se interesó a hurtadillas, ya saliendo y con la mano en el tirador de la puerta.

—No lo sé. —Samsón apartó la vista de los papeles que tenía en la mano y miró a Vasyl—. Pero gracias de todas formas. Mañana lo mismo voy a su casa. No ha querido venir aquí.

—Ajá —asintió Vasyl—. Era regañón en el trabajo, así que no se le apreciaba especialmente. No se le apreciaba, aunque sí lo valoraban.

—¿Y por qué regañón?

—Porque era perspicaz y atento. Intentaba hacer sugerencias durante las investigaciones. Pero a los de instrucción no les gustaba. Sobre todo a los jefes.

—Bueno, pero ahora hay otra gente.

—Ahora hay otros, pero ¿qué pasaría si de repente vuelven los antiguos? —Vasyl abrió muchísimo los ojos con aire significativo, alzó las cejas canosas y pobladas.

—¿Y por qué iban a regresar? —Samsón no terminó de entenderlo—. Hay una nueva autoridad, una nueva milicia...

—Ojalá, sí, ojalá... —musitó Vasyl y salió entornando con cuidado la puerta tras de sí.

Samsón se encogió de hombros. Lanzó una mirada al suelo, en el costado izquierdo, al cinto con la pistolera de madera. Pensó en si de pronto pasara algo, en que quizá no le diera tiempo a sacar el nagant. Pero después se sorprendió de haber pensado algo así, comprendió que la idea le había venido del parloteo de Vasyl. Hizo un gesto con la mano como para desecharla del todo, y se puso a estudiar otro recibo en papel.

«Lavrenti Hovda, calle Kuznéchnaia, n.º 8, he recibido una levita verde revestida. Firma». Y en el mismo papel, en la esquina inferior derecha, dos palabras alemanas: «*vollständig bezahlt*», todo abonado.

«Si Kuznéchnaia está muy cerca. A dos manzanas solo —pensó Samsón—. Y puedo enterarme por el portero del número del piso de este tal Lavrenti».

Hacia las nueve, ya de noche, Samsón se fue del trabajo a casa pasando por Kuznéchnaia. Encontró enseguida el número ocho. Un portero barbudo le abrió la puerta ya cerrada del portal después de su primer golpe con el puño. Samsón le dijo que había ido a ver al vecino Hovda por un asunto de la milicia. «¡Ya era hora!», fue la respuesta del portero y pareció alegrarse. «¿Cuánta sangre del pueblo trabajador se puede beber? Tercera planta, la puerta de la izquierda».

Samsón subió despacio por los escalones de piedra. No estaba acostumbrado a no sentir bajo los pies el crujido que siempre sonaba en las escaleras de madera. Además, la mención del portero a que «basta de beber sangre» lo había llevado de vuelta a la reciente conversación con Jolodny, quien le había hablado de las balas de plata y de los vampiros, aunque él, según había dicho, no creía en todas esas cosas del más allá, igual que no creía en Dios, aunque se negaba a declarar que Dios no existía.

Se paró delante de una puerta alta de dos hojas. A la derecha de esta, en un rincón, había un jarrón de hierro para dejar paraguas y, a su lado, un raspador limpiabarros de los que antes se ponían en las entradas de los portales. Aquí también había un cepillo de calle para limpiarse las botas, como si se hubiera vuelto normal subir por las escaleras con las botas sucias y quitarles la suciedad solo justo antes de entrar en la vivienda.

Samsón soltó un «hum», pero metió primero la bota izquierda en el cepillo, deslizándola adelante y atrás por el canal del cepillo, y después también limpió la derecha. Y solo entonces estiró la mano buscando el timbre girador de la puerta que estaba dentro de una cubierta de latón circular abollada. Giró la pequeña palanca de metal a un lado y al otro y hubo un tintineo al otro lado de la puerta.

Se aproximaron unos pasos rápidos y nerviosos y la puerta se abrió. Ante Samsón había un hombre alto con pantalones negros y levita verde con cara de pocos amigos y con tres naipes en la mano derecha, sujetados cual abanico por el pulgar y el índice.

Enseguida echó un vistazo a las botas del hombre que estaba enfrente de él; después, a sus dispositivos de limpieza; a continuación, demoró la mirada en la pistolera de madera.

—¿Qué se le ofrece? —preguntó con impaciencia.

—Soy de la milicia —le comunicó Samsón, quien, a su vez, fijó la mirada en la levita verde—. ¿Baltzer le arregló esa levita?

—Viene en muy mal momento —le informó el dueño del piso—. Sí, me la arregló. ¿Qué tiene de especial? Estoy muy ocupado ahora mismo.

Era evidente que no quería dejar pasar a Samsón.

—Solo serán dos preguntas —Samsón se dirigió a él en un tono realmente cortés—. El caso es que han matado a su sastre.

—¿Al alemán? ¿Lo han matado? —se sorprendió el otro y pareció retroceder un poco, como si la noticia le hubiera disgustado.

—¿Puedo hacerle un par de preguntas? —volvió a hablar Samsón.

—Dese prisa. —Lavrenti Hovda esbozó una mueca—. Ya ve que estoy muy ocupado.

—Está bien. —Samsón, nervioso, se humedeció los labios—. ¿Puede decir algo importante sobre Baltzer?

—¿Cómo que algo importante? —El hombre volvió a echar la espalda para atrás y torció el gesto, como si quisiera soltar un «uf»—. ¡Era sastre! ¿Qué podía hacer que fuera importante?

—Bueno, ¿y cómo era como persona? ¿Agradable? ¿Cerrado?

—Pero ¿qué mosca le ha picado? Era un alemán agradable, no como los otros. Cuando liquidé el pago de la levita, me invitó a vino del Rin. Bajó a propósito a la despensa. Estas cosas no las hacen nuestros sastres, ofrecer a los clientes un buen vino. Los nuestros solo te traen té aguado.

—¿A la despensa? —repitió Samsón—. Si vive en la segunda planta, ¿no? ¿Lo recibió en la segunda planta de Basséinaia?

—¡Claro! Pero después bajó a la despensa y vino con una botella. ¡La descorchó! Nos la tomamos rápido, porque yo tenía prisa. Y eso es todo. Solo estuve allí dos veces. Una vez, para llevar la levita; la otra,, para recogerla.

Samsón ni siquiera había tenido tiempo de despedirse cuando la puerta ya se le había cerrado en las narices y oyó la cadena colgando en el gancho y el cerrojo rechinando.

«Sí, ya —pensó recordando las palabras del portero sobre el tipo—. Queda claro».

Mientras bajaba por los escalones de piedra de la escalera, le vino el pensamiento de que al tal Lavrenti no le habían amedrentado en absoluto ni el nagant ni la chaqueta de cuero. Y parecía que no se había fijado en la oreja cortada. En general, se había comportado de una manera que muy pocos se permitían en los tiempos que corrían: arrogante y frío.

Samsón sacó el cerrojo del lado interno de la puerta de entrada y enseguida se oyó el chirrido de una puerta. El portero salió de nuevo.

—¿Y bien? —preguntó curioso—. ¿Le ha enseñado lo que es bueno?

—¿Y por qué piensa que debía enseñárselo?

—¿Cómo que por qué? ¡Si se da a la gran vida burguesa! Juegan a las cartas, traen en calesas a mujeres de ropa ligera. ¿Cómo puede ser? ¿Para eso marchamos bajo las balas zaristas?

—¿Usted marchó? —preguntó Samsón mirando la cara redonda, rolliza, carrilluda y con barba del portero.

—¿Qué tiene que ver eso? —se enfureció el portero—. Me refiero al pueblo, ¡a quienes hicieron el esfuerzo!

—De momento he venido por otro asunto. —Samsón decidió tranquilizar al portero, sin saber bien qué se podía esperar de él—. Han matado a su sastre, y he venido a decirle...

—¡Qué me dice! —La cara del portero volvía a ser afable, como si la noticia le pareciera interesante—. ¿Y se sabe por qué?

—No lo sé todavía —reconoció Samsón, y salió a la calle.

Detrás de él rechinó el pestillo cerrando la puerta. Le golpeó en la cara el aire fresco y húmedo. Y desde algún lugar de arriba le llegó el ladrido fino y latoso de un perrillo menudo.

Un sorprendido Samsón levantó la cabeza y examinó los seis balcones de la fachada del número ocho. No notó ningún movimiento en ellos.

Capítulo 31

La viuda del portero abrió el portal enseguida, al primer golpe. En la mano llevaba una lámpara de queroseno con la mecha mínimamente enrollada abajo. Iluminó la cara de su vecino para verla.

—No pareces de buen humor —dijo—. Nadienka llegó hará dos horas. ¡También agotada!

Samsón no respondió. En silencio, subió a la primera planta, pasando por encima del primer escalón. Su piso se hallaba en silencio. La luz eléctrica estaba ausente. Pero desde la calle la luna iluminaba y sus manchas azules descansaban en el suelo, junto a las ventanas.

Samsón dejó las botas en el pasillo y se acercó a la puerta del dormitorio de sus padres. Aguzó el oído, casi pegó a la puerta el pabellón auricular derecho, como si quisiera oír todo: ruidos casuales y los sonidos que pudieran indicarle si Nadiezhda dormía o si seguía en vela, pensando y mirando el techo.

Prendió una vela, llenó un vaso de agua de un barreño de cobre de la cocina. Dio un sorbo, era el sabor habitual. Nadiezhda debía de haberla recogido para el té y la comida cuando regresó a casa. Hacia las ocho de la tarde las cañerías ya no solían funcionar.

Samsón no tenía fuerzas ni ganas para hervir agua para el té. No, había queroseno suficiente en el hornillo, pero ¿dar vueltas y esperar media hora hasta que el agua hirviera? No, gracias. Se sentía tan mal... Se sentía mal y avergonzado. ¿Por qué no lo habían enviado enseguida a un curso de verdad para investigar crímenes? ¿Por qué solo a un curso de tiro? ¿Por qué Lavrenti Hovda no se había asustado al verlo? No solo no se había asustado, sino que no había mostrado el más mínimo respeto. ¡Lo había dejado en la puerta y luego le había cerrado esa misma puerta en las narices! ¿Por qué no se le ocurrió a él solito que debía haber tomado huellas en el lugar del crimen? ¿Por qué ni siquiera había revisado y examinado en su totalidad la casa de Basséinaia? No había comprobado si vivía alguien más. No se le había ocurrido bajar a la despensa de la que Baltzer había traído la botella de vino del Rin.

Samsón se sentó en la mesa de la sala con una taza de agua. Dejó la vela prendida un poco más lejos, a la distancia de un brazo extendido. Dio un trago y el agua se le paró en la garganta, se le quedó atascada como si fuera un trozo de hielo. Se palpó el cuello, como si creyera que podía encontrar así el agua estancada y presionarla, empujarla para que pasara.

Se le habían embrollado las ideas. En la lengua parecía haberle surgido el sabor del vino blanco del Rin, el mismo con el que Baltzer debía de haber agasajado a su cliente rico en el taller de costura.

«¿Por qué rico? —dudó de pronto Samsón—. Alguien rico se habría encargado una levita nueva o una guerrera, no habría pedido que se le diera la vuelta. Así que no es rico. Y si no es rico y es tan altivo, quiere decirse que es un ladronzuelo, un estafador de poca monta. Qué digo, es jugador, ¡si tenía tres cartas!».

La mano derecha empezó a molestarle, no debía de tener bien apoyado el codo en la mesa. Y, entonces, a Samsón se le cayó la mano abierta encima de la mesa, la palmeó con fuerza y hasta él se asustó del ruido. Echó un vistazo rápido a la puerta del dormitorio de sus padres.

—Tienes que irte a dormir —se ordenó con firmeza, pero sin moverse del sitio.

En ese momento se abrió la puerta del dormitorio de sus padres y vio en el vano el rostro angelical de Nadiezhda, un poco asustado, un poco interrogante.

—¿No duermes? —preguntó.

Se ajustó con una mano el borde de la bata amarilla de felpa, se le debía de haber olvidado coger y atarse el cinturón cuando se levantó y se la puso.

Se sentó en una silla a su lado.

—¿Qué te pasa?

—Estoy hecho un lío —reconoció Samsón—. Me siento idiota y los demás me ven como a un idiota... ¿Sabes? ¡Tengo que aprender! ¡En clase! Ahora todos aprenden. Nadie puede llegar así como así, sin haber estudiado, a un trabajo y desempeñarlo bien. Pero no me enviaron a aprender. Y ahora me doy cuenta de que todo me sale mal, de que todo se me escapa entre los dedos. Entre los dedos y de la cabeza. Y quería de veras encontrar a quien mató a Semión. No se puede perdonar algo así. Además, también mató al sastre Baltzer, estaba donde el sastre cuando Semión y yo llegamos. Y creo que puedo dar con él a través del sastre. ¡Incluso aunque el sastre esté muerto! Pero, al mismo tiempo, tengo mis dudas. ¿Sabes una cosa? He perdido el sentido de la razón.

—¿De la razón? ¿En qué no tienes razón?

—No, no, no de esa razón. Tengo la sensación de que soy tonto. De que no estoy viendo algo importante y evidente. Y que simplemente no le estoy prestando atención. No sé pensar como es debido. Para que todo quede claro de una vez. Para que surja un plan concreto, ¿qué debo hacer?

—Tienes que tomar notas —dijo Nadiezhda y, con ternura, alargó la mano hasta la cara de él. Con dedos fríos le tocó las mejillas, la oreja izquierda, la sien, el cuello—. Tienes que anotar todo. Imagino que lo fías todo a tu memoria o a la intuición... Y tienes que anotarlo. ¡Como nosotros! Mira lo que hicimos durante el censo en marzo.

Trescientas personas con los bolsos de las tarjetas censales, con lápices para incluir todo en las tarjetas, para rellenar todas las casillas. Solo así se puede estar seguro de la razón, del resultado. ¡De que los cálculos son correctos!

Samsón suspiró.

—Pero el censo..., ¡eso es más fácil! Está todo claro: qué preguntar, dónde anotarlo. Yo no tengo tarjetitas... Más bien hay unas reglas y yo algo puedo hacer siguiendo esas reglas. Apuntar el interrogatorio: la pregunta y la respuesta. Pero ¿cómo puedo encontrar mentalmente la respuesta a una pregunta que no veo y no comprendo? No tengo unas tarjetas como esas, ¿entiendes?

—Samsónchik, querido —Nadiezhda bostezó, soltó el borde de la bata y se tapó la boca con la palma de la mano izquierda—, simplemente estás cansado. Prueba a hacerte una idea clara de lo que tienes que hacer mañana y enseguida te entrarán ganas de dormir para al día siguiente estar dispuesto a todo.

—¿Mañana? —repitió Samsón, y se quedó pensando—. Mañana tengo que ir sí o sí al sótano. Y debo ver a Néstor Iványch.

—Mañana está aquí mismo. Vete a dormir, recupera fuerzas para estar fresco, el más fresco de todos los seres vivos.

Samsón meneó la cabeza despacio. Afligido, bajó la cabeza.

Nadiezhda le levantó la cabeza con una mano y la giró hacia ella. En los ojos le brillaba el reflejo simétrico de la llama de la vela.

—Vamos —dijo con dulzura—. Yo te dormiré.

Con las piernas debilitadas, Samsón entró detrás de ella en el dormitorio de sus padres. Ella le quitó la ropa, lo sentó en el borde derecho de la cama, después lo acostó con ternura, con manos fuertes, teniendo cuidado de que la nuca se hundiera en la almohada mullida. Después ella se tumbó en el otro lado de la cama bajo la misma manta.

Un par de minutos de calma y de oscuridad lo reanimaron un poco. Estaba tumbado de lado con el rostro hacia ella. Vio la línea imprecisa de su perfil. Ella estaba tendida de espaldas. La respiración regular le levantaba y bajaba el pecho, tapado con la manta. Parecía dormir.

—Nadienka —susurró Samsón—. ¡Cásate conmigo!

El susurro no descompasó la respiración regular. Y nada se movió en el perfil. Estaba durmiendo.

Él se dio la vuelta, bocabajo. A la derecha empezó a zumbar un mosquito y Samsón sacó el brazo para palmearse el pabellón auricular, la herida cicatrizada. El eco interno del palmeo se propagó hasta los recónditos y lejanos recovecos del cerebro. Y entonces pensó en que era pronto para que hubiera mosquitos. En que todavía hacía frío para ellos. Y también pensó que sería su oreja amputada que habría oído algo en el despacho de su padre. Y que estaba dentro de una lata y que la lata podía distorsionar algunos sonidos. Lo único que no distorsionaba eran las voces humanas, aunque añadía a su timbre un tono metálico y sonoro.

—¡Todo va a ir bien! —susurró esta vez para sí.

El ruido del palmeo en la cabeza cesó y volvió a reinar la calma y la oscuridad. La respiración regular de Nadiezhda era en ese momento la parte más dulce de esa calma, precisamente la parte cuyo compás hacía que quisiera quedarse dormido.

Capítulo 32

A su llegada al cuartel a Samsón lo esperaba una situación tan inesperada que, al entrar en su despacho, se quedó de piedra. En la mesa de su padre, en la penumbra de la estancia mal iluminada, alguien había extendido encima unas tarjetitas. En el ala izquierda de la mesa había un maletín abierto.

—¿Qué hace usted aquí? —preguntó Samsón una vez que se le hubo pasado la petrificación.

—¡Ah, muy buenas! Me ha dejado pasar Vasyl. Me ha dicho que me sentara aquí a esperar —respondió una voz conocida.

Samsón dejó escapar un suspiro de alivio.

—¡Sí, claro, siéntese, siéntese, Néstor Iványch! Pensaba ir a verlo esta tarde, pero así es mejor.

Siguiendo su costumbre, Samsón se quitó el cinto y con él en las manos se acercó al sillón más cercano. Se sentó y dejó el cinto al lado. La pistolera retumbó al golpear el suelo de madera.

—¿Qué me ha traído? —preguntó Samsón, comprendiendo que una visita tan mañanera podía significar algo importante.

—Bueno, Samsón Teofílych,* aquí va mi informe. Ya tiene la ficha dactiloscópica del sastre y dueño, y estos son

---

* Alternancia habitual de la forma completa, normativa, del patronímico (Teofílovich, Serguéievich) con su variante sincopada, coloquial (Teofílych, Serguéich).

todos los dedos, excepto el meñique, del segundo habitante del piso. —Néstor Iványch movió dos fichas de la mesa—. Había además otro par de huellas esporádicas, pero no pueden pertenecer a nadie actual.

—¿Quiere decir que allí vivían dos personas?

—Eso es. Queda claro sobre todo en la cocina y en el cuarto.

—¿Y esas parihuelas-cama? ¿Las que no vi la vez anterior?

—Tienen las huellas del segundo habitante —asintió de nuevo el dactiloscopista.

—¡Dos! —repitió Samsón pensativo—. ¿Y dónde estaba entonces el segundo? ¿Quién es?

—Eso ya le toca a usted buscarlo, señor investigador —se sonrió Néstor Iványch—. Mire, aquí le dejo las fichas. Si necesita algo, ya sabe dónde buscarme. Y otra cosa, dígale a su jefe que no se puede tener ese olor en la entrada al cuartel.

—Viene de las habitaciones para los arrestados, del sótano —explicó Samsón.

Había sonado a justificación.

—¡No importa! ¿O usted cree que las pulgas y los piojos no saben subir por las escaleras?

Los cierres del maletín hicieron clic. Néstor Iványch lo levantó de la mesa sin esfuerzo y, despidiéndose una vez más con un movimiento de cabeza, salió.

Samsón se acercó a la mesa, presionó arriba y abajo varias veces la palanquita negra del interruptor de la luz. Recorrió con la mirada el cable trenzado que subía por la pared al techo y hasta la pantalla. La bombilla apenas daba luz. En la calle continuaba el ambiente nublado y húmedo. En un intento de conservar el espíritu y su nuevo estado de ánimo, recordó la noche pasada, en la que por primera vez había dormido en la cama de sus padres. Y, además, al lado de Nadiezhda. Pensó en ella agradecido. Pensó en que la noche anterior ella lo había mimado como una madre, lo había dormido, le había dado esperanzas. Aunque no, las esperanzas se las había dado a su manera, las de una muchacha.

¿Quizá haya soñado con el susurro de él? ¿Quizá lo oyera entre sueños? ¡Era imposible que no se hubiera enterado!

Entró a ver a Naiden con paso firme, seguro. Le contó que se las había apañado con las huellas y que había encontrado al dactiloscopista que había trabajado antes allí y que este estaba dispuesto a echar una mano cuando fuera necesario. Y también le pidió dos soldados del Ejército Rojo, chinos, a ser posible, para ir a Basséinaia a localizar el sótano de Baltzer para registrarlo.

—A nosotros no nos dan chinos, están destinados provisionalmente a la checa. Vasyl te asignará a dos de los nuestros. Puedes llevarte un carro, nos han asignado uno requisado. Está en el patio. Y, como el sastre ya no está, mira a ver qué muebles hay.

—Hay unas parihuelas-cama, una cama sencilla, de hierro, y también una máquina de coser.

—La máquina de coser seguro que no nos hace falta, las parihuelas tampoco nos hacen falta. Pero tráete la cama, la dejaremos en el trastero para los turnos de guardia.

Con dos soldados y un cochero de la milicia armado, Samsón se acercaba a casa de Baltzer cerca del mediodía. El tiempo no había cambiado y cada media hora se iba entoldando cada vez más, prometiendo lluvia. Pero la lluvia no hacía su aparición, ni siquiera chispeaba.

El sello de masilla volvía a estar arrancado de la puerta, pero esto ya no afectó a Samsón. Su mirada se vio atraída y como hipnotizada por unas palabras escritas con carboncillo en la pared. Las letras deformadas asustaban casi tanto como su significado. «Espera a la muerte», es lo que estaba escrito con carboncillo y, en lugar de un punto o de un signo de exclamación, también con carboncillo habían trazado un círculo con los dos puntos de los ojos y la línea de la nariz, y todo el círculo, es decir, toda la hipotética cara humana, estaba tachado por una gruesa línea diagonal, también de carboncillo.

Con el nagant en la mano Samsón recorrió todas las estancias del piso del sastre. Todo parecía estar en su sitio, sus ojos no distinguieron nada nuevo ni echaron en falta algo que ya estuviera antes..

«¿Quién debe esperar a la muerte, si al dueño ya lo han matado?», reflexionaba Samsón, regresando a la puerta de la entrada, donde, en el descansillo de la escalera, estaban los dos soldados esperando órdenes.

Samsón salió a verlos resuelto y enfadado.

—A ver, camaradas combatientes —dijo mirando fijamente y por turnos la cara de cada uno de ellos e intentando comprender hasta qué punto eran avispados y disciplinados—. Ahora vamos a buscar el sótano de una víctima de un crimen. Cuando lo encontremos, no se toca nada sin mi permiso.

—A sus órdenes —dijo uno, mientras que el otro asintió en silencio.

Los escalones de madera empezaron a crujir debajo de las botas de los tres que bajaban desde la segunda planta. De espaldas a la puerta de entrada al portal, Samsón observó atentamente todo el espacio. A la izquierda había lo que parecía haber sido un local comercial. La primera puerta a la izquierda era de ahí, pero saltaba a la vista que llevaba mucho tiempo sin usarse. En línea recta, si se seguía la pared izquierda, se veía una portezuela estrecha que no podía ser la entrada a ningún piso. Después, un pasillo estrecho parecía torcer hacia la escalera que ascendía a la segunda planta.

—¡Comprobad la puerta estrecha! —ordenó Samsón a los soldados.

Uno saltó hacia delante.

—¡Tiene candado! —informó.

—¡Rómpelo!

El soldado se quitó el fusil, le colocó la bayoneta e insertó la bayoneta en el hueco entre la puerta y el quicio. De espaldas a Samsón, se echó para atrás para poder hacer fuerza con la culata del fusil. El crujido de la madera partiéndose penetró como un sonido muy desagradable por el oído izquierdo de Samsón y, al mismo tiempo, hasta el pabellón auricular derecho llegó de forma muy diferente, no tan brusco ni irritante.

—¡Aquí hay escobas y lampazos! —informó el del Ejército Rojo, colocándose el fusil en el hombro.

—¿Y más lejos, debajo de la escalera?

—Hay otra puerta, es más ancha, pero más baja.

—¡Rómpela también!

—Je —medio se rio uno de los soldados—. ¡Vaya porquería!, eso no era un candado.

Un objeto de hierro retumbó al caer sobre el piso de madera.

—¡La entrada al sótano! —informó uno de ellos.

—¡Perfecto! —Samsón se alegró, sacó del bolsillo fósforos y velas. Las prendió. Se acercó y las repartió con los soldados.

—Una vez más: ¡no se toca nada si yo no lo digo! —repitió Samsón y, agachándose, pasó por el pequeño vano.

El olor a humedad le dio en la cara. Con una vela ardiendo, bajó al sótano, que resultó bastante más profundo de lo esperado. Sus botas contaron un mínimo de nueve escalones antes de que bajo las suelas apareciera un piso de tablas plano y firme. Dos pasos después Samsón y, tras él, los soldados se paraban frente a dos puertas cerradas con candado; tenían la altura de una persona, eran como las que en los pisos grandes suelen ocultar los cuartos de los criados. Samsón pasó la llama de la vela por las puertas, buscando números u otras señales que lo ayudaran a calcular qué puerta necesitaba. En la puerta izquierda pendía un candado más antiguo y un poco oxidado, que enseguida le habló de la pobreza de su dueño o de su larga ausencia. El candado en la puerta derecha reflejó un poco la llama de la vela en el arco de acero limpio, mientras que el candado en sí estaba hecho de un metal negro.

—¡Este! —ordenó Samsón.

Uno de los soldados arrancó con facilidad el aro de hierro del quicio, así que se abrió la puerta junto con el candado que colgaba de ella.

El espacio que apareció detrás tenía un olor completamente diferente, nada que ver con el de un sótano. Olía a vainilla, a café. En la oscuridad se adivinaban esquinas de muebles.

Samsón sacó dos velas más, las prendió con la suya. Ordenó a los soldados que sujetaran una vela en cada mano y que mantuvieran los brazos abiertos. Después, los colocó en la estancia de manera que, de un vistazo, podía dominar todos los rincones y todo lo que allí se encontraba. En el rincón más apartado había una especie de tonel negro, una estufa de hierro cuya chimenea se marchaba por el techo; a su lado, una diminuta pila de leña bien colocada de una altura de dos pies. A la derecha, baúles y cajas; después, una consola.

Uno de los soldados estornudó y al momento hubo menos luz: se había llevado la mano con la vela a la boca, y la vela se había apagado.

—¡Cuidado! —gritó Samsón—. ¡Enciéndela otra vez!

Hizo que los soldados se acercaran a la estufa, a las cajas y a los dos baúles. Ahora no podían distinguir la puerta por la que habían entrado.

Pero junto a la entrada Samsón no había visto nada relevante. Todo lo interesante estaba ahí, en el extremo opuesto de la estancia. Aquí es donde vio una caja de vino de la que sobresalían cuellos lacrados de botellas. En la caja faltaban tres o cuatro, estaba calculada para unas veinte.

—¿Es vodka? —preguntó inclinándose ligeramente sobre la caja uno de los soldados, sin atreverse a moverse del sitio donde lo había colocado Samsón.

—No, es vino —respondió Samsón—. Del Rin.

—¿Oporto? —siguió preguntando el soldado.

—No.

Entonces llamó su atención el fragmento rectangular de una alfombra que estaba sobre el piso de madera a un metro de la pared izquierda, cerca de la estufa de hierro. Se puso en cuclillas, acercó un poco la luz. La alfombra estaba desgastadísima, casi borrada. Pero daba la sensación de que hasta hacía nada había habido algo colocado entre ella y la pared. Había dos franjas perpendiculares de dos pies y medio cada una, separadas a una distancia de siete pies, de siete y medio. Samsón esbozó una sonrisa. Había comprendido qué era lo que podía haber estado ahí apenas dos días antes. Ahí, junto a la estufa de hierro, había estado la cama de campaña hecha de las parihuelas y los respaldos laterales. La misma que había visto por primera vez la tarde anterior en el piso del sastre. Es decir, que la persona que pasaba las noches en el sótano del sastre había decidido trasladarse al piso. En realidad, en el piso habían vivido dos personas, como le había informado Néstor Iványch. Habían vivido, comido, ¡se habían lavado! Ahora bien, una de ellas había estado mucho o cierto tiempo durmiendo o escondido en el sótano. Pero ¿por qué había decidido regresar después de que mataran a Baltzer? ¿Quién era? ¿Era él o ella? No, parecía poco probable que una mujer se decidiera a dormir en una cama de campaña en un sótano. Para algo así había que tener nervios templados y un motivo realmente importante. Solo podía ser un hombre.

Samsón se acercó al baúl que tenía más cerca. Abrió la tapa. Le pidió a uno de los soldados que acercara más las dos velas, pero no tanto como para que la cera goteara dentro del baúl.

Vio dos rollos de tela oscura. Con la mano izquierda tiró de uno y lo desplazó hacia la derecha. Debajo de la tela había un trozo de piel de cerdo. Apartó el borde y vio plata: cucharas, copitas para vodka, platos. Metió la mano. La plata soltó un tintineo agradable y dulce, nada cansino.

Desde la parte superior de los cubiertos de plata hasta el fondo invisible del baúl había pie y medio. ¿Qué cantidad de bienes podía haber ahí? Dos o tres *pudi*,* ¡como poco!

---

* El *pud* (*pudi* en plural) es una antigua medida de peso equivalente a 16,3 kg.

Un sorprendido Samsón meneó la cabeza, echó un vistazo a los soldados, que también observaban con curiosidad el noble metal, pero sus caras estaban serias y tranquilas.

—¡Sujeta! —Samsón plantó su vela en la mano del soldado más cercano, que ya tenía una. Y, con las manos libres, se puso a recolocar la plata sobre las telas, intentando alcanzar el fondo del baúl. Pronto volvió a tropezar con otra piel, solo que esta vez la piel no estaba como arriba, estirada, sino enrollada, y el interior del rollo ocultaba algo.

Samsón sacó el rollo. Era algo pesado. Empezó a desenrollarlo y entonces brilló la plata de un objeto bastante alargado y liso, parecido a parte de un bastón. Su borde huesudo y redondeado le recordaba a algo.

Samsón lo sacó completamente. Sus manos nunca habían rozado una plata tan lisa y agradable al tacto. La noble forma le recordaba a algo. Y su peso inesperado, poco habitual, hizo que se le tensaran los músculos. ¡Parecía que sostenía en las manos un detalle importante y valioso de un gran reloj de torre! ¿O, quizá, de algún mecanismo eclesiástico secreto? Porque a la Iglesia le gusta mucho la plata.

Dio vueltas y vueltas al objeto alargado intentando comprender a qué le recordaba.

—¡Parece un hueso! —dijo el segundo soldado, encorvando el cuerpo hacia delante, pero sin moverse del sitio—. ¡Se parece mucho! Es como el hueso de una vaca o de un caballo.

—¡Eso es! —comprendió Samsón y pasó los dedos por el borde del objeto de plata, por la redondeada doblez similar a la de una costilla—. Es un hueso, ¡un hueso de plata! Imagino que para algún ritual de la iglesia. Robado de alguna catedral o de algún monasterio, supongo.

»Bueno, muchachos —dejó aparte las reflexiones—. ¿Veis cuántos tesoros? ¿Podremos acompañarlos hasta el cuartel sin peligro?

—¿Por qué no? —respondió el soldado que tenía al lado—. Tenemos munición. Ahí fuera es de día. Durante el día los bandidos nos tienen miedo, no es como por la noche.

Capítulo 33

—Pero ¿qué lío es este? ¿Qué eres ahora, un chamarilero? —casi gritaba Naiden, midiendo nerviosamente los pasos del espacio que quedaba libre en el suelo del despacho de Samsón.

Se acercó otra vez a las tres cajas de madera con libros alemanes; cogió uno, pero lo soltó enseguida, mientras en la cara se le dibujaba una mueca de repugnancia.

—¿Te has llevado dos veces el carro y ni siquiera te has traído la cama de hierro? —continuaba, mientras meneaba la cabeza indignado—. ¡Vete a ver a Jolodny! ¡Mira cómo hay que tener el puesto de trabajo! Sí, encima de la mesa los papeles están revueltos, ¡pero no hay basura en el despacho! ¡Nada de cajas! Y eso que está investigando el asesinato del confitero Michelson y de su hija. En el piso había muchísimo más que en ese sótano tuyo, ¿y qué? ¿Lo ha traído aquí? ¡Pues no! Porque piensa con la cabeza, ¡no con las manos! En cambio, tus manos se lanzan sobre todo lo que ves.

—¡Pero si hay dos *pudi* de plata! ¡Robada! Y los libros allí no podía examinarlos, no se ve mucho a la luz de una vela —intentaba justificarse Samsón, cambiando de pie junto a la silla, pero sin decidirse a sentarse en presencia del furioso comandante.

—Ya han salido en busca de esa plata tuya. Los del banco estatal. ¡Algo así no puede guardarse aquí! Ellos te darán las gracias, pero yo por este caos... ¡nunca! —Naiden pronunció la palabra «caos» resaltando la letra *o*, como si justamente ella fuera lo más importante de la palabra.

—No les voy a entregar todo —protestó Samsón—. Necesito uno de los objetos para la investigación. Todavía tengo que descifrar qué es.

—¿De qué objeto me hablas ahora?

—Este de aquí. —Samsón señaló la mesa, donde estaba el hueso de plata envuelto en la piel.

—En ese caso, formaliza un documento de pruebas y no lo entregues todavía. Pero todo lo demás... —Naiden se giró furioso hacia las cajas con los libros.

—¿A qué tanto alboroto? —A continuación del chirrido de la puerta se oyó la voz amable de Vasyl, que traía dos tazas de té—. Hoy tenemos alboroto por doquier. Gritos abajo y gritos aquí.

—¿Y qué son esos gritos de abajo? —Naiden apartó la mirada de las cajas de madera que lo tenían cabreado.

—Han traído a una gitana del bazar judío. Le ha robado a un comisario del regimiento de fronteras una pitillera de oro, y la ha escondido tanto que no la han encontrado. Así que ahora dice que no es culpable.

—Ya hay que ser tonto. —Naiden volvió a enfadarse—. ¿Para qué quiere un comisario una pitillera de oro? ¿No puede tener una de plata?

—Puede que no la hubiera de plata. —Vasyl salió en defensa del desconocido comisario—. ¡Todos quieren tenerla de plata!

—¡Traeré la cama, de verdad! —empezó Samsón, al que le dio la sensación de que Naiden se apartaba de su estado de irritación y volvía poco a poco a su habitual humor complaciente.

—¿Qué cama?

—La de hierro, la de Baltzer, para las guardias.

—¿Y cómo vas a traerla? ¿Te crees que tienes a tu disposición el único carro del cuartel? ¡Es todo un caos! ¡Ni siquiera puedo conseguir las estadísticas de los casos! No hay nadie para trabajar en la mayoría. Se contrata a gente y desaparece a los dos días.

—Camarada Naiden. —Samsón se animó de repente, reunió valor y se sentó resuelto en su mesa de trabajo—. Necesito otro papel. Uno de colaboración. Para la oficina de estadística de la región. Hace poco que han hecho un censo de Kiev, allí puedo averiguar quién residía en el inmueble de Baltzer.

Naiden contuvo el aliento un instante, se rascó la oreja derecha y observó atentamente a Samsón.

—¿Es que no tienes emitida una orden de colaboración para todos los órganos e instituciones? —Lanzó de soslayo una mirada nada buena a Vasyl.

—Se la escribí, como a todos —respondió Vasyl casi sin respirar.

—Sí, sí, la escribió —recordó también Samsón.

—Pues recórrete las instituciones con esa orden. Como si no tuviéramos papeles de sobra... ¡Para escribir una relación diferente por cada institución!

Naiden volvió a mirar las cajas con libros. Encogió la nariz, como si olfateara.

—¡Y hoy mismo sacas de aquí estos libros! ¿Quieres criar ratones?

—Allí donde campan las ratas, los ratones no se instalan —señaló Vasyl en son de paz.

—¿Quién dice que tenemos ratas? —Naiden se giró bruscamente a mirarlo.

—En el sótano y en los cuartos de los arrestados. Hay un socavón en una esquina, parece que da a la canalización. ¡Entran por ahí!

—Pues ordena que tapien el socavón.

—¿A quién?

—¡Al servicio soviético que tapia socavones!

—De momento solo tenemos servicios que emiten papeles. De los que hagan algo, están el tranvía, el ferrocarril y la estación eléctrica.

—Entonces cierra la boca. ¡Y dedícate a algo útil!

—Pues cierro la boca. Y me dedicaré a eso.

—¿Quién ha hablado de ratas?

—Ha sido cosa mía. ¡Sin mala intención!

—Claro, claro, todo lo haces sin mala intención. ¿Y esa palabrita que has elegido! ¡Intención!

—Bueno, si hay intención se agrava el delito. Sin intención, todo lo contrario.

Al otro lado de la puerta, en la escalera, empezó a sonar el ruido de unos pies. Alguien subía corriendo desesperado, como si estuviera persiguiendo a otra persona. O al revés, como si fuera la víctima de una persecución.

—¡Camarada Naiden! ¡Camarada Naiden! —El grito tembloroso se coló por la puerta entreabierta.

—¿Qué pasa? —gritó en respuesta Naiden y, justo entonces, la puerta se abrió. En el vano se detuvo un sofocado Pasechny.

—¡Revuelta en Mezhigorie y Vishgorod! ¡Han capturado a los soldados del Ejército Rojo y a los comisarios! ¡Amenazan con fusilarlos!

—¿Quién? —Claramente la noticia pilló a Naiden con la guardia baja. Por un momento, su rostro reflejó impotencia y confusión.

—Los campesinos locales. Con el atamán Struk. Ya ha empezado a deslindar la tierra para repartírsela a los campesinos. Les ha dicho que los bolcheviques van a engañarles de todas formas. La checa ha enviado un destacamento a caballo.

—¡Serán perros! —se le escapó a Naiden, y su rostro se volvió terrible como el filo de una navaja. Escupió en el suelo.

A Samsón esto no le gustó. Al oír la noticia se había levantado de la mesa rápidamente, pero ahora su mirada estaba fija en el suelo, donde había escupido el comandante.

—¿Y a ti qué te pasa, lustroso? —Fue la reacción de Naiden a la mirada de Samsón, para después extender el escupitajo con la suela de la bota.

Habiéndole lanzado a Samsón otra mirada nada agradable, salió. Vasyl salió corriendo detrás.

El centinela del interior de la oficina de estadística de la región leyó atentamente la orden de colaboración presentada por Samsón, y lo envió a la segunda planta, a hablar con el camarada Serbski. Pero en la segunda planta, nada más pisar el suelo de madera pintado de un extraño color amarillo, vio una puerta con el cartelito PODDÓMOV VALERIÁN SERGUÉIEVICH. JEFE DEL DEPARTAMENTO DE CÁLCULO ESTADÍSTICO. Y enseguida se acordó del joven que había venido con Nadiezhda a ver su casa. También se acordó de su inusual chaqueta negra, en la que se adivinaban unas cruces negras sobre el negro, confeccionada con tela eclesiástica requisada. Y recordó lo poco acertado que estuvo al llamar «excusado» al cuarto de aseo de una casa, lo que seguramente denotaba que había crecido, o vivido en los últimos tiempos, en un lugar desprovisto de comodidades sanitarias domésticas.

Samsón se paró ante la puerta. Y sonrió: después del recorrido a pie por las calles inquietas por los rumores de la revuelta, aquí se sentía a gusto. Además, mientras andaba, había captado sobre él y sobre su pistolera varias miradas de rencor, nada agradables. Por parte de personas con rostro aparentemente cuidado, instruido.

Una y otra vez los rumores empujaban a los kievitas a cierto enturbiamiento de su conducta en las calles. A los criados y la gente sin recursos y de expresión yerma en la cara los llevaba hasta el punto de tener contracciones excesivas y cara de perro, pero a los ciudadanos de rostro cuidado... ¡a qué miradas fijas y como de repulsa! Era como si algo feroz y animal les hubiera salido repentinamente del cuerpo por los ojos. Cierto miedo y, al mismo tiempo, cierta cólera.

Valerián Serguéich no reconoció a Samsón a la primera. Pero, en cuanto se presentó y tendió la orden de colaboración, el jefe de Nadiezhda, de pie detrás de una mesa repleta de carpetas, rechazó el documento con ambas manos, como gesto de amabilidad.

—Claro, claro, estuve con Nadiezhda en su casa. Vive por aquí, en el barrio —dijo.

Al saber del deseo del visitante de ver la ficha del censo del inmueble situado en Basséinaia, n.º 3, llamó al instante a una trabajadora de edad avanzada que llevaba un vestido gris de aspecto muy de oficina, y le ordenó que buscara el documento necesario. Mientras ella lo buscaba, Poddómov ofreció a Samsón té y roscas de pan.

—Hay un hornero que vive aquí cerca, les da forma y las hornea en su casa, después las lleva por las instituciones. ¡Es barato!

A Samsón le gustó la rosca y la mordió sin avidez, para que le durara más en la lengua el sabor suave y dulzón. Ya se había terminado el té y todavía le quedaba en la mano una tercera rosca.

Y justamente regresó la trabajadora con una caja de fichas. Dejó la caja en la mesa de su jefe, encima de las carpetas, y se puso a pasarlas, consultando los indicadores de las calles y las casas.

—¡Aquí está! —Extrajo una, vigilando que su sitio en la caja quedara libre para que el orden de colocación de los datos no se viera trastocado.

—¿Qué piso necesita? —Levantó la vista hacia Samsón.

—Segunda planta, encima de un café vacío y de una confitería.

—Ajá —asintió la mujer—. Así que es la primera puerta, locales comerciales y auxiliares. En la segunda planta no hay un piso, sino un taller de costura habitable con trasteros. Dos habitantes. Baltzer Friedrich Frántzevich, natural de Alemania, año de nacimiento 1867, con estudios, y Luc Zhánovich Jakobson, año de nacimiento 1895, súbdito belga, sin estudios.

—¿Puedo tomar prestada la ficha unos días? —Samsón se encendió al oírlo.

—¡No! ¡Qué cosas tiene! —se escandalizó la trabajadora, clavándole una mirada fría—. ¡Son datos estadísticos!

—Puede anotar lo que necesite —le aconsejó Poddómov y sacó de un cajón de la mesa un papel en blanco y un lápiz.

Samsón se puso a anotar; la trabajadora de la oficina de estadística de la región sujetaba la ficha delante de su cara, como si temiera soltarla y perderla. Y Samsón, describiendo con el lápiz cuidadosísimas letras, se alegraba de la posibilidad de escribir en una hoja completamente limpia. Un lujo así no lo tenían en su trabajo, pero en esta oficina sí había suministro de papel y esto significaba algo muy poco agradable, claro. Significaba que, a ojos de los principales comisarios, la importancia de la estadística era mayor que la importancia de la lucha contra el crimen.

—Pase a saludar, a Nadiezhda le agradará verlo —le aconsejó al despedirse Poddómov—. Está en el siguiente despacho.

Samsón pasó sin llamar a la siguiente puerta. Aquí el trabajo bullía en tres mesas, se oía el roce de los papeles y de las fichas y los lápices y los ábacos emitían un sonido especial, poco sonoro e importante.

Nadiezhda estaba sentada junto a la ventana. Ella también levantó la vista para mirar al que había entrado en el despacho. Se sorprendió y frunció el ceño. Se incorporó bruscamente, se acercó, sacó a Samsón del vano de la puerta y la cerró detrás de sí.

—¿Qué ha pasado? —preguntó severa.

Una muchacha muy jovencita que pasaba en ese momento por el pasillo ralentizó el paso y dio la sensación de que pegaba el oído.

—He venido por temas de trabajo —dijo Samsón enseñándole el papel con los nombres y apellidos apuntados—. Necesitaba los habitantes de una dirección.

—Ah, bueno —se relajó Nadiezhda—. Por trabajo puedes. Pensaba que había sido así porque sí, que querías distraerme.

Capítulo 34

En el estado de emoción causado por lo averiguado en la oficina de estadística de la región, Samsón decidió acercarse a la morgue del hospital Alexándrovski, a donde, como le había informado Vasyl un día después de la muerte a tiros de Baltzer y de Semión, habían llevado sus cuerpos sin vida y de donde, al cabo de un día, habían recogido al soldado del Ejército Rojo para enterrarlo solemnemente en el parque Alexándrovski. A Semión lo habían recogido, pero a Baltzer lo habían dejado. Y Samsón había recordado en distintas ocasiones que, como el soldado cayó sobre el sastre, no había podido revisar los bolsillos de Baltzer. Solo había mirado los bolsillos de Semión. Y es que un hombre, especialmente en un tiempo en que, al salir de casa, no puede estar seguro de que vaya a regresar, sin duda lo principal de lo que sea fácilmente transportable —fotografía de los más queridos, documentos— o de lo más sencillo de llevar lo va a guardar en el bolsillo, cerca del corazón, o puede que incluso se cosa un bolsillo para proteger eso tan querido de las manos hábiles de los rateros carteristas o incluso de los asaltantes callejeros.

Samsón no quería ni pensar en que al difunto Baltzer lo hubieran desnudado en la morgue. Cualquier cosa podía suceder, claro está, en un lugar donde solo hay dos sanitarios vivos para doscientos cuerpos muertos. Pero el sastre abatido a quemarropa y por la espalda debió de perder casi toda la sangre por esa horrible herida, así que su ropa ya no honraría a nadie. En estos tiempos tumultuosos nadie se pondría a desnudar a un muerto si no era por la ropa, sobre todo si se piensa que el hospital hacía mucho que se había convertido en la estación desde la que los enfermos de tifus y los gravemente heridos partían cada vez con mayor frecuencia más allá de la vida terrenal. Se contaba que también los sanitarios que servían en la morgue cambiaban constantemente por culpa de infecciones y muertes propias. Por eso intentaban estar lo menos posible cerca de todos esos difuntos que sufrían una estrechez sorprendente. Porque un difunto sin enterrar es como si llamara a los vivos. A los que estuvieran cerca.

Estos pensamientos sobre Baltzer refrescaron en la memoria de Samsón la terrible noche. También recordó la figura de la persona que había disparado, que se había doblado con sorprendente facilidad en el momento de la breve refriega con Semión y que había volado escaleras abajo dejando atrás a Samsón, quien por culpa del disparo había perdido el don de la palabra y del movimiento. Una vez más no pudo comprender por qué no había distinguido el rostro de ese hombre, por qué en su lugar parecía haber una mancha de tinta. ¿Por qué no pudo percibir ni el brillo de los ojos ni la punta de la nariz? Estaba a oscuras, sí, ¡pero había pasado corriendo a tres pies de él!

Con prisa, marcando el paso, a su encuentro salieron doblando la calle, desde Málaia Vasilkóvskaia, seis soldados del Ejército Rojo con el fusil al hombro. Él siguió hasta el final de Rognédinskaia y después, a la izquierda, dobló en Prozoróvskaia. Unos siete minutos más, aproximadamente, y llegaría a la casa de amparo. Desde ahí ya quedaría nada.

«¿Quién será ese tal Jakobson? ¿Y por qué vivía donde Baltzer? —le daba vueltas Samsón sobre la marcha—. Aunque parece que no vivía allí, sino que se ocultaba en su casa. Entonces ¿por qué se escondía si los soldados asaltadores le tenían miedo? ¡Menudo misterio! Por otro lado, si se estaba escondiendo, ¿por qué iba a dar información suya para el censo? ¿O eso fue cosa de Baltzer, que les habló de él a los copistas del censo? El año de nacimiento, la ciudadanía belga... No, hay algo que no encaja. Además, por otro lado, la plata robada estaba guardada en el sótano. Y él se escondía ahí, dormía ahí. Así que tiene que ser el mismo Jakobson al que Fiódor y Antón tenían miedo. Puede que estuviera de alquiler en casa de Baltzer. Y por eso Baltzer se asustó tanto de Samsón la primera vez. ¡Y no quería reconocer que le habían robado los patrones del traje!».

—Hágame el favor. —Una voz de mujer mayor distrajo a Samsón.

Se paró y vio a una monja vestida de negro con un cayado y una talega en las manos.

—¿Qué se le ofrece? —preguntó.

—¿Cómo puedo llegar al santuario de las Cuevas?

—Ah, por la senda Sobachia, ahí a la derecha, y luego por el fondo del barranco. —Se lo mostró con la mano—. Pero dese prisa, es un lugar apartado, pueden hacerle mal.

—¿Cómo me van a hacer mal? ¡Dios me defiende! Vaya usted con Dios —gorjeó la anciana monja y se fue por donde le había indicado Samsón. Se marchó rápido, y eso que sus pasos eran más cortos que los de Samsón.

Este, que iba en la misma dirección, difícilmente le hubiera dado alcance sin esforzarse. Sus pensamientos se ralentizaban por las ideas y preguntas que intentaba anotar y recordar en una especie de pared invisible de su cabeza.

«¿Cuántos días habían pasado desde la muerte de Baltzer? ¿Y por qué solo ayer había reparado en la amenaza reciente escrita con carboncillo en la pared, al lado de la puerta? "Espera a la muerte". Debía de ser una amenaza para la persona que se escondía allí, es decir, para Jakobson. Para la persona a la que temían los soldados y para quien robaban la plata.

—Samsón meneó la cabeza, como si así esta pudiera aclararse igual que el cielo después de una tormenta—. Unos le tienen miedo y otros lo amenazan. Y no he encontrado balas de plata. Solo un hueso grande de plata, como fundido de servicios de plata... ¿Quizá ese Jakobson sea el hijo de Baltzer? Pero Baltzer es alemán, y Jakobson, belga. No encaja. ¿Y por el año de nacimiento? Baltzer tenía cincuenta y dos años y Jakobson, veinticuatro, ¿no?».

Rememoró de nuevo a la figura que había disparado al sastre y a Semión. Le añadió mentalmente a dicha figura la edad de Jakobson y empezó a dudar. Los movimientos de la figura eran demasiado decididos y, además, ¿tan fácil resultaba disparar a una persona por la espalda? ¿A los veinticuatro años?

Si Baltzer estaba en la morgue, seguramente seguiría con la ropa empapada de sangre. Y probablemente nadie lo iba a registrar. Por miedo al contagio o a la ira de Dios. Eran un pueblo llano, temeroso de Dios.

La morgue del hospital Alexándrovski era un sótano profundo y muy espacioso de un edificio de tres plantas, en el que se disponían un anfiteatro mortuorio y las clases de los estudiantes de Medicina. Por fuera, el edificio de tres plantas se veía imponente, aunque la fachada llevaba ya un par de años sin pintarse, y solo cuando caían sobre ella los rayos del sol parecía recobrar su anterior color amarillo claro.

Una amplia puerta transversal avisaba de que por su vano podían meter o podían sacar cuerpos.

—¿Viene a buscar un cuerpo? —En el pasillo umbrío, poco iluminado, dio una voz a Samsón un hombre en bata blanca, con aspecto de joven, pero que había sonado a exceso de cigarrillos y de bebida.

—No, no necesito recogerlo, solo revisarlo. Soy de la milicia.

—Los cadáveres de la milicia están en la sala número tres, a la derecha, el interruptor de la luz está detrás de la puerta. Y cierre la puerta enseguida para que no salga el frío.

En la sala número tres, en una decena de mesas de hierro y entre estas, en el suelo de piedra, yacían cadáveres vestidos. La bombilla, cubierta por arriba con un cono de hojalata, tenía una luz especialmente descolorida para no asustar a los vivos con lo que iluminaba, y no para intentar despertar a los muertos.

Samsón sintió frío, se ajustó el cinturón, intentó apretárselo más, pero, después de un intento fallido, devolvió la aguja acerina a su anterior agujero.

Los cuerpos yacían de espaldas, con el rostro hinchado o afilado apuntando al techo. Recordaba bien a Baltzer y su bigotillo. Habiendo recorrido el estrecho «sendero» entre los cuerpos, habiendo pasado por encima de un hombretón azul, inflado, al que nunca más se le cerraría la camisola de franela desabrochada, Samsón regresó a la puerta. Baltzer no estaba allí.

Encontró a un sanitario, le preguntó por el libro de registro de los cadáveres. Juntos, comprobaron los apuntes de entrada de la aciaga tarde. Resultó que los cuerpos de Friedrich Baltzer y de Semión Glújov habían llegado la mañana siguiente. En la última casilla del libro a rayas, en la línea donde habían anotado a Semión Glújov, había un «entregado para sepultura el 29 de marzo»; en la de Friedrich Baltzer estaba ese mismo apunte de «entregado para sepultura», solo que esta vez sin fecha y con otra letra.

—¿Y quién hizo la entrega de Baltzer? —Samsón miró a los ojos al sanitario.

—¿Y cómo quiere que lo sepa? —Se encogió de hombros con un gesto que a Samsón le pareció un tanto extraño. Lo examinó bien y entonces comprendió que el sanitario llevaba puesta la bata de médico encima de la zamarra: la bata era de talla gigantesca.

—¿Quién trabajó ese día? —Samsón aplastó con un dedo el apunte de la entrega del cuerpo de Baltzer.

—¡Pero si no hay fecha! —dijo el sanitario mirando el dedo del visitante.

—¡Qué desastre! —resopló Samsón con amargura.

—Sí, claro, es un desastre —convino el sanitario—. Haga una cosa: quédese aquí un par de horas con este frío y esta peste en la nariz. Entonces veremos si le parece importante el orden. ¿No tendrá un cigarrillo?

—No fumo —respondió bruscamente Samsón, que había empezado a sentir que su cabreo estaba a punto de estallar por medio de expresiones más groseras.

—Bueno, pues toca fumar los propios —dijo el sanitario, se levantó el faldón de la bata, metió la mano en el bolsillo de la zamarra, sacó una cajetilla de cigarrillos y se marchó a la salida.

A Samsón no le quedaba otra que ir detrás. La visita a la morgue no le había conducido a nada. Así lo pensó al principio. Pero, cuando ya se alejaba del edificio, entrando en calor más por la vista que por los rayos del sol asomándose, le dio vueltas a que, puesto que se habían llevado al sastre para enterrarlo, alguien debía de quererlo. Y no podía ser otro que Luc Jakobson, que había vivido en su local de costura, tal como se indicaba en la ficha de su piso en el censo de los kievitas. Esto, por supuesto, no se correspondía con que Jakobson fuera un criminal, aunque los criminales podían sentir cariño por alguien, ¿no? La edad de Baltzer permitía pensar en él como el posible padre de Jakobson, pero entonces ¿por qué tenían apellidos y nacionalidades diferentes? Ahora ya sí que no le entraba en la cabeza que la persona que había disparado a quemarropa y por la espalda a Baltzer pudiera después recoger su cuerpo para enterrarlo. Parecía que Jakobson no era el asesino de Baltzer y de Semión. Pero, en ese caso, ¿quién?

Los pies de Samsón lo condujeron a Basséinaia, al número tres. Y cuando ya estaba cerca del edificio tristemente conocido para él, dudando si entrar o no, por detrás oyó un estrépito creciente y el golpeteo sonoro de unas herraduras contra el adoquinado del camino. El golpeteo de las herraduras pareció golpearle en las piernas por detrás, y casi se le doblaron; Samsón se tambaleó y en su cabeza, espantada, apareció por un instante el sable fulgurante que había matado a su padre, y el segundo, el que le había seccionado la oreja. Se pegó precipitadamente al muro de la casa número tres y miró en derredor, intentando dominar su cuerpo, repentinamente debilitado y que no lo obedecía.

Con prisa, tenso, pasó a su lado un destacamento a caballo del Ejército Rojo. Pero el temblor que le había metido en el cuerpo la inesperada aparición aún seguía presente. Y, encima, ahora se había apoderado de él la inquietud por el combate al que galopaban los jinetes del Ejército Rojo. ¡Al combate contra los sublevados! Echó a andar con paso apresurado al cuartel, inquieto y observando atentamente a los transeúntes. Y le pareció que los transeúntes también tenían prisa. Quizá para esconderse, quizá para alejarse todo lo posible de lo que no se podía evitar. Porque no importa dónde se esconda el ser humano, la desgracia general nunca se evita. Esta lo alcanzará y le remunerará con su porcentaje de desdicha.

Delante del cuartel de Líbedski había un camión en cuya caja estaban de pie o sentados en los dos bancos dos decenas de combatientes. Vasyl y Pasechni estaban en ese momento subiendo al borde trasero una caja con munición.

—¡Eh, Samsón! ¡Vamos! ¡Sube con ellos! —le gritó Pasechny—. Naiden dice que eres un tirador certero. ¡Ve y demuéstralo!

Obediente, Samsón se dirigió al camión.

—¿Aquí? —protestó uno de los soldados de la caja—. Saldrá disparado en un bache. ¡Ya no queda sitio!

—No hay, no —apoyó otro.

—¿Y en la cabina? —preguntó Pasechny.

—En la cabina ya está Jolodny.

—Está bien, ¡podéis iros!

El camión salió a toda prisa.

—¿Qué pasa? —preguntó nervioso Samsón a Pasechny.

—Qué va a pasar. —El otro sacudió la mano, irritado—. Los atamanes han tomado Priorka y Kureniovka. ¡Hay combates en Podol! Que estamos rodeados, en resumen. Pero el destacamento de fronteras ya está en camino. ¡Aplastaremos a esos canallas! ¡Los ahogaremos en sangre!

Samsón subió a su despacho. Los baúles con la plata seguían en su sitio, también las cajas con los libros alemanes; el hueso de plata, envuelto en la piel, estaba encima de la mesa.

En ese momento resonaron unos disparos en la calle. Samsón sacó el nagant de la pistolera y, salvando a saltos los escalones, bajó a la salida. Salió corriendo fuera. Delante del cuartel, en mitad de la calle, yacía un hombre bocabajo. Pasechny, con un máuser en la mano, se acercó corriendo. Le dio la vuelta, le examinó bien la cara y le abrió el capote.

—¿Quién es? —preguntó Samsón, aproximándose.

—¡De los arrestados! Tenía intención de huir —dijo Pasechny con maldad—. Andan todos olisqueando la libertad. Y van a montar un buen alboroto, ¡maldita sea! ¡Habrá que darles una lección!

Y marchó resuelto al interior del cuartel. Un minuto después desde allí llegaban dos disparos.

Samsón entró corriendo. Pasechny ya subía del sótano de los arrestados. Con el mismo máuser en las manos. A su espalda, un zumbido de voces y un gemido.

—¡Ahora estarán tranquilitos! —dijo de camino a la puerta de entrada, abierta de par en par—. Así tendrán un cadáver delante que les recuerde que aquí la muerte es barata, ¡mucho más barata que la vida!

Capítulo 35

Hacia la una de la noche del 9 de abril en el cuartel de Líbedski solo permanecían Vasyl y Samsón. A ratos se quedaban con el nagant en las manos en el umbral, aguzando el oído ante los disparos cercanos y los lejanos, cuyo duradero eco saltaba por los tejados de Kiev. A ratos pasaban dentro, pero se mantenían tras la puerta de entrada, para no acabar en una encerrona.

A Naiden y a Pasechny los habían llamado por teléfono para que defendieran el edificio de la checa en Sadóvaia.

—¡Aguantad hasta la muerte! —ordenó Naiden al partir. En sus palabras, la muerte sonaba como algo completamente concreto e irremediable.

La luz eléctrica se apagó y a Samsón lo atormentaban las dudas. ¿Sería la habitual escasez de leña o eran los atamanes, que se habían hecho con la estación eléctrica y habían oscurecido definitivamente Kiev con el deseo de apoderarse cuanto antes de ella?

Desde el sótano llegaba ruido, bullicio, rechino de objetos. Solo podía probar a adivinar qué estaban haciendo los arrestados, pero no quería. Después de los dos disparos de advertencia de Pasechny, allí, en medio de esa mezcolanza amontonada, yacía algún muerto o herido. Pero eso no parecía tan importante. En mitad de la calle, delante del cuartel, seguía el arrestado al que había matado Pasechny.

Y nadie tenía intención no ya de recogerlo, sino siquiera de moverlo a un borde del camino. Porque los cuerpos debía recogerlos la autoridad. Pero esa noche la autoridad estaba luchando por sobrevivir. Estaba ocupada desparramando cadáveres, no recogiéndolos. Y la mitad de los cadáveres pertenecían a la autoridad, la mitad de la autoridad yacía cadáver.

—¿Qué piensa? —preguntó vagamente Samsón a Vasyl.

—No lo sé —reconoció Vasyl—. En momentos así es mejor no pensar. Es mejor aguzar el oído.

Y volvieron a guardar silencio, aguzando los dos el oído ante los disparos, el eco, el ruido del sótano. De pronto, este ruido se intensificó; retumbaron las rejas de hierro al caer. En la parte baja de las escaleras empezaron a ulular voces, ronquidos y otros sonidos guturales. Una ola de arrestados salió en estampida del sótano y se lanzó a la calle. Samsón y Vasyl solo tuvieron tiempo de apartarse del umbral. El primer huido tropezó con el cuerpo que estaba en medio de la calle y, entre ayes y otros gemidos, cayó rodando por el adoquinado. Pero enseguida se levantó y echó a correr calle arriba hacia el jardín botánico. Y el golpeteo de sus pisadas se hundió en el golpeteo y el bullicio concentrado de todos los que huían, aunque algunos, puede que la mayoría, corrían calle abajo.

Samsón levantó el brazo con el nagant e intentó decidir deprisa qué espalda alejándose era la mejor para disparar.

—¡Déjelo! —lo paró Vasyl—. ¿Qué gana con eso?

El ruido de quienes huían cesó con sorprendente rapidez. Y otra vez el eco de los disparos se deslizó sobre los tejados.

—Ya no hay nadie, vamos dentro. —Vasyl señaló la puerta.

Pasaron y cerraron desde el interior. Del sótano les llegó un gemido. Alguien no había podido huir.

Subieron a la segunda planta, al despacho de Samsón. Vasyl prendió una vela.

—¿Quiere un té? —preguntó—. Hay queroseno.

Samsón negó con la cabeza.

—Tengo miedo —soltó.

—Todos tenemos miedo —intentó tranquilizarlo Vasyl.

—No es por mí. ¡Tengo que ir a casa! Enseguida... Nadiezhda está allí.

—¿Qué dice? ¿Va a dejarme solo?

—Iré corriendo, solo será un momento. Solo para ver que está bien. Y me vuelvo.

Vasyl se quedó callado. Se quedó callado mirando la llama de la vela, casi completamente regular, casi inmóvil a causa de las ventanas y puertas cerradas.

—Corra —dijo Vasyl después de una pausa—. Pero cámbiese esa ropa. En el trastero de las pruebas hay zamarras y abrigos. ¡Y deje aquí la pistolera! Las zamarras tienen bolsillos grandes.

Correr por la calle a oscuras y llevando puesta una zamarra era sumamente incómodo. En gran medida porque la zamarra era de un tamaño enorme, pero Samsón al principio no se había dado cuenta. Ya en la calle, cuando intentó abrocharse los botones, percibió la zamarra como una campana y a sí mismo como el badajo. Para colmo, el viento le soplaba en la cara, era frío, punzante. Así que Samsón, sin pararse, remetió el faldón derecho de la zamarra por debajo del costado izquierdo, y luego el izquierdo lo llevó hacia el lado derecho y así, estrechando el faldón izquierdo contra el pecho con ayuda de la mano derecha, corrió pegado a los muros de las casas, sin oír sus propios pasos, pero oyendo el lejano tiroteo. Por culpa de la torpe carrera, la gorra se le desplazó hacia la izquierda, dejando al descubierto el pabellón auricular indefenso de oreja. Samsón la colocó sobre la marcha y el tiroteo se oyó más bajo, como si a la oreja izquierda no le llegaran los sonidos de arriba, mientras que el oído derecho era omnímodo y omnívoro.

Samsón se detuvo justo delante de su casa, miró las ventanas de la segunda planta y se horrorizó al ver una luz débil, pero visible desde la calle.

Llamó a la puerta de acceso al portal.

—¿Qué es? ¿Quién va? —preguntó la atemorizada voz de la viuda al cabo de un momento.

Lo dejó pasar rápidamente.

—¡Ya te dije que los bandidos se harían con la ciudad! —empezó a balbucear la viuda—. En el bazar no se hablaba de otra cosa. ¡Y ahora tienes refugiados en casa!

Samsón no le prestó atención, y subió corriendo a la segunda planta. Hasta aquí le llegaron las últimas palabras dichas por la viuda.

—¿Qué refugiados? —gritó hacia abajo.

Pero la viuda ya había vuelto a casa. No lo había oído.

En el pasillo se tropezó con un saco de noche y con unas bolsas.

En la sala, sentados a la mesa, estaban los atemorizados padres de Nadiezhda, todavía con el abrigo puesto. Ella se encontraba allí con ellos. Encima de la mesa ardían tres velas. Las que había visto desde la calle.

Sin decir nada, Samsón se acercó rápidamente a la mesa y apagó las velas.

—No se debe —dijo—. Se ven... ¡Buenas!

—Hemos llegado de milagro —suspiró Liudmila—. Los cocheros se aprovechan de la angustia humana, ¡tres pieles nos han reclamado!

—¿Qué ha pasado en Podol? —preguntó Samsón.

—Asaltos, asesinatos —dijo con voz apagada Trofim Siguizmúndovich—. Hemos visto dos muertos en el camino. ¡Y los bandidos van con cintas blancas! Nos han disparado también a nosotros.

—Tranquilícense —pidió Samsón—. Váyanse a dormir. Puede que pase. Aquí no han llegado todavía.

—No puedo dormir —se quejó la madre de la muchacha—. ¿Y si me matan en sueños? ¡Vaya Pascua la de este año! ¡Los dulces estarán hechos con sangre!

—¡Madre, qué dice! —Nadiezhda levantó la voz—. Lo importante es que llegue la mañana. Con luz todo se ve más claro. ¡No es tan terrible!

—Si al menos se estableciera por fin una de las autoridades. Pero ahí están, matándose entre sí y, de paso, a nosotros.

—¡Padre, qué dice! ¡Pare!

—Vayan a echarse. Pueden no dormir, pero por la noche hay que acostarse. Eso les tranquilizará —les imploró Samsón.

—¿Y dónde vamos a acostarnos? —El padre de Nadiezhda miraba a oscuras alrededor.

—Usted y la madre allí, donde duerme Nadiezhda, la cama es más amplia. Y Nadienka, en mi cuarto.

—¿Y usted? —preguntó Liudmila lastimera.

—Yo tengo que regresar al cuartel. ¡Solo somos dos! Vamos a montar guardia.

El cuerpo seguía tirado en medio de la calle, delante del cuartel. Una extraña calma en la que ni siquiera se oían los disparos lejanos hizo que Samsón estuviera mucho más en alerta que antes. Llamó a la puerta cerrada. Después gritó: «¡Vasyl! Soy yo, Samsón». La puerta se abrió.

—¿Y bien? —preguntó Vasyl.

—Podol está fatal, y aquí... ¡esta calma!

—Uf, no me gusta nada. —Vasyl sacudió la cabeza.

Tenía en la mano una lámpara de queroseno encendida.

Subieron arriba. Se quedaron otra vez en el despacho de Samsón.

—Alguien gemía allá abajo —dijo Samsón solo por no estar callado.

—Sí, me he asomado. Ya ha muerto —respondió Vasyl.

—¿Ya no hay nadie más?

—Nadie. Hay que empezar desde el principio.

Samsón soltó un hum y en la cara le nació una sonrisa extraña.

—Antes hay que mantenerse con vida hasta el nuevo principio —murmuró.

Capítulo 36

Dos días después, al mediodía del 11 de abril, la revuelta de Kureniovka había sido aplastada. El sol iluminaba la ciudad desde un cielo completamente limpio y azul. Oteaba las calles por las que se dirigían a sus asuntos pacíficos los burgueses y a los bélicos los miembros del Ejército Rojo. Unos y otros intercambiaban, en caso de algún acercamiento casual, miradas de recelo, pero ni los primeros ni los segundos llevaban más lejos la hostilidad que aún habitaba el aire de la ciudad. Al contrario, se separaban más rápido de como se habían acercado y, por eso, cada cierto tiempo se tenía la impresión de que la gente corría. Cierto que los pasos también se aceleraban a medida que se acercaban al objetivo seleccionado, lo que también sucedía a la hora acostumbrada.

Naiden había regresado al cuartel con Jolodny la víspera, por la noche. Sucios, agotados, rabiosos. Al enterarse de la huida de los arrestados, Naiden se limitó a escupir y a guardar silencio, pero su cara adquirió un tono púrpura. Después dijo que estaría dormitando en su despacho, pero que, en caso necesario, que lo levantaran enseguida. Jolodny también se acurrucó en algún rincón para recobrar fuerzas. Al final, ambos estaban ya en pie a las seis, y Samsón pudo oír entonces de boca de Naiden una breve y dramática crónica de los últimos tres días, tiempo durante el que los campesinos de los atamanes se habían apoderado del banco estatal y de medio Kiev, junto con la estación, habían rodeado a las guarniciones del Ejército Rojo en Podol y, de no ser por la ayuda de un destacamento chino, los bandidos habrían asesinado a todo ese ejército. Pero ahora se había liberado el banco y también la estación, y un poco más tarde se supo que, ya de madrugada, chequistas vestidos de civiles fusilaban en las calles a quienes habían olvidado quitarse de las mangas la cinta blanca. Y estos sublevados mortalmente olvidadizos se contaban por centenares en varios puntos de la ciudad.

Por el ferrocarril de Járkov, a socorrer Kiev, habían llegado dos trenes de combatientes que reforzaron la periferia de la ciudad. Salir más allá se había vuelto peligroso, puesto que todos los suburbios y aldeas próximas habían caído bajo el férreo y total control de los atamanes Zeliony, Struk y alguno más. Cierto que después del fallido intento de adueñarse de Kiev era poco probable que volvieran a lanzar un ataque. Ahora Kiev estaba erizada, en guardia, dispuesto para un nuevo combate. Tres trenes blindados habían regresado al lugar de su emplazamiento ferroviario; cerca de la estación, uno de ellos atraía ahora atención entusiasta o asustada.

Esa misma tarde, la del 11, Samsón llevó a casa en el carro a los padres de Nadiezhda, a Podol, y entró el primero en su piso con el nagant en la mano. Por si había nuevos inquilinos no solicitados. Sin embargo, el piso no había sufrido con la revuelta, aunque junto a la casa vecina todavía yacían dos cuerpos sin recoger, con chaquetones de guata y cintas blancas en las mangas, pero sin botas ni armas.

La noche siguiente Samsón la pasó también en el cuartel, hundido en el sillón mullido que había sido requisado.

Jolodny también se quedó a pasar la noche, y qué decir ya de Vasyl y de Naiden, que ya vivían allí, aunque todos sabían, por ejemplo, que en la casa de madera de Vasyl, en Protásov Yar, el techo llevaba dos años goteando.

—Pasechny ha muerto. —Por la noche, Naiden despertó a Samsón—. ¡De las heridas! Acaban de informarme. Mañana es el mitin fúnebre. ¡Hay muchos caídos! Nos despediremos de ellos.

—¿Y hay que continuar con los casos? —preguntó cauteloso Samsón con voz somnolienta.

—Continuarlos, empezarlos, terminarlos y archivarlos. ¡Todo como siempre! ¡Con una pausa para el entierro! —dijo Naiden antes de salir.

El entierro de los caídos de nuevo tuvo lugar en el parque Alexándrovski, en el apartado límite izquierdo. Junto al precipicio sobre el Dniéper. Samsón miró al foso excavado, un poco más pequeño que la fosa común en la que habían enterrado a Semión. Lo miró y dudó de su recuerdo exacto. Ahora le parecía que el nuevo foso estaba excavado en el lugar del antiguo. Que él había estado allí mismo, y que los mismos árboles crecían a la derecha y detrás de él, a la misma distancia que entonces. ¡Era imposible! Porque habían excavado una tumba de diez pies de profundidad, así que, de haber cavado en el mismo lugar, ya tendrían que haber tropezado con los ataúdes de los héroes enterrados antes.

—¿Y dónde está la última fosa común? —preguntó en un susurro Samsón a Naiden, de pie a su lado—. En la que enterraron a Glújov.

Naiden miró a su alrededor. Después señaló a la derecha.

—Allí, no muy lejos.

—¿Y por qué no hay ningún monumento?

—Todavía es pronto. El monumento a los héroes lo pondrán después de la victoria total. Y, de momento, no estamos cerca de esa victoria.

Los discursos fúnebres esta vez no se alargaron mucho y todos los oradores fueron parcos en palabras. Todos los que habían hecho acto de presencia tenían un aspecto exhausto, consumido. Casi no había mujeres, ni tampoco niños o adolescentes, quienes a veces venían en tropel a ver las tumbas de los héroes.

—Honraremos su memoria en el cuartel. —Naiden hizo un gesto a Samsón para que este lo siguiera. La orquesta todavía interpretaba una última melodía fúnebre. Los combatientes, con el capote quitado, cubrían la tumba con tierra. En el otro borde, por el contrario, en el opuesto a la derecha, diez hombres de aspecto obrero acababan de empezar a cavar un nuevo foso sepulcral. Para el día siguiente, se supone, o simplemente por tenerlo de reserva.

Al cuartel fueron a pie. El aire parecía cálido gracias al sol, pero la temperatura no debía de llegar a los diez grados Celsius. De cuando en cuando, Naiden lanzaba miradas bruscas hacia los laterales, si de pronto ahí hacía su aparición algún grupo de gente con prisa. Samsón tenía la impresión de que examinaba con muchísima atención las mangas de abrigos y chaquetas. Como si siguiera buscando a gente con cintas blancas.

—¿Qué es? —Naiden señaló el hueso de plata envuelto en piel que se encontraba encima de la mesa.

Vasyl estaba en ese momento colocando junto al hueso unas copitas, las llenó con vodka de la tienda estatal. Cuatro copitas talladas de pie tallado.

—Ya se lo dije —iba a empezar a explicarse Samsón.

—¡Ah! ¡Ya me acuerdo! —lo interrumpió Naiden—. ¿Has formalizado el documento de pruebas?

—Sí.

—Bien. ¿Dónde está Jolodny?

—¡Un momento! —Vasyl salió precipitadamente.

Regresó un par de minutos después y detrás de él, bostezando, entró el exsacerdote con pelusilla de tres días en las mejillas pálidas, un poco fofas.

—Seguía durmiendo —explicó Vasyl.

—¿Está ya enterrado? —quiso saber Jolodny.

—Ajá —resopló Naiden casi sin mover los labios.

—Concede descanso, Señor, al alma de tu siervo, ven a...

—Pero ¿qué dices? —lo interrumpió Naiden sin miramientos—. ¡Que es Pasechny, que no es una vieja del monasterio!

—¡Huy! —Jolodny meneó la cabeza con pesar—. Llevo tres días sin dormir. ¡Y parece que hubiera regresado al pasado! ¡A la porra con él! —Levantó la copita y se la acercó a los labios—. ¡Por el héroe! ¡Gloria y memoria roja!

—¡Por el héroe! —repitieron Naiden, Samsón y Vasyl.

Y apuraron la copita.

—Pues ya está —suspiró Naiden—. No hay que perder mucho tiempo con la muerte. ¡A trabajar! —dijo y, sin mirar a nadie, se marchó de allí.

Detrás salieron Vasyl y Jolodny.

Samsón se sentó a la mesa, desenrolló el trozo de piel, sujetó el hueso de plata, pesado y liso.

—A trabajar —repitió en un susurro. Y se puso a pensar. Esta vez el pesado hueso en las manos empujaba sus pensamientos en una determinada dirección.

Lo envolvió otra vez en el trozo de piel, después eligió un saco de arpillera en el que lo pudiera llevar discretamente, sin atraer la atención ajena.

Nikolái Nikoláievich Vatrujin estaba, al parecer, infinitamente contento de ver a Samsón. Él no tenía muy buen aspecto, sus mejillas hundidas hablaban de una dieta escasa, y la ausencia de la criada Tóniechka hacía sospechar que se había quedado sin supervisión y comodidad doméstica.

—¡Qué bien que está usted vivo! —dijo a modo de saludo y permitiendo que la visita entrara en casa—. En Lukiánovka mataron y asaltaron a toda la familia del doctor Patlaj, ¡cuánta desgracia otra vez!

—Nosotros tampoco hemos salido sin muertos —asentía Samsón.

Pasaron a la sala.

—Ahora me ocupo yo mismo de la casa. —Vatrujin separó ampliamente los brazos—. No tenía cómo pagar a Tóniechka. En cuanto quité el cartel, los antiguos pacientes decidieron que me había muerto o que me había marchado. Y se acabó. Ni dinero ni comida. Así que Tóniechka se marchó a Fástov, a vivir con su hermana. Al menos ella tiene una vaca.

—¿Y si vuelve a colgar el cartel? —preguntó Samsón.

—No, no, ¡me da miedo! El hambre se puede soportar, pero la muerte... ¡La muerte no se soporta!

—En ese caso, tenga, un par de cupones. —Samsón le tendió los papeles con el sello violeta y con unas palabras también violetas marcadas con una prensa: «una comida»—. En los comedores soviéticos la comida no es muy mala. Los añadidos están ricos, sobre todo los de la *kasha*.

—¡Gracias! ¡Gracias! —El médico ocular estaba conmovido—. En algún momento se lo devolveré. ¡Se lo juro! ¡O le trataré gratis!

—He venido en busca de consejo —reconoció Samsón y, acto seguido, sacó de la arpillera el rollo de piel con el hueso. Extrajo el hueso, lo colocó con cuidado en la mesa ovalada—. ¿No sabrá qué puede ser esto?

—Claro. Esto, joven, es *os femoris*, un fémur. —Lo cogió y lo examinó—. ¡Izquierdo! —añadió—. Un trabajo excelente, aunque no está claro para qué. ¿Quizá le hayan encargado a algún orfebre un esqueleto de plata?

Vatrujin se quedó pensando. En su rostro enflaquecido apareció una sonrisa soñadora.

—Si yo fuera cirujano, me alegraría un regalo así por mi aniversario. ¡Un esqueleto de plata! ¡Para la sala de recibir de un cirujano! No me dirá que no es una idea maravillosa.

—¿Así que usted cree que se hizo para regalar? —dijo Samsón dudando.

—Bueno, yo no he dicho eso. Solo fantaseaba. Quizá sea mejor que pregunte a un cirujano. Ya sabe que no me dedico a los huesos. No me dedico a las orejas y tampoco a los huesos.

—¿Y tiene conocidos cirujanos?

—¡Claro! Hay una, la princesa Gedroitz...

—¿Una princesa? ¿Cirujana? —En la voz de Samsón resonó una duda aun mayor—. ¿Es que los cirujanos no son siempre hombres?

—Claro, suelen ser hombres. Pero ella es más fuerte, es especial. E inteligente, ¡como Brockhaus y Efron!

—¿Y podríamos ir a verla ahora mismo?

—Bueno, andando queda un poco lejos, pero, si tiene dinero para una calesa, podemos.

—¡Habrá para la calesa! ¡Y lo traeré de vuelta! —prometió Samsón—. Lo importante es que los cocheros hayan salido ya de sus agujeros. Tenían miedo de que los sublevados les quitaran los caballos.

—Al lado de los baños, enfrente de la casa del pueblo, encontraremos —dijo seguro Vatrujin, y empezó a ponerse apresurado sobre la gruesa camisola de lienzo una chaqueta de lana, a abrocharse los botones—. Su criada es una cocinera excepcional. Quizá tengamos suerte con la cena —dijo en tono dulce. Y enseguida añadió, como disculpándose—: Hoy estoy muy soñador... Debe de ser por la alegría de verlo vivo. Pero no vaya a pensarse que me he encariñado con usted o algo así. Un poeta francés dijo: «Si veo que usted está vivo quiere decirse que yo estoy vivo». ¿Sabe? La vida, especialmente la ajena, se transmite al cerebro a través de la vista. Vaya, ¿dónde están mis botas?

Vatrujin se quedó parado un instante y luego echó a andar resuelto hacia el pasillo.

Capítulo 37

Muy pronto quedó claro que la princesa cirujana conocida de Vatrujin vivía bastante cerca, en Kruglouniver-
sitétskaia, n.º 7. Sin embargo, el médico ocular no medía
la distancia en verstas, sino en el cansancio de los pies. Y sus
pies ahora se cansaban muy pronto, en cuanto andaba cinco minutos.

Samsón no se molestó por eso. Al contrario, se animó
bastante al comprender que el cochero no exigiría mucho
por una distancia así.

Vera Ignátievna Gedroitz era, en efecto, una persona
no solo con una profesión masculina, sino también con
presencia masculina. Era de la misma altura que Samsón;
los recibió vestida con un traje negro de pantalón, aunque
el corte de la chaqueta tenía líneas suaves, femeninas. Después Samsón pudo sentir su fuerte apretón de manos, que
lo convenció al instante de que la mujer tenía fuerza suficiente en las manos para las operaciones quirúrgicas.

—Es un buen conocido. —El médico ocular presentó
a Samsón—. Vivimos en una época en que los conocidos
pueden trabajar en cualquier sitio —añadió como disculpándose—. Fíjese, Samsón se ha puesto a servir a las investigaciones criminales, aunque toda la vida había soñado
con la electricidad.

—Pasen, pasen. —La dueña no dejó que Vatrujin siguiera hablando. El timbre de su voz era bajo—. Podemos

tomar té con jamón cocido. Me disponía a ello. Lazhechka, ¿dónde estás? —Se dio la vuelta.

—¡Aquí! —llegó la voz de la criada.

—¡Corta otros dos trozos! —le gritó Vera Ignátievna.

Los condujo a una estancia que fácilmente podía llamarse salón. Las amplias sillas de patas combadas que rodeaban la mesa recordaban a ciertas arañas nobles. Encima de la mesa destacaba una lámpara con una ninfa de porcelana que sujetaba con las manos una pantalla ligera color celeste.

Pelagueia, la sirvienta cuyo rostro no delataba edad alguna, trajo un samovar y lo colocó junto a la ninfa; después volvió a aparecer con un plato con una mitad ocupada por un panecillo cortado, y la otra, por gruesos y olorosos trozos de jamón cocido.

—Creo que es todo —dijo con voz de bajo Vera Ignátievna—. No tenemos mantequilla. Lazhechka, ¿vas a servir el té?

La sirvienta primero echó en las tazas el té de la tetera que estaba en la cima del samovar, después añadió agua hirviendo.

El jamón olía a humo vegetal dulce. Samsón no se contuvo y se acercó un trozo de panecillo y un trozo de jamón.

—Samsón Teofílovich se ha encontrado un objeto extraño —dijo Vatrujin mientras masticaba—. Samsón, enséñele lo que ha dejado en el suelo.

Samsón se agachó, sacó el hueso de plata y, siendo consciente del peso, se lo tendió a la anfitriona.

Vera Ignátievna pareció arrancar el hueso de las manos del muchacho. Con facilidad y seguridad. Primero lo estudió con la mirada, por encima, pero luego se paró detenidamente en una curvatura extrema, después en otra, que era menos extrema y que parecía tener una breve continuación.

—¿Qué nos dice? —preguntó Vatrujin—. Nunca me había encontrado un *os femoris* así, pero, claro, no soy especialista en huesos.

—Es un trabajo muy minucioso. —Vera Ignátievna pensaba en voz alta—. Más minucioso que el de un joyero. ¡El *collum femoris* tiene la proporción ideal! Ni siquiera sé para qué querría alguien una copia tan perfecta de un hueso.

—Bueno, yo recuerdo una ocasión en que a un profesor de enfermedades oculares le obsequiaron con un ojo de porcelana por su aniversario —empezó Vatrujin—. ¡Yo lo vi! ¡Muy bonito! En una cajita, con su estuche. Lo sacaron cuando estábamos a la mesa, y todos soltábamos exclamaciones...

—¡Una cirugía maxilofacial me tocaría más, Nikolái Nikoláievich! —se sonrió Vera Ignátievna—. Pero alguien que regale una mandíbula de plata se convertiría al instante en paciente mío. ¡O en suyo! Ya hay que tener mal gusto para regalar algo así...

—Bueno, la gente tiene gustos muy variados. —Vatrujin, pensativo, se encogió de hombros—. Para algunos Artsibáshev es escritor, pero para otros...

—¿Y les gusta el jamón cocido? —interrumpió la anfitriona al médico ocular, señalando con la vista el trocito de carne rosada que, como ella no había cogido, quedaba todavía en el plato.

—¡Claro! —respondió Vatrujin.

Samsón también asintió.

—Ya ve, está el criterio del gusto y están sus desviaciones, que se pueden debatir, pero justificar... ¡ni por asomo!

De repente, la entonación de lo dicho a Samsón le resultó conocida. Se quedó pensando y recordó que a uno de sus maestros le encantaba pronunciar sentencias así de cantarinas, es más, también acostumbraba a usar la frase «ni por asomo».

—¿En qué piensa? —Vera Ignátievna prestó atención a la cara de su joven huésped—. ¿O no está de acuerdo?

—¿Cómo? Sí, sí, estoy de acuerdo. —Samsón dejó a un lado sus recuerdos—. ¿Y su interés por la cirugía maxilar y facial solo abarca la mandíbula? —preguntó inesperadamente.

—¡No, todo el cráneo! —sonrió ella e, inclinando ligeramente la cabeza, observó la cicatriz de la herida en el lugar de la oreja derecha—. ¿A usted ya le ha tocado un escalpelo? —preguntó con simpatía.

—No, un sable —dijo él y suspiró—. Pensaba que podría remediarse de alguna manera... No sé, hacer una prótesis y coserla...

—¡Si la herida ya está cicatrizada! —profirió asertivamente Vera Ignátievna—. Una nueva no va a crecer, y las prótesis postizas que a veces encargan los pacientes para llevar con cordeles no son higiénicas. No se lo aconsejaría.

Por fin, la anfitriona cogió del plato la última rebanada de pan y el trocito que quedaba de jamón. Lo mordió con apetito. Su mandíbula inferior empezó a moverse con decisión arriba y abajo, transmitiéndole a su rostro una expresión masculina.

—¿Sabe qué? —De pronto la cara de ella se quedó quieta—. En el hospital judío hay un cirujano parlanchín del que todos se burlan. Continuamente dice cosas como «si hubiera huesos de plata, no dolerían y no se fracturarían». Me lo ha contado alguien del hospital.

—¿Y a los médicos se les suele obsequiar con regalos caros? —Samsón miró a los ojos a Vera Ignátievna, y después llevó la mirada a Vatrujin, acordándose de su historia con el presente de un ojo de porcelana a un homenajeado.

—A los médicos buenos, sí —respondió Vatrujin.

—Este jamón cocido es un regalo también —reconoció Vera Ignátievna—. Una pata entera de cerdo con la que me obsequiaron ayer. Como muestra de agradecimiento.

—¡Un jamón excelente! —se extendió el médico ocular y se relamió mirando al plato ya vacío. Como si quisiera pedir más.

—Ahora se hace difícil vivir sin esto —reconoció la dueña—. No debería permitirse que un cirujano hambriento haga una operación.

Después de devolver a Vatrujin a su casa, también en calesa, Samsón decidió acercarse un momento a Nemétskaia, a ver a Sivokón. El sastre estaba en casa, aunque sin trabajar. En las ventanas de la primera planta no había iluminación ni de velas ni de queroseno. Pero nada más llamar Samsón oyó una puerta abriéndose en la segunda planta y pasos por la escalera.

—Anda, si han venido del museo de curiosidades a buscar el traje —bromeó el sastre al ver quién había llegado—. Por favor, pase, pase.

A la pálida luz de una lámpara de queroseno Samsón vio en el taller una chaqueta puesta en un maniquí de costura hinchado. El sastre, mientras tanto, había desenrollado la mecha y el taller se volvió tan luminoso como si hubiera electricidad. Ahora se veía mejor la chaqueta del maniquí, que se caracterizaba por su forma extraña, voluminosa.

—Si hay un cliente así —Sivokón se acercó al maniquí y alisó el hombro de la chaqueta—, o es un monstruo o tiene alguna enfermedad física.

Cogió de la mesa de costura los pantalones del traje, los apoyó en la parte baja de la chaqueta.

—Las piernas son finas y, con un pantalón, nada de pasos amplios. Pero en la cintura, una talla completamente diferente. —El sastre tocó los faldones de la chaqueta—. Así que tenemos un hombre absurdamente grueso por encima del talle, pero que parece estar seco de cintura para abajo. ¿Quizá le hayan amputado las piernas? ¡Tendría sentido! Puede ser un sedente. Porque andar con estos pantalones es imposible. Ah, y tenemos otra cosa curiosa.

El sastre hizo señas a Samsón para que se acercara al maniquí.

—¡Eche un vistazo al bolsillo! —Estiró hacia un lado el extremo del bolsillo lateral y colocó encima la pantalla de la lámpara, ligeramente inclinada.

Samsón observó con atención, después metió la mano. El bolsillo tenía algo cosido a la parte interna de la chaqueta. Los dedos parecían entrar y encajarse en unas aberturas. Igual que si hubiera metido la mano en un guante.

—El otro lado es igual —informó el sastre—. Pensaba que había algún error mientras seguía los patrones. Pero resulta que no. Que está hecho a propósito.

—¿Y qué es? —preguntó Samsón.

—Los clientes a veces piden rarezas. Una vez hice un frac con un bolsillo interno secreto para un puñal. Me dejaron el puñal durante un día para que pudiera hacerlo a medida.

—¿Y a qué se parecen estos agujeros? —Samsón miró al experimentado sastre igual que a un respetable maestro de escuela.

—¡No son agujeros! —El sastre esbozó una sonrisa astuta—. Es una cartuchera secreta.

—¿Cómo?

—En cada bolsillo se pueden meter quince cartuchos. De pistola, claro.

Animoso, Samsón le dio la vuelta al bolsillo y vio una cinta cosida con las aberturas en las que acababan de colarse sus dedos. Sacó del nagant dos cartuchos y los metió en las aberturas. Los cartuchos entraban como anillo al dedo.

—Ya lo ve. Pero el cliente es suyo, ¡no mío! —anunció el sastre con voz casi divertida—. Se lo puede llevar. Ya tiene la cuenta preparada.

Y sacó del bolsillo interior de la chaqueta un papelito escrito a mano.

—¿Ha sido mucho?

—Pues son ciento cincuenta rublos, pero dicen que van a prohibir el dinero. Así que mejor en sal o en azúcar. Algo que pueda cambiarse después.

—Lo intentaré —prometió inseguro Samsón, guardándose el papelito de la cuenta en el bolsillo de la chaqueta.

—¡Y llévese también el maniquí! Lo encargué para usted. Ya no me sirve para nada.

—¿Tiene justo la talla del traje? —Samsón miró fijamente un maniquí que, si se le añadiera la cabeza, resultaría dos *vershkí* más bajo que el propio Samsón.

—Su talla no es solo la del del traje, sino la del cliente cuyas medidas tomaron.

—En ese caso, sí, me lo llevo. ¿Y no podrá prestarme una decena de alfileres?

El sastre se acercó a la mesa de costura, buscó un trozo de papel y clavó los alfileres de forma que no se movieran. Se lo tendió a la visita.

En el despacho, Samsón abrochó la chaqueta en el maniquí y, con los alfileres, ajustó en la parte inferior los pantalones, que ahora casi llegaban al suelo. Y pensó que no estaría mal buscar y pegar una cabeza adecuada para el maniquí. Así tendría a su disposición casi una copia de la complexión del criminal que debía encontrar para poner todos los puntos sobre las íes.

—¿Qué más tenemos aquí? —preguntó descontento Naiden, al pasar con una pregunta para Samsón. La pregunta se le olvidó en cuanto fijó la vista en el maniquí vestido.

—Es Jakobson —respondió Samsón—. Parece que su figura es fácilmente reconocible.

—¿La figura? ¿No la cara? —matizó Naiden, torciendo el gesto.

—De momento solo la figura. Pero la figura se ve más que la cara si estás de lado o a cierta distancia.

—Bueno, hay ciertas figuras que se ven más que la cara —concedió Naiden y quitó la sonrisa irónica—. A lo que iba. Mañana, por fin, vendrán del banco estatal a buscar la plata. Parece que pronto vamos a tener dinero nuevo y las monedas serán de plata. Quizá el ladrón sabía lo de las monedas y planeaba venderle al Estado la plata robada. Solo que el muy idiota no comprendió que, en

271

tiempos de guerra, el Estado no compra, sino que requisa la plata.

—No es idiota, no. —Samsón no estaba conforme—. Y no creo que supiera lo del dinero. Sigo pensando que... No, es mejor que se lo enseñe. Acérquese.

Tiró del borde del bolsillo de la chaqueta y lo desplegó de forma que la luz de la bombilla eléctrica diera dentro del bolsillo.

—¡Es una cartuchera de tela! —explicó Samsón—. El segundo bolsillo es exactamente igual. Quince cartuchos en cada uno. ¿Puede que, con todo, estuviera reuniendo la plata para hacer balas?

—¿Y el hueso de plata? —preguntó Naiden.

—Para balas o para un hueso. Un hueso puede ser un regalo para un médico. Ya sabe, como las ofrendas de las iglesias entre los católicos.

—¿Cómo voy a saberlo? —Naiden estaba entre sorprendido e indignado—. No soy católico, ¡no soy creyente!

—Resulta que los católicos, cuando una parte del cuerpo se les cura, hacen esa parte de plata y la llevan como ofrenda a la iglesia. Ahí las cuelgan debajo de los iconos, solo que en pequeño. Y este —Samsón señaló el maniquí— tiene las piernas enfermas. El hueso de plata es de la pierna, el del muslo. En latín, *os femoris*. Todo encaja con el hueso. Es belga, así que puede que sea católico. Ortodoxo seguro que no. Tengo varias ideas a cuenta de esto. Bueno, y las balas podrían ser de plata también. ¡Quién sabe!

—Pues, si tienes ideas, ¡a trabajar! ¡Y saca esos libros alemanes de aquí! ¿No sientes cómo huelen a humedad?

Samsón asintió. Acompaño a Naiden con la mirada mientras este salía, y luego se volvió hacia el maniquí.

—A ver, Luc Zhánovich Jakobson. ¿Cuándo nos vemos?

Capítulo 38

Samsón llegó en tranvía al Hospital Quirúrgico Judío Iona Záitsev. El tranvía iba repleto de pasajeros cuyo aspecto provocaba retortijones. Samsón tenía la continua sensación de que alguien le tiraba imperceptiblemente de la pistolera. Al principio, estrechaba el saco de arpillera con el hueso de plata, pero después se lo guardó en el seno contra las costillas. Y se quedó más tranquilo.

—¿Qué cirujano está ahora? —preguntó a un hombre de edad avanzada que, con un abrigo sucio y gastado de color gris y con la cabeza cubierta con una gorra de estudiante poco apropiada, acababa de salir con paso no muy firme por la puerta del hospital.

—No vaya a ver a Tretner —dijo el hombre, acercando la cara golpeada de viruela a Samsón—. Le hará una escabechina. ¡Huele a vodka! Vaya con Shor.

Samsón comprendió que tenía delante a un experto en los cirujanos locales y quiso sonsacarle información. Pero, al mismo tiempo, se le embrollaban las ideas y seleccionar la pregunta correcta no le resultaba sencillo.

—¿Y Shor es alemán? —preguntó Samsón.

—¡Todos son alemanes! Tretner, Shor, Brandman... ¿Quién si no iba a hacer tajos sin cobrar?

—¿Sin cobrar nada? —se sorprendió Samsón—. ¿Ni siquiera hay que hacer un regalo?

—¿Qué regalo? —El tipo miró perplejo al muchacho. Y entonces se fijó en el cinto con la pistolera—. ¿No andará buscando corruptelas? —dijo dejando al descubierto unos dientes minúsculos y amarillos—. No pierda el tiempo hurgando aquí. Solo vienen pobres...

—No es eso, estoy buscando a un cirujano. —Samsón intentaba que su voz sonara alterada—. Tengo un camarada al que le duelen los huesos. ¡No puede andar! Y una vieja que conoce le ha dicho que aquí está el mejor cirujano de Kiev. Y que siempre está con no sé qué de unos huesos de plata.

—Que los huesos de plata no duelen y no se fracturan... —El tipo se sonrió—. ¡Ese es Tretner! ¡No vaya! Está claro que esa vieja no ha estado debajo de su cuchillo... ¡O estaría siendo pasto de los gusanos!

—Tretner —repitió Samsón.

—Eso es, recuérdelo. ¡Y huya de él como de la peste!

Samsón echó un vistazo rápido en el cuarto de admisión de la planta baja y su mirada se encontró con tres desharrapados ya mayores y una gitana joven embarazada, todos sentados en un banco pegado a la pared; cerró enseguida la puerta y se dirigió a la segunda planta. Llevaba otra vez en la mano la arpillera con el hueso de plata.

Nada más pisar el pasillo del hospital, sobre él cayó una gordinflona achaparrada en bata azul.

—¿Dónde va con las botas? —le gritó—. ¡Espérese ahí!

—Tengo que ver al doctor Tretner.

—¿Ha visto el cubo con agua y con cloro? Justo al ladito de las escaleras. Pues límpiese las botas y luego vuelva.

Samsón regresó tras la puerta, a las escaleras. Del cubo salía un olor desagradable, aunque de hospital. Coló en el cubo primero una bota, después la otra, levantó del suelo un trapo que estaba allí tirado y frotó el calzado. Ahora quizá no estuviese muy limpio, pero sí húmedo. Volvió a entrar. Pero la sanitaria gritona ya no estaba en el pasillo.

Tretner resultó ser gigantesco, le sacaba una cabeza a Samsón. Al ver la pistolera, permitió que la visita pasara al despacho médico. En las paredes desconchadas colgaban antiguos carteles médicos con esqueletos y palabras explicativas.

—Soy de la milicia —se presentó Samsón, sentándose en el lugar destinado a los pacientes—. Tenemos un buen misterio. Vera Ignátievna Gedroitz ha pensado que usted podría ayudar.

—¿Vera Ignátievna? —repitió Tretner y el respeto resonó en su voz.

Pero Samsón ya había sacado de la arpillera y de la piel el hueso de plata, y se lo tendió al cirujano.

Tretner contempló perplejo el hueso, lo cogió.

—*Os femoris*, izquierdo —dijo en tono afirmativo—. ¿De dónde lo ha sacado?

—Eso no importa. La cuestión es otra: ¿para qué podría servir? ¿Quizá como obsequio para un cirujano? ¿En señal de agradecimiento por una operación?

—¡Qué dice usted! —Tretner rompió a reír en sonoras carcajadas—. ¿En un hospital para indigentes?

—¿Y si no fuera en un hospital para indigentes, sino en otro?

—¡Tonterías!

—¿Y su dicho favorito? —empezó Samsón cauteloso—. ¿Ese que dice que los huesos de plata no duelen y no se fracturan? La idea en sí de los huesos de plata, ¿de dónde la ha sacado usted?

—Era un cuento, uno sobre un niño de plata. Lo leí de pequeño. ¡Se me quedó grabado!

—Es curioso. Este hueso se lo hemos encontrado a un belga, tiene las piernas enfermas. Quizá casi ni ande...

—¿Un belga? —repitió Tretner pensativo—. ¿Es joven?

—Sí.

—Es un tanto absurdo... —añadió el cirujano, haciendo memoria—. Espere un momento. —Se incorporó y salió del despacho, dejando a Samsón solo con los esqueletos médicos encartelados de las paredes con la pintura desgastada.

Samsón se levantó de la silla, observó uno de los carteles.

La puerta se abrió. El cirujano se acercó a la mesa con un sobre de cartón en las manos. Sacó de dentro una placa fotográfica, la inclinó por encima de su cabeza.

—¿Jakobson? —preguntó.

—Sí, Jakobson —se alegró Samsón—. Luc Zhánovich.

—Eso aquí no viene, solo Jakobson, judío, súbdito belga. La radiografía se la hicieron gratis en Réitarskaia. Me la dejó para no tener que traerla otra vez. Tuberculosis en el fémur izquierdo. *¡Os femoris!* Justo este.

Volvió a sujetar el hueso de plata, lo dejó junto a la placa fotográfica, mientras dirigía la mirada de la placa al hueso y al revés.

—¡Una copia exactísima! —suspiró sorprendido—. ¡Un trabajo de orfebre!

—¿Y qué quería cuando vino? —se interesó Samsón.

—Que lo operara, ¿qué iba a querer? Y gratis, claramente. Aquí todo es gratis, aunque no por mucho tiempo.

—¿Y puede que quisiera que le extirpara el hueso enfermo y que colocara este en su lugar?

—¡Eso no, joven! ¡No puedes sustituir un hueso vivo por uno de plata!

—Pero los huesos de plata no duelen y no se fracturan... —dijo Samsón sonriendo.

—¡Solo en los cuentos! —respondió el cirujano secamente—. Ya no recuerdo qué le dije. Pero, a juzgar por la radiografía, una operación ya no lo ayudará.

—¿Y cuándo prometió que vendría a verlo otra vez? Porque le dejó la placa.

—No me acuerdo —reconoció Tretner—. Vienen pacientes todos los días. A veces regresan, a unos los aceptamos y operamos... Pero han pasado unos tres meses, no ha estado aquí desde entonces.

Delante de la entrada del cuartel había un camión pequeño y cuidado. Los guardias del banco estatal estaban sacando unos sacos de lienzo pesados, aunque no de gran tamaño, y los colocaban en la caja.

Al subir la escalera, Samsón comprendió que se estaban llevando la plata confiscada a los soldados del Ejército Rojo y en el sótano de Baltzer. Dos hombres numeraban los objetos de plata extraídos de los baúles y sacos, lo anotaban todo y los recolocaban en los sacos de lienzo del banco; después, otros colaboradores sacaban los sacos al vehículo.

—¡Buen trabajo! —Se fijó en Samsón un hombre en traje de faena oscuro que estaba sentado a la mesa de este y que apuntaba en un grueso libro de contabilidad los cuchillos, tenedores y cucharas—. La plata nos es muy útil ahora. ¡En nada vamos a acuñar monedas soviéticas!

Samsón asintió y sujetó con más fuerza el hueso de plata oculto en la arpillera y en la piel. Dio la vuelta a la mesa por el lado opuesto, abrió el cajón inferior y lo colocó en diagonal. Después lo cerró con cuidado y se sentó en un sillón. Se puso a observar todo el proceso.

Una hora después al fin se quedaba solo. Con los baúles vacíos, los sacos vacíos y con las tres cajas de libros alemanes que habían despertado la cólera de Naiden. Si ahora entrara en el despacho, enseguida encogería la nariz mirando las cajas y a él le tocaría justificar otra vez por qué seguían allí las cajas.

Samsón se acercó, olfateó. Sí, los libros olían a sótano. Pero no porque fueran libros en alemán, sino porque los había traído de ahí, de un sótano.

Su mirada se detuvo en los sacos vacíos que había en el suelo. Samsón levantó uno y empezó a meter en él los libros. Casi toda la caja cupo en él. Lo ató y lo olió. El saco con los libros olía a saco y no a libros húmedos. Así que Samsón trasladó el resto de los libros a los sacos y bajó las cajas al patio del cuartel, donde estaba el carro con el caballo.

Al regresar, se fijó en que el aire parecía estar más seco. ¿Quizá eran las cajas las que olían a humedad y no los libros?

Justo entonces entró Naiden. Enseguida miró la parte baja de la pared opuesta a la puerta y, como no vio allí más cajas con libros, se relajó, esbozó una sonrisa apenas perceptible.

—Han pedido que te transmitamos el agradecimiento de parte del comisario del pueblo de finanzas. Cuando lo formalicen en un documento, te condecoraremos y lo celebraremos remojándolo bien. ¡Enhorabuena!

—¡Gracias! —Samsón se acercó, le estrechó la mano—. Estoy listo para seguir esforzándome.

—¡Esfuérzate! —dijo Naiden y salió.

Por la tarde, cuando ya anochecía, Samsón y Nadiezhda tomaban té a la luz de una lámpara de queroseno y masticaban bolitas rellenas de guisantes que habían distribuido gratuitamente en la oficina de estadística de la región en concepto de premio. La masa estaba un poco salada, pero era fresca, y, junto con el té dulce y al compás de una conversación sin prisas, ayudaba a convertir la tarde en algo especial. En el piso todavía hacía algo de fresco, quizá por eso ni Samsón ni Nadiezhda soltaban la taza con el té. Ni cuando se la llevaban a los labios, ni cuando la dejaban en la mesa.

—Toda la historia está muy enmarañada —continuó Samsón el relato del asunto sobre Jakobson—. El cirujano ha dicho que con una enfermedad así en el hueso ya no debe andar, pero él... ¡se oculta! Y puede que incluso corra, que esté huyendo de quienes han prometido matarlo. ¡También de nosotros! Pero no puede haberse escondido muy lejos. Sobre todo, porque regresó al piso de Baltzer.

—¿Vas a arrestarlo? —preguntó la muchacha.

—¡Claro! —dijo con firmeza Samsón—. Y entonces todo se aclarará. Pero, por ahora, no logro comprenderlo bien. Mejor dicho, a veces todo parece encajar y, al día siguiente, va y se desmorona.

Llamaron a la puerta con cortesía. Aparentemente, la viuda del portero había decidido importunarlos.

Samsón salió al pasillo y abrió.

—Hay una carta para ti —informó la viuda un tanto asustada, estrechando en una mano una pequeña lámpara de queroseno y señalando hacia abajo, a la escalera.

—Pues tráigala —le respondió Samsón.

—¡No se puede! Está escrita en la pared.

—¿En la pared?

—Vamos, te daré luz.

Lo condujo desde la entrada del portal a la oscuridad de la calle y luego lo guio a una esquina de la casa. Acercó la lámpara al muro. Bajo su luz Samsón vio unas letras deformadas escritas con carboncillo afilado y que formaban cuatro palabras: «¡Espera a la muerte!», y, al lado, el mismo círculo tachado en diagonal con los dos puntos de los ojos y la línea vertical de la nariz.

—¿Y por qué cree que es para mí? —preguntó fríamente Samsón.

—¿Para quién iba a ser, si no? —quiso saber la viuda del portero, y se marchó en dirección a la entrada principal.

Capítulo 39

Samsón no durmió en toda la noche y dejó abierta la puerta de su habitación. A veces se acostaba para calmar el cuerpo y las ideas, pero, en cuanto sentía que se hundía en el reino de Morfeo, aplicaba toda la fuerza de voluntad y bajaba los talones al frío suelo de madera. Solo al amanecer su cabeza, que le zumbaba por el insomnio forzado, dio forma a una idea, si no salvadora, al menos sí útil. De puntillas, entró al despacho de su padre y sacó la lata con la oreja. La llevó al pasillo y la coló en la holgura del tirador de bronce de la puerta, después de haberla asegurado bien con un recorte de periódico arrugado. Ahora, si alguien echaba abajo la puerta para entrar, la lata se caería y el estruendo, gracias a la oreja seccionada, pero que no había abandonado a su dueño, llenaría la cabeza de Samsón y le informaría de visitas no deseadas.

Más calmado, regresó a su cuarto y se acostó de nuevo. Las fuerzas lo abandonaron. Los ojos se le cerraron. Y ya no le quedaban ni voluntad ni miedo para seguir en vela.

—¡Samsón, Samsónchik! —oyó muy cerca una voz conocida, cariñosa—. ¡Hay una cajita en la puerta!

Le costó abrir los ojos. Nadiezhda estaba allí delante, vestida, con la zamarra y el pañuelo.

—¡Cómo te quejabas! Pensaba que estabas enfermo. Pero tienes la frente fría —añadió atenta—. ¿No te encuentras bien?

—No, no. —Negó él con la cabeza—. He tenido un sueño horrible, y he pasado media noche de acá para allá.

—¿Has comido algo?

—No. —La conciencia estaba regresando a la cabeza de Samsón y comprendía que no podía dejar que Nadiezhda se fuera al trabajo así sin más, sin avisarla—. Espera, que me levanto.

—¡Tengo que irme ya!

—Por favor, espera un momento. Sal, que me vista.

Ella sonrió y se alejó de la cama, cerrando la puerta al salir.

Cuando él llegó a la sala, Nadiezhda estaba junto a la mesa. Samsón le tocó los hombros, como si quisiera atraerla para darle un abrazo. Pero no lo hizo, se limitó a mirarla atentamente a los ojos.

—¿Puedes quedarte a dormir hoy en casa de tus padres? ¿Hoy y mañana?

—¿Por qué? —se sorprendió la muchacha.

—¡Me han amenazado! Parece que había alguien acechando y ha dado conmigo. ¡Sabe dónde vivo!

—¿Y tú? —El rostro de Nadiezhda reflejaba una inesperada preocupación—. ¡Tú tampoco deberías! ¿Y si te matan?

—Tengo que pensarlo, pero tú regresa a casa de tus padres después del trabajo, ¿de acuerdo? Y no vengas hasta que yo te lo diga.

—De acuerdo. —Ella asintió y un músculo agraviado le contrajo la cara, reveló sus dudas—. ¿Te he molestado de alguna manera?

—¡Claro que no, Nadienka! Tú misma lo verás en la calle, en la esquina de la casa, lo verás cuando salgas. Y lo comprenderás.

Nadiezhda regresó a su cuarto, reunió en una bolsa los objetos sin los que una muchacha no puede conciliar el sueño ni levantarse al día siguiente, le dio un beso a Samsón en la mejilla y, sin ocultar la pena y la preocupación en los ojos, se marchó.

Una vez solo, Samsón salió a la calle con un trapo húmedo e intentó borrar de la pared la amenaza medio escrita, medio arañada con carboncillo. El escrito se expandió formando una mancha oscura y alargada. Sin embargo, las letras y la jeta tachada desaparecieron de la pared.

En el cuartel había un gran estrépito. Los obreros enviados de los talleres del arsenal estaban arreglando las rejas y la puerta común de los cuartos de los arrestados. El ruido que se alzaba desde el sótano parecía circular como un eco desesperante para el oído, ya subiendo por debajo del techo de la segunda planta, ya bajando y chocándose con un nuevo eco ascendente.

Samsón necesitaba consejo, uno sensato y de una persona que tuviera disposición para la reflexión poco convencional. Su elección recayó en Jolodny, pero la puerta de su despacho estaba cerrada y sellada.

—Vendrá pronto, ha tenido que salir —informó Naiden a Samsón—. ¿Y tú cómo vas?

—Avanzando —respondió Samsón a regañadientes.

—¡Pues acaba! Hoy enviarán refuerzos, dos especialistas de Járkov, pero solo de ayer tenemos más de cien avisos de delitos y doce cuerpos.

—¿Y quién se ocupa de eso? —Samsón estaba boquiabierto.

—Los cuerpos se los hemos pasado a la checa; a las denuncias de robos les hemos dado carpetazo. ¿Sabes qué es lo curioso?

—¿El qué?

—La epidemia de robos de plata ha cesado. —Naiden se sonrió—. Ahora dejan la plata y buscan oro, esmeraldas y diamantes.

El propio Jolodny pasó al despacho de Samsón unos cuarenta minutos después.

—¿Me buscabas? —preguntó a modo de saludo. Y su mirada se posó en el maniquí con la chaqueta—. ¿Esto qué es?

—El prototipo de un criminal —explicó Samsón—. La representación de su figura.

Jolodny se acercó al maniquí, lo miró de perfil, luego por delante.

—Interesante —dijo—. Nunca he visto a nadie así. ¿Y qué ha pasado?

Samsón le describió brevemente lo sucedido en los últimos días. Le relató la conversación con Tretner, le habló de la leyenda a carboncillo en la puerta de Baltzer y en la esquina de su propia casa.

—Así que lo amenazan a él —Jolodny señaló el maniquí—, y a ti, ¿es así?

—Sí, pero estaría bien saber quién.

—¿Tienes un papel? ¿Una hoja grande? —preguntó Jolodny.

—No, todas son pequeñas, escribo por el otro lado.

—¿Por qué haces eso? ¡Si nos han traído un *pud* de papel de la tipografía de Kreschátik! ¡Espera!

Jolodny salió al pasillo. Gritó: «¡Vasyl! ¿Dónde está?». Y acto seguido exigió al recién aparecido Vasyl que le trajera a Samsón papel para trabajar.

Cinco minutos después, Samsón tenía encima del escritorio de su padre un paquete de unas tres libras de papel amarillo liso, y también dos paquetitos pequeños de media libra del rayado, con líneas y palabras impresas.

Jolodny cogió una hoja del amarillo y un lápiz, se inclinó y así, con la cabeza agachada, miró a Samsón.

—No, vas a escribir tú y yo te iré haciendo sugerencias. —Le acercó la hoja a Samsón, que estaba sentado en su sitio.

—¿Y qué voy a escribir?

—Pues todos los nombres y apellidos que han pasado por el caso.

Samsón fijó la mirada en la hoja, resopló.

—¿En columnas o en filas?

—En columnas, por supuesto, como si fueran los deudos en una ceremonia.

Samsón anotó con trazo bonito: «Antón Tsvigún», debajo de este escribió: «Fiódor Bravada», después «zapatero Gólikov, sastre Baltzer, Jakobson...».

Aquí Samsón se quedó pensando, sacó del cajón superior de la mesa el fino caso cosido con hilo gris iniciado con los desertores del Ejército Rojo y el par de hojas del caso nuevo sobre el robo de plata y Jakobson. Hojeó la primera, recorrió con la vista el interrogatorio de Fiódor. Después añadió a la columna: «miembro del Ejército Rojo Grigori».

—¿Es todo? —preguntó Jolodny desconfiado—. ¿Y por qué no te has incluido?

—Pero si soy el instructor —se sorprendió Samsón.

Jolodny se acercó el caso, lo abrió por la primera página.

—¡Eres el denunciante de un delito! —señaló la firma de Samsón debajo de la primera hoja del caso.

—Ah, sí —recordó Samsón. Y se añadió a la columna.

—¿Es todo?

—Sin contar a los que he tomado declaración para el caso.

—A esos de momento no los vamos a tener en cuenta. Y ahora escribe la amenaza en carboncillo al lado de quienes la recibieron —propuso Jolodny—. Puedes no dibujar el careto.

De mala gana, Samsón escribió con su bonito trazo las palabras asquerosas de la amenaza al lado de Jakobson y de su propio apellido.

—Bien, ¿y quién se nos ha quedado sin amenazar? —se sonrió Jolodny, estirando la espalda y sujetando la hoja con la lista—. El zapatero es una víctima, se le devolvió lo robado. Podemos olvidarnos de él. Pero luego están los del Ejército Rojo, los delincuentes. ¿Quién llevaba la voz cantante?

—Antón Tsvigún, el ayudante de campanero —respondió Samsón—. A Grishka no lo conozco, pero Fiódor era un campesino sencillo, soñaba con la siembra.

—Los campaneros son gente astuta. Y, a veces, peligrosos. —Meneaba la cabeza Jolodny—. Algunos no son nada devotos, les gusta quedarse arriba, en el campanario, y casi no van a la iglesia. Y cuando un hombre se encarama continuamente al campanario y, encima, toca las campanas, se cree más importante que los demás. Así que dices que Antón era el que mandaba. Está claro. ¿Y quién más tenía miedo de Jakobson?

—Fiódor le tenía miedo. Antón simplemente se negaba a hablar de él. Fiódor empezó a hablar, pero luego se calló por miedo.

—Así que puede que Antón metiera miedo a Fiódor con Jakobson igual que a los feligreses se les asusta con el infierno, ¿no? —supuso Jolodny.

—Puede ser —convino Samsón. Y entonces se acordó de la ficha del inventario que la trabajadora de la oficina de estadística de la región sujetó en las manos delante de él, dejándole que copiara los datos de Baltzer y de Jakobson—. En el inventario de los habitantes de Kiev a Baltzer lo registraron como instruido, con estudios, pero a Jakobson —Samsón miró al maniquí con chaqueta— sin estudios, analfabeto. ¿Cómo puede ser analfabeto un belga?

—¿Puede que fuera analfabeto en ruso? ¿Quizá lleve poco tiempo en Kiev?

—Sí, eso parece. —Samsón volvió a quedarse pensativo—. Pero, si lleva poco tiempo en Kiev y no conoce bien la lengua, ¿cómo puede convertirse en un delincuente importante? ¿Por qué alguien iba a tenerle miedo?

—¿Cuánta plata le encontraste? —Jolodny se mordió los labios y miró fijamente al dueño del despacho, y en esta mirada Samsón leyó que su interlocutor no estaba de acuerdo con él. O casi no lo estaba.

»¿Puede que se dedicara a guardar lo robado? —propuso Jolodny—. Como tú.

—¿Como yo? —gritó Samsón, alucinando ante tal acusación.

—Bueno, mientras no informaste del delito, ¿cuánto tiempo estuvo en tu casa lo robado?

Samsón agachó la cabeza, suspiró. Jolodny tenía razón y no parecía estar echándole la culpa de nada. Al fin y al cabo, entonces no comprendía a qué tenían derecho los miembros del Ejército Rojo y a qué no.

—Hay que traerlos de vuelta e interrogarlos otra vez —dijo Samsón, intentando transmitir seguridad en la voz—. A Antón y Fiódor. Y obligarles a que nos entreguen al tal Grishka del que hablaban.

—Deben de estar todavía encerrados en Lukiánovskaia, están organizando un destacamento independiente de antiguos desertores. Vale, enviaré a buscarlos. Y te diré lo que opino del caso. Creo que, después de que empezaran a sospechar de ti, escondieron donde Jakobson el siguiente botín. Pero como tú sacaste todo de allí, y también te llevaste sus trofeos de tu piso, están furiosos con él y contigo. Y son ellos quienes te envían mensajes de carboncillo. A ti. Y a Jakobson.

—¡Pero si están en Lukiánovskaia!

—En Lukiánovskaia solo están Antón y Fiódor. Tú mismo has dicho que no se conoce el paradero de Grishka, ¿no? Además, ¿te crees que son solo tres? —Jolodny esbozó una sonrisa irónica—. De acuerdo, mandaré en busca de los dos soldados. Precisamente nos han enviado un destacamento de refuerzo. En sustitución de los muertos en Podol. En cuanto nos los traigan, los interrogamos.

Capítulo 40

El traslado de la cárcel de Lukiánovskaia no tuvo un final feliz. Todos los desertores allí reunidos se habían fugado durante la revuelta en Kureniovka. Además, cinco hombres de la guardia habían resultado muertos; ocho de ellos, heridos; y dos, gravemente heridos. Estaba claro que por rabia y por venganza.

Esta noticia amargó a Jolodny no menos que a Samsón.

—Su rastro se habrá perdido, supongo —dijo—. Ahora unos estarán en casa y otros se habrán unido a los atamanes.

—¿Y entonces no han sido ellos los de las amenazas? —dudó Samsón.

Jolodny titubeaba.

—Quizá se hayan quedado. ¿No has cabreado a nadie más?

Samsón negó con la cabeza.

—Esto es lo que vamos a hacer —dijo Jolodny—. Voy a dormir en tu casa unos días. Si vienen, presentaremos batalla. De lo contrario, no darás con ellos. A saber qué madriguera han encontrado en Kiev.

Samsón se acordó en ese momento de que no había desayunado por la mañana, ni comido al mediodía. Todo por culpa de sus pensamientos nerviosos y de los intentos de aclarar su situación, inesperadamente peligrosa. Y ya eran cerca de las cinco y la calle se empezaba a ver gris, presagiando la brusca llegada de la oscuridad primero y, después, de la noche.

Le propuso a Jolodny que fueran a comer. A este le pareció bien, así que los dos se dirigieron al comedor soviético de Stolípinskaia. Por el camino, se pararon en la parte más baja de Stolípinskaia, en la esquina con el bulevar Bíbikovski. El establecimiento de café aquí situado brillaba por dentro como si fuera un circo. Y eso teniendo en cuenta que hoy la electricidad en la ciudad era débil, como un gatito enfermo, y las bombillas en el cuartel apenas alumbraban.

—¿Cómo es que tienen tanto brillo? —Jolodny también se había fijado.

—Supongo que habrán colocado una dinamo. Deberíamos aguzar el oído —aconsejó Samsón.

Sin embargo, el ruido de la ciudad allí, cerca de la plaza Gálitskaia, ante la especial distribución de las casas y de los edificios, agobiaba enseguida por su eco y distinguir en él sonidos sueltos era una tarea inviable.

Jolodny meneó la cabeza con tristeza, dando a entender que no oía nada excepcional. Samsón, volviendo hacia el establecimiento la oreja izquierda, tampoco oyó nada extraordinario, pero, cuando giró el lado derecho, sintió el singular ruido rítmico de un motor que no variaba de volumen, así que no era el motor de un coche que pasaba por allí.

—Imagino que lo han colocado en el patio —informó Samsón a Jolodny, y continuaron Stolípinskaia arriba.

Dos casas más adelante se pararon otra vez, pero ya no fue por el brillo de turno. Ahora Jolodny se había fijado en una barbería abierta en la que, bajo una luz bastante descolorida, se veía la figura de alguien sentado en un sillón de barbero.

Jolodny se pasó una mano por las mejillas, cubiertas de pelos.

—Vamos —pidió—. No me siento cómodo con esta pinta... Y mi navaja está completamente embotada y me han robado el suavizador. Los vecinos beben, trabajan en la estación de canalización... O huelen a borrachera o a su lugar de trabajo.

Entraron. El barbero se puso bien contento, se levantó rápidamente, sentó a Jolodny en el sillón y a Samsón en un banco. A Samsón le plantó en las manos una vieja revista de antes de la revolución, y él se puso a agitar la espuma en un cuenco azul esmaltado.

Samsón pasaba las hojas de la revista sin pensar mucho: no estaba en condiciones de desviar su atención de las reflexiones y expectativas previas. Pero hubo una página en la que su mirada se agudizó y la mano que pasaba las hojas se paró. Aquí, en una fotografía más clara que las que solía haber en los periódicos, había representado un hombre con exactamente el mismo traje en el que unos días atrás los había recibido a él y al médico ocular Vatrujin la cirujana y princesa Vera Ignátievna Gedroitz.

«¿Es que lleva ropa de hombre? —se quedó pensando Samsón. Y enseguida encontró una explicación plausible a este hallazgo—. Es cirujana, es una profesión de hombres. Lo hará para que sus colegas la tomen por un igual».

Y la mano que pasaba las hojas revivió. Se sucedían ante los ojos de Samsón otras imágenes, pero ya no captaban su atención. Sus pensamientos habían regresado a las amenazas escritas con carboncillo negro y a la incertidumbre de la noche que empezaba.

Hacia las ocho Jolodny y él se acercaban a la casa de Samsón, y entonces un nuevo temblor le recorrió los hombros y la espalda. En la esquina de la casa vio una nueva inscripción a carboncillo y con el mismo trazo. Un poco más arriba de la mancha oscura longitudinal que quedaba de la anterior amenaza. Alguien había repetido palabra por palabra lo borrado por la mañana.

Jolodny encendió un fósforo, lo acercó a la inscripción.

—Escuela parroquial, puede que de segundo curso —dijo y señaló con la mano izquierda la letra *e*—. ¡Espera a la muerte! Cuatro palabras, ya ves. Para que luego digan que a los criminales les gusta expresarse de forma bonita. ¡Si le cuesta escribir! Ya ves.

—¿Puede que sea por el carboncillo?

—Carboncillo, tiza... ¡Es lo mismo!

—Pero está escrito sin errores. —Fuera por el miedo, fuera por otro motivo, Samsón quería llevar la contraria a su camarada de servicio.

—¿Y dónde puedes cometer aquí un error? —Jolodny se encogió de hombros—. ¡Si no hay dónde equivocarse!

La viuda del portero no abrió la puerta del portal enseguida. Después se disculpó, dijo que tenía un caldo al fuego.

—¿Y de dónde ha sacado la carne? —le preguntó severo Jolodny y, cosa increíble, ella se asustó ante tal pregunta, se aclaró la voz y corrió a su casa, para después echar el cerrojo a la puerta de la portería.

—¡Vaya palacio tienes! —dijo Jolodny echando un vistazo a la sala. Sonó como si tuviera envidia.

—No estoy solo —se apresuró a explicar Samsón—. Hace mucho que tengo menos espacio. Primero los del Ejército Rojo, pero eso ya lo sabes. Y después... Bueno, unos refugiados de Podol han estado aquí, ahora han regresado a casa.

En las dos horas siguientes se bebieron toda una tetera. Estaban sentados, escuchaban a oscuras el silencio. Esta noche habían dado la luz en la ciudad, aunque débil, pero ellos no la encendieron.

—¿Y tú qué crees? —preguntó de repente Samsón—. Si todos se vuelven ateos, ¿Dios será olvidado?

—¡Claro! —respondió Jolodny—. Ya ha habido muchos, dioses, quiero decir. Y todos se han olvidado, excepto el último. O los últimos. Los asiáticos tienen a Alá.

—¿Y en qué va a creer la gente si se olvida de Dios?

—¡En sí misma, en el futuro, en la fuerza de la naturaleza! —empezó a reflexionar el exsacerdote.

En ese momento llamaron a la puerta. Cortésmente. Samsón reconoció la forma de llamar de la viuda. Se acercó rápido y le abrió.

—Hay alguien dando vueltas —susurró asustada—. ¡Cerca de la casa! Tan pronto vienen como se van. Los he visto por la ventana.

—¿Cuántos son? —preguntó Samsón.

—Dos, con chaqueta y gorra de cuero. Se parecen a los chequistas.

Samsón sintió frío. Frío en los pies y calor en la cabeza, como si percibiera al mismo tiempo el miedo y el valor en su interior.

—Abra la puerta del portal de manera que quede entornada —susurró a toda prisa a la viuda del portero—. ¡Y usted escóndase en el rincón más oscuro y no se mueva de ahí!

—¿Y Nadienka? ¿Y si la matan?

—Está con sus padres, no tema por ella —tranquilizó Samsón a la mujer.

Se quedó hasta que oyó que cumplía sus instrucciones, que la viuda sacaba el cerrojo de dentro de la puerta de entrada al portal. Después, cerró la puerta con llave y comprobó la lata para que quedara herméticamente encajada en la holgura del tirador. Regresó a la sala.

—¡Están al caer! —le dijo a Jolodny.

Este dejó al instante su máuser encima de la mesa. Del bolsillo de la chaqueta apareció un puñado de cartuchos, empezó a cargarlo.

Samsón también sacó el nagant de la pistolera, pero se lo colocó sobre las rodillas, sin soltarlo.

—Nos vendría mejor solo herirlos, no matarlos —murmuró—. Así podemos interrogarlos.

—¡Lo intentaremos! —respondió Jolodny—. No está bien matar, no es cristiano.

Samsón lanzó una mirada de extrañeza a su camarada cuando oyó las últimas palabras. Pero Jolodny no se enteró, seguía cargando el máuser, lenta y cuidadosamente.

—¿Cuántos cartuchos te caben en el depósito? —preguntó Samsón.

—Diez —respondió Jolodny—. Dicen que hay máuseres también de veinte, pero yo no he visto ninguno. A lo mejor ahora, en la contienda, nos hacemos con uno así, ¿eh? —se sonrió.

Samsón sintió un ruido lejano, unos pasos. Enseguida comprendió de dónde venían.

Resonaron tres disparos y la lata se cayó de la holgura del tirador y golpeó sonoramente contra el suelo de madera; salió rodando.

A Samsón le resonó la cabeza como si tuviera dentro la rueda de hierro de un tranvía, y se cubrió el pabellón auricular con la mano derecha, intentando protegerse, pero el nagant empezó a resbalársele de las rodillas y lo atrapó para luego ponerse en cuclillas cerca de la mesa.

La puerta en el pasillo se abrió de par en par con mucha fuerza y alguien entró corriendo, dando golpetazos con las botas en el suelo. Se oyeron unos disparos y Jolodny, que se había pegado a la pared derecha, empezó a disparar desde el suelo; Samsón, por su parte, había abierto fuego tres veces en dirección al pasillo, y entonces vio la chispa que prendían las balas que daban en la tetera de cobre que estaba encima de la mesa, rodó hacia la izquierda, pero se paró antes de llegar al armario situado entre las ventanas, y vació la reserva de balas en la oscuridad. Entre sacudidas frenéticas, a oscuras, empezó a cargar de nuevo el nagant. Se le cayó un cartucho al suelo, lo encontró a tientas y lo metió en el tambor.

—¡Eh! —Le llegó el murmullo de Jolodny—. No se mueve nada, ¿no?

Samsón, que tenía la cabeza llena de ruido y que, sobre el fondo de ese ruido, sintió el murmullo de su camarada, se sorprendió. Se quedó quieto. Comprendió que, puesto que había oído el murmullo sobre el fondo del ruido, ese ruido estaba en su cabeza y el murmullo le había llegado de la calma.

—No los he oído caer —susurró otra vez Jolodny en medio de la oscuridad—. ¿A lo mejor están escondidos? ¡Por allí tienes la cocina y el inodoro!

Después de un momento en silencio, aguzando el oído, Samsón respondió.

—Sí, es posible —dijo susurrando.

—Arrástrate —propuso Jolodny.

El suelo le pareció a Samsón sorprendentemente frío. Intentando no hacer ruido de más, reptó por el suelo igual que un gusano se arrastra por la tierra. Primero estiró las piernas dos *vershkí*, después apartó un poco el cuerpo y lo desplazó hacia delante. Oía muy bien su propio reptar. Demasiado bien. Así que ralentizó su acercamiento a la puerta del pasillo.

De repente le golpeó en la nariz un olor a sangre. Y la palma se posó en un charquito viscoso a un pie de su cara.

—¡Aquí hay sangre! —susurró.

—¡Ah, cabrón! —gritó Jolodny, y resonaron varios disparos seguidos.

Bajo el fogonazo de los disparos, Samsón vio justo delante de él y de Jolodny dos cuerpos inmóviles. Con chaquetas de cuero, con pistolas en las manos. Bocabajo. La pierna de uno, del que estaba más cerca de Jolodny, estaba doblada.

—¿Muertos? —preguntó Samsón, ya sin susurrar.

—¿Puede que haya alguien más? —Jolodny se incorporó sobre las rodillas, se puso de pie.

—¡Eh, sal! —gritó en dirección a la puerta abierta.

Con el máuser por delante, pasó por encima de un cuerpo y se paró junto al vano. Aquí se puso en cuclillas y se inclinó hasta casi tumbarse para asomarse al otro lado.

—¡Espera! —susurró—. ¡No hay nadie!

Se llenó los pulmones de aire y, al grito de «¡Esas man-o-os!», se puso de pie e irrumpió en la cocina. Samsón oyó que abría de golpe la puerta del servicio y del cuarto de baño.

Se encendió la luz de la cocina. Jolodny regresó a la sala y también subió aquí la palanca del interruptor de la luz.

Pusieron bocarriba a los muertos.

—Es Antón. —Señaló Samsón a uno.

Antón yacía con los ojos furiosos y abiertos. Tenía la frente cubierta de sangre. Al segundo todavía le salía sangre de la herida en el cuello. También estaba muerto.

—Es imposible no matar si estás a oscuras —suspiró con pesar Jolodny—. No veía a dónde apuntaba.

—Yo tampoco —dijo Samsón.

Rebuscaron en los bolsillos de la chaqueta de cuero, de los pantalones y de la guerrera de Antón. Nada, excepto un puñado de cartuchos en el bolsillo izquierdo y una decena de billetes de mil doblados varias veces y unos fajos pequeños de billetes soviéticos grisáceos de treinta rublos en el derecho. Al segundo muerto le encontraron en el bolsillo interior de la chaqueta unos papeles a nombre de Grigori Sheburshín, miembro del batallón de reservistas del Ejército Rojo adscrito a la checa de la región de Kiev, certificados con firmas y sellos triangulares y circulares. Grigori Sheburshín podía andar sin restricciones por el Kiev nocturno, se le debía prestar colaboración y ayuda, había terminado dos veces el curso de tiradores rojos y, dos semanas antes, había recibido en el almacén de vestuario dos mudas, una chaqueta y una gorra de cuero, botas de piel curtida al cromo y tres pares de peales para estas, así como un cinturón de oficial zarista con la hebilla borrada por medios mecánicos.

—Es decir, sin el águila bicéfala —comprendió Samsón, mientras doblaba en dos el último papel del bolsillo del muerto—. Pero creo que Fiódor dijo que Grishka era cocinero.

—Hay que entregárselos a la checa —dijo Jolodny.

—¿Y para qué quieren los cuerpos?

—Bueno, uno de ellos lleva documentos suyos. Y el segundo es su cómplice. Pueden tomarles las huellas, quizá encuentren algo más de ellos.

—Cierto —aceptó Samsón y le vino a la memoria la cara de Néstor Iványch y su maletín dactiloscópico—. Tienes razón. Hay que entregárselos.

—¿Tienes alguien que limpie el suelo? —se interesó con simpatía Jolodny, mirando la sangre.

—Sí, lo quitaré.

—Bueno, ahora no debemos pisar nada. Vamos al cuartel, llamaremos a la checa para que venga, que hagan sus trazos y dibujos y se las arreglen. Y nosotros dormiremos algo. ¡En tus sillones!

Esta idea le gustó a Samsón. Al salir, Samsón se agachó, levantó del suelo la lata de caramelos y se la guardó en el bolsillo de la chaqueta.

—¿Qué, te gusta el dulce? —preguntó girándose el exsacerdote.

Samsón asintió. Y esbozó una sonrisa astuta. Pero Jolodny, que bajaba delante las escaleras, no se dio cuenta.

Capítulo 41

Después de describir al detalle en ambos lados de una hoja limpia y un poco amarilla todo lo que había sucedido esa noche, Samsón metió esta hoja de papel en el caso. Después se acordó de la lata en el bolsillo, la cambió al cajón superior de la mesa, donde ella ya estaba acostumbrada a que la guardaran, y volvió a trasladarse al sillón mullido de respaldo amplio e inclinado de más. Se quedó medio dormido, pensando en que la checa estaba actuando en su piso en ese mismo momento. En el sopor, cierto, pero también después, lo acompañaron los pensamientos sobre la noche pasada, pero era como si pensara en ellos desde un lateral y no como solía: en el mismo centro de su cerebro.

Nada más regresar al cuartel, Jolodny y él habían despertado a Naiden y le habían informado de lo que había pasado. Él mismo llamó a Sadóvaia. Aquí dijeron que salían ya. También los tildó —a Samsón y a Jolodny— de «idiotas» por no haberle informado de antemano de sus planes de entablar un combate nocturno con una cantidad desconocida de criminales. ¡No lo hubiera permitido! Esto es lo que dijo, pero estaba demasiado somnoliento e indolente para cabrearse de verdad. Aunque, después de llamar a la checa, les trasladó la orden de describir al detalle lo sucedido. Samsón, a pesar de lo destrozado que estaba en ese momento, decidió juiciosamente que Jolodny escribiría para la checa, y que él escribiría para incluirlo en el caso de Jakobson y que después haría una copia para el caso de los desertores del Ejército Rojo, uno de los cuales ya debía de yacer merecidamente entre los cadáveres «de la milicia» en la morgue junto a la senda Sobachia, a no ser que los chequistas trasladaran sus cuerpos a otra morgue, claro.

De pronto, en el sopor surgió la dulce imagen de Nadiezhda, a la que llevaba sin ver más de veinticuatro horas. Con cariño recordó la «noche intocada», cuando ella lo acostó en su cama a él, tan alterado que no podía dormir. Y allí se quedaron los dos en silencio, en la cama en la que habían dormido sus padres durante dos décadas. Hubo algo mágico en todo eso. Esta continuidad calmosa de dicha, bienestar y afabilidad le hizo soñar con un grabado medieval. Y, sin saber bien por qué, en su duermevela vio debajo del grabado el apellido del autor, que claramente era alemán, porque había llamado *Sorge* al grabado, «preocupación». En el grabado ideado por su sopor, el héroe agotado descansaba, con la cabeza echada hacia atrás, en un lecho. Y velaba compasiva su sueño una ninfa semidesnuda, tumbada de costado junto a él, apoyada en un codo. La palma le sujetaba la cabeza, y los largos cabellos parecían descender por el brazo doblado hasta el lecho.

Alguien se asomó al despacho, pero no lo molestó. Intentó cerrar la puerta sin hacer ruido, aunque no la cerró del todo. Ahora en el despacho entraban pasos y fragmentos sueltos de breves conversaciones. De pronto, hubo bullicio, ruido. Se oyó un golpetazo en la planta de abajo. Y luego resonaron en exceso varios portazos.

Samsón abrió los ojos y miró el segundo sillón.

—¿Dónde está Jolodny? —Fue lo primero que le vino a la cabeza.

Enseguida recordó que Jolodny, después de dormitar un par de horas allí, se había marchado a su despacho. Se tranquilizó y se concentró en el ruido de abajo. Salió a la escalera, bajó unos pocos escalones y se quedó petrificado y con la vista fija en unos recios sacos blancos que había pegados a la pared, en los escalones y directamente a ambos lados de la entrada. Los soldados provisionalmente destinados los estaban metiendo, encorvados bajo el peso y lanzando los nuevos donde podían, intentando dejar un corredor.

—¡No bajéis! —resonó la voz de Naiden.

La curiosidad llevó a Samsón abajo.

—Se han apoderado de toda esta sal en el almacén de unos ladrones. —Naiden no se quedó esperando a la pregunta, pues había visto a su joven instructor—. Han llamado a los agentes del comité de víveres de la región, pero no logran llegar.

—¿Tanto? —se sorprendió Samsón, contando solo junto a las paredes de las escaleras y en la puerta de entrada unos veinte sacos.

—¿Y qué quieres? ¡Es igual que oro! ¿Cuándo has visto tú que la sal valga más que el azúcar?

Samsón recordó de repente que en los últimos días le había parecido que a toda la comida del comedor soviético le faltaba sal.

—¿Quizá la hayan robado de los comedores? —supuso en voz alta.

—En los comedores se puede robar en pequeñas cantidades, y aquí hay sacos enteros. Son de los vagones. ¡Hay un caos general! —Naiden volvió a subrayar en la penúltima palabra la letra o y expresó un significativo espanto en su valiente rostro.

—¿Y quién controla allí el orden?

—¿Cómo que quién? La checa, claro está. Pero el ferrocarril es como un imperio aparte; cada ramal es de una región, con su gobernador y sus tropas.

—¿Por qué no defienden la mercancía de los ladrones? —replicó Samsón.

—¿Y quién ha dicho que no tengan sus propios ladrones? —La mirada condescendiente de Naiden detuvo los futuros intentos de Samsón de seguir expresando sus ideas.

Pero este se acordó de la petición del sastre Sivokón y de la deuda por la confección del traje y el maniquí.

—¿Podemos quedarnos un saco por necesidades de la investigación? —preguntó con cautela.

—¿Y para qué queremos un saco de sal? Vasyl ya ha separado tres libras para nuestras necesidades.

—Hay que pagar al sastre. Por el trabajo de coser el traje del criminal.

—¿Qué pasa? ¿No acepta dinero?

—Ha pedido productos sólidos.

—¿Y cuánto crees que hay que darle?

—Ha emitido una cuenta por ciento cincuenta rublos. Incluye el maniquí.

Naiden se quedó pensando. Después hizo un gesto con la mano y dijo:

—Escribe una relación con la petición de abonar la colaboración de tu sastre con la investigación. Y para que se pague en sal lo que corresponda a ciento cincuenta rublos. Cuánto es en sal ya lo aclararé más tarde.

El ánimo regresó poco a poco al cuerpo y a la cabeza de Samsón. Sobre todo, después de la segunda taza de té, que le había traído un hacendoso Vasyl, con un trozo de pan blanco del día.

—¿Y este pan? —preguntó sorprendido Samsón, acostumbradísimo ya al té solo, acompañado si acaso algún día de una rosca de pan o de una galleta aparecida seca en alguna alacena y con la que sin el té habría sido fácil romperse los dientes.

—Anoche salvaron a un hornero de la plaza Gálitskaia. Le recuperaron a tiros medio *pud* de panes. ¡Todavía calientes! Por casualidad —explicó Vasyl.

—¿Por casualidad?

—Sí, los nuestros pasaban en un camión y, fíjese qué cosas, vieron una incursión. Bandidos saliendo con sacos de la tahona igual que cucarachas. Abrieron fuego contra ellos. Y recuperaron el pan. Así que nos lo ha traído esta misma mañana, ¡recién hecho! Nos aprecian. —Podía sentirse el orgullo en la voz de Vasyl.

Mientras se tomaba el té, Samsón releyó lo escrito antes de dormirse. Se quedó pensando. Ya no debía tener miedo de nadie, ya no tenía que «esperar a la muerte». Es decir, que Jakobson tampoco. Pero ¿cómo podía saber Jakobson que ya no debía tener miedo? ¿Quizá habría alguna forma de informarle para que saliera de su madriguera? ¿No empezaría, en ese caso, a sentir miedo de quien le informara?

Samsón suspiró y profundizó más en sus pensamientos, intentando reflexionar con táctica, paso a paso. Ahora iría otra vez a Basséinaia. Era poco probable que Jakobson estuviera, pero Samsón podría ver las huellas de una nueva visita, puesto que él había ido ya por allí después de que mataran a Baltzer. Y, por alguna razón, también había trasladado la cama de campaña después del asesinato. ¿Quizá podría escribirle en algún lugar de la pared que el peligro había pasado? Pero, si estaba aterrorizado o se sentía acorralado, puede que decidiera que era una trampa y se escondiera más todavía. ¿Cómo hacerlo salir? Además, seguro que iba armado. De no ser así, ¿para qué iba a idear la cartuchera de los bolsillos? No lo atraparía sin disparar. Había algo bueno: estaba claro que se encontraba solo y sin banda. Porque el extranjero se había enemistado con su banda del Ejército Rojo. Ojalá supiera por qué.

Samsón miró al techo, después a la ventana. La mirada descendió a los sacos con los libros que ahora estaban en el lugar de las cajas, pero que ya no disgustaban a nadie.

—¡Qué curioso! ¿Por qué la gente se lleva mejor con los sacos que con las cajas? —Se le metió en la cabeza esta extraña pregunta—. ¿Porque no se ve qué hay dentro si están atados? ¿O será por la forma?

El pan blanco y blandito se le derretía en la boca, se deshacía en el té ya acabado, añadiéndole una dulzura especial, saciante.

«¡Pero tiene que alimentarse en alguna parte! ¡Y utilizar el excusado o el retrete! En el sótano no olía ni a comida ni a queroseno. En la cocina de Baltzer había cierto olor a comida, pero parecía antiguo. Tengo que ir a echar otro vistazo», decidió.

Capítulo 42

La puerta principal izquierda de Basséinaia era más baja que las otras dos del portal de la misma casa. Es decir, que no era la principal.

Antes de subir, Samsón se recorrió toda la fachada, fijándose bien en las ventanas medio encoladas.

En los escaparates sucios y vacíos del local situado debajo del taller de costura se sentía la guerra y la ruina.

La puerta del portal de Baltzer se abría con mayor dificultad que antes. Samsón la examinó; descubrió que, en el lugar del candado roto, habían insertado una barra de madera, que a modo de «martillito» labrado se ajustaba con fuerza a la segunda mitad de la puerta, más estrecha.

En la puerta tras la que se ubicaba el local comercial abandonado, Samsón vio las cabezas de unos clavos de acero de dos *vershkí*. Estaban bien insertados, con fuerza, porque las cabezas se hallaban parcialmente aplastadas y los bordes reventados contra la madera.

Por si acaso, tiró del sencillo agarradero. Y quedó claro que había sido un esfuerzo en vano. La puerta se mantuvo firme en el quicio. Subió a la segunda planta. No vio la amenaza escrita con carboncillo en la pared junto a la puerta. Sin embargo, sí había el mismo rastro oscuro de una inscripción borrada, como en la esquina de su casa. ¡Jakobson había regresado!

Su mirada se fue hasta el sello de masilla que había adherido a la puerta la última vez. Tampoco estaba. Aunque la puerta seguía cerrada. Se inclinó a buscar el candado, pero vio al lado la cabeza de un clavo también de acero y de dos *vershkí* que entraba justo a la altura del candado con la inclinación necesaria para atrancar el lateral de la puerta.

Samsón tiró de la puerta hacia fuera, no cedió, pero rechinó lastimera. ¡No estaba tan claveteada como la de abajo!

Samsón tensó todos los músculos y arrancó el clavo del lateral junto con la puerta. Se quedó inmóvil, atento a cualquier ruido. El silencio le transmitió seguridad, y tranquilo, incluso sin quitar el cierre de la tapa de la pistolera, entró.

En el taller de costura todo estaba colocado como antes. Samsón pasó a la parte habitable del local. La cama de campaña desmontada no se hallaba allí. De lo demás, nada llamó su atención. Excepto una cosa: encima de la cama de Baltzer ahora colgaba de un clavo una atípica fotografía horizontal del tamaño de un grabado, con un cristal y un marco de madera.

Sorprendido, Samsón la quitó de la pared y se la llevó a la ventana para examinarla mejor. Allí, en una playa marítima, había una pareja ya no joven —de unos cuarenta años— en traje de baño y, a su vera, seis críos, tres a cada lado, dos niños con trajecitos de marinero y cuatro niñas. Todos parecían tener entre ocho y diez años. Eran de edad demasiado similar como para ser una única familia.

Samsón sacó la fotografía del marco. Debajo, en el cartón estaba imprimido con oro «*Fotostudio Zellner*» y, en el reverso, a mano y con tinta: «*Den Haag, zoete augustus 1907*».

Samsón reconoció a Baltzer en el hombre, aunque doce años más joven. Su cara irradiaba alegría y optimismo. No abrazaba a su mujer, sino que la agarraba de la mano, estaban «encadenados» el uno a la otra por las palmas estrechadas sin mucha fuerza. Los niños miraban a la cámara de fotos fascinados, como si esperaran que de ella saliera volando un ave realmente singular.

Samsón examinó a los dos niños con mucha atención, pero no distinguió nada especial en su físico o en su rostro. Eran niños normales.

¿Se le pudo haber pasado esa foto la última vez? Era posible. No recordaba la pared de la cama. Prestó más atención al suelo y a las parihuelas de la cama de campaña que estaban en el otro rincón.

Al entrar en la cocina, se quedó petrificado de la sorpresa. En el suelo, debajo del lavamanos, encontró dos cubos con agua. Y le parecía que la mesa y el mueble de la cocina habían sido lavados y secados. No había cacharros sucios, pero a la izquierda del lavamanos, sobre la superficie del medio del aparador, había tazas y platos limpios.

Nervioso, Samsón comprobó el retrete y el cuarto de baño. No había nadie.

Las ideas le habían desaparecido; en su lugar había un susto superior: la sensación de un peligro inminente.

El índice de la mano derecha tiró de la presilla del cierre de la tapa de la pistolera. Samsón volvió a aguzar el oído. Ni el más mínimo ruido. Solo el rumor de la calle tras los cristales.

Regresó a la cocina. Se detuvo en el centro.

Sentía las piernas lasas, pero temía moverse del sitio. Se limitaba a girar la cabeza y a intentar pensar, abstraerse del miedo animal del que ahora se sentía avergonzado. Avergonzado ante sí mismo.

Por fin se le fue la lasitud de las piernas. Con el nagant en la mano, abrió la puerta de debajo del aparador. Aquí azuleaban las piezas de un servicio de porcelana de Meissen.

Se giró otra vez, miró la puerta del retrete. Y su mirada recorrió la pared derecha un poco más allá, pasada la puerta del cuarto de baño. Entonces se detuvo en la puertecilla estrecha, de dos pies de ancho, de un trastero. Detrás de una así se suelen guardar lampazos y escobas. ¿Por qué no la había abierto?

Nervioso, tragó saliva. Se acercó casi sin despegar del suelo de madera las suelas de las botas.

«¿Debería disparar antes?», pensó mirando el tirador redondo similar a los pomos que a veces coronaban los bastones caseros de los ancianos que ya no salían de casa.

Su imaginación dibujó a un viejecillo así con bastón y vestido con una bata abrigada a rayas.

El dedo apoyado en el gatillo del nagant empezó a picarle. Pero alargó la mano izquierda hacia el pomo de la puerta. Tiró bruscamente de ella y apuntó con el nagant hacia delante, dispuesto a abrir fuego de inmediato.

La tensión no lo abandonó ni después de haber comprendido que no había nadie en el trastero. Era más grande de lo habitual. Y su mirada tropezó con otra puerta en el lugar donde debía haber una pared. Esta puerta era un poco más ancha que la del trastero y su tirador normal, de hierro, indicaba que detrás podía encontrarse otra estancia o la salida a la escalera de servicio, algo que normalmente se hacía desde la cocina.

Una vez superada la tensión recién vivida, Samsón se movió por el trastero, clavó una mirada escrutadora en el tirador de hierro y soltó un largo suspiro. No tenía muchas ganas de repetir un ataque «baldío» como el que acababa de perpetrar, pero no vio otro camino para averiguar qué había detrás de la puerta.

Escogiendo el momento de mayor concentración, tiró de la segunda puerta y apuntó con el nagant. La puerta se movió suavemente y sin hacer ruido, como si estuviera hecha de aire. Detrás había un extraño artilugio con una rueda de hierro de cuya llanta pendía y descendía una cuerda gruesa.

Lo primero que le vino a Samsón a la cabeza era que lo que estaba viendo era la tracción a rueda de una máquina de coser de pedal como la que estaba en el taller cubierta con una sábana. Pero esta rueda parecía más gruesa y pesada.

El silencio sobrevenido llevó de nuevo a Samsón a un sentimiento de calma, y con el dedo se convenció de que los goznes de la segunda puerta estaban generosamente engrasados. Algo que le pareció realmente lógico mientras examinaba de nuevo la rueda de hierro, colocada en un eje de acero bien engrasado, fijado con arcos de hierro a una construcción de madera que recordaba al armazón de una cabria.

Los pensamientos de Samsón adquirieron de pronto un carácter geométrico. Comprendió que tenía delante una cabria para levantar peso y que esta bajaba al telón de fondo del local comercial de la planta baja.

Todo se había colocado en su lugar. Samsón se sonrió y la seguridad en sí mismo regresó y ahuyentó el miedo involuntario. ¡Jakobson utilizaba la cabria a modo de ascensor! La puerta del local comercial estaba cerrada a cal y canto porque no la necesitaba. Bajaba desde el trastero. ¡Y también subía! Es decir, que se escondía debajo. Y ahora debía de estar ahí. La pierna enferma no le permitía alejarse de la vivienda de Baltzer. ¿Cómo no había llegado antes a esta conclusión?

Samsón meneaba la cabeza sorprendido. Y entonces otro de los detalles percibidos atrajo su atención: la rueda, situada en perpendicular a la puerta, estaba desplazada hacia la izquierda, mientras que a la derecha quedaba un paso estrecho, no más ancho que un pie. Y aquí, en el rincón de este hueco, con la punta para arriba y apoyadas en la pared pintada de color azul, había un par de zapatillas afelpadas, puede que enfurtidas o bordadas. Bajo la escasa luz que, en realidad, llegaba de abajo, parecía que, a través de las ventanas sucias de los escaparates, se presentaba como tarea imposible el distinguir mejor las zapatillas.

Samsón echó un vistazo a la rueda, y su mirada se hundió en un agujerito cuadrado del suelo cuyo tamaño no superaría los dos pies por cada lado. Debajo vio la parte superior polvorienta de un armario.

Mirar abajo significa casi siempre mirar a la muerte.

Aun así, se decidió y se agachó. Pudo examinar mejor la cubierta polvorienta de un armario ropero. Y también vio un suelo de taracea desgastado, el borde de una mesita y, debajo de la cuerda que bajaba, otro mecanismo con piñones grandes y un espiral metálico tensado de dos *vershkí* y medio de ancho. El espiral y dos de los piñones parecían mantener la cuerda tirante. Aunque no la cuerda en sí, sino su parte doblada, la suspendida, que acababa en una tablita de madera como la que algunos padres a veces hacen para sus hijos en los columpios de las dachas.

Samsón dio medio paso más y tocó la llanta ranurada de la rueda, acarició la cuerda. Después probó a girar la rueda en dirección al trastero y esta cedió ligera. También la tablita similar al asiento de un columpio infantil casero subió ligera, sin necesidad de hacer un esfuerzo violento.

Samsón paró la mano, buscó con la mirada un escalón en el que poder encaramarse para seguir subiendo, puesto que la parte suspendida se iba a apoyar en el mecanismo de la rueda en el mismo lugar donde la cuerda se dividía. Entonces reparó en dos agarraderos de hierro clavados al suelo en los bordes del vano. Pudo imaginarse a un hombre agarrándose a ellos y después sacando una pierna por arriba y a un lado; después ya saldría por completo por la abertura y, por la franja estrecha del suelo, llegaría a la puerta del trastero.

—¡Jakobson! —gritó Samsón para abajo y se tensó por la espera. No sabía si estaba allí el misterioso súbdito belga amante de la plata.

No hubo respuesta. Debajo todo estaba en silencio.

«Se habrá ido —pensó Samsón—. Para esconderse más. Además, ya no está la cama de campaña».

Cruzó al lado más distante de la abertura y echó un vistazo más valiente. En la parte del cuarto que se abría desde el otro lado de la abertura estaban los mostradores de cristal vacíos y polvorientos, desplazados junto a la pared. No se veían señales de que el local estuviera en uso.

«Eso no es solo un cuarto trasero», pensó y giró resuelto la llanta de la rueda, izando por completo la suspensión del columpio. Cuando la parte doblada de la cuerda detuvo el movimiento de la rueda, tanteó e intentó hacerse con la parte en suspensión. No estaba claro qué había que hacer para bajar cuando ya tenías los pies en la tabla de madera o incluso si te las habías ingeniado para sentarte. Aunque llegar hasta ella con los pies no debía suponer ningún esfuerzo si te asías con las manos a los agarraderos laterales clavados en el suelo.

Samsón miró el nagant que llevaba en la mano derecha. Lo metió en la pistolera, pero no tiró del cierre de la tapa. Se puso en cuclillas, se asió de los agarraderos y dejó caer las piernas. Tocó con los pies la tabla. Primero colocó la punta izquierda de la bota, después toda la bota derecha; primero atrapó la cuerda con una mano, después con la otra. Y, solo, el columpio empezó su lento descenso. Se oyó el chasquido del mecanismo, un ruido que recordaba de alguna manera a un tenso tictac de un reloj.

La taracea gastada del local se iba acercando. Ocho pies y, a su lado, la araña; siete pies, seis, cinco. Samsón miraba en todas direcciones, le preocupaba la puerta abierta del otro cuarto. Y, como se vio, con razón. De repente, en ella surgió una figura y una mano con una pistola pequeña. Enseguida resonaron dos disparos. Las dos balas le dieron en el antebrazo izquierdo, Samsón soltó la cuerda y, sin poder sujetarse, cayó al suelo estrepitosamente, levantando una nube de polvo. Entonces oyó unos pasos apresurados que llegaban desde la puerta abierta. Sobreponiéndose al dolor, empezó a arrastrarse hacia el armario; comprendió que, si lograba esconderse detrás de su esquina derecha, no se le vería. Un armario de contrachapado o de nogal no era un obstáculo para una bala, claro. Y un tiroteo a ciegas era menos peligroso para el que recibía los disparos.

Resonó otro disparo, pero la bala pasó volando por encima de su cabeza y dio justo en el armario, dejando en la puerta un agujero pequeñito.

Samsón llegó a rastras a su esquina derecha y sacó el nagant.

—¡Jakobson, ríndase! —gritó—. ¡No podrá salir de aquí!

—*Ik ben niet bang voor jou!* —le llegó desde donde disparaban una voz sonora.

—¡No entiendo belga! —gritó en respuesta Samsón—. ¿Habla usted ruso? ¿Polaco? ¿Ucraniano? Aunque sea alemán, ¡maldita sea!

En respuesta, resonaron dos disparos. Las balas rompieron la madera del armario muy cerca de su cabeza.

—¡Jakobson! ¿Por qué quiere usted morir? —gritó Samsón y, acto seguido, repitió las últimas palabras en alemán—: *Warum brauchen Sie den Tod?*

—*Ik heb de dood niet nodig, ik heb leven nodig!* —respondió Jakobson a gritos. Y no disparó.

—¡No lo entiendo! —dijo Samsón desesperado, sintiendo bruscamente una oleada de dolor en el antebrazo herido—. ¿Entiende alemán? *Sie verstehen doch Deutsch!*

—¡Entiendo ruso! *Ik versta Russisch!* —gritó él—. ¿Quién es usted? ¿Qué *quere?*

Tenía un acento divertido, como el de un niño. Como si se hiciera pasar por un extranjero. Si no fuera por los disparos, uno podría pasárselo bien hablando con él. Pero Samsón no sabía ni cuántos cartuchos le quedaban ni qué le pasaba por la cabeza. Solo sabía que tenía problemas con la pierna izquierda.

—¡He estado con el doctor Tretner! —gritó Samsón—. ¡No dispare! ¡Hablemos! ¡Sé lo de su pierna enferma!

Se hizo el silencio. Jakobson callaba y no se movía. Samsón también contenía el aliento, todo él convertido en oído.

—¿Me oye? ¡No soy un bandido! ¡Soy de la milicia!

Silencio otra vez, pero esta vez Samsón oyó el sonido de un movimiento. Le pareció que desde un borde del vano de la puerta lo estaba mirando el cañón de la pequeña pistola. Levantó el nagant y abrió fuego en esa dirección. Oyó un grito y como si un barril de madera rodara por el suelo de madera.

—¿Está vivo? —gritó Samsón—. ¡Jakobson! ¿Está vivo?

—¡Estoy vivo! —Le llegó la voz de él. Pronunciaba la letra *v* con mucha suavidad—. ¿*Quere* matarme?

—¡No! ¡Ríndase, vamos! ¡Tire la pistola!

—¡Y me matará!

—¡No lo mataré si se rinde! Necesito respuestas para varias preguntas relacionadas con usted. ¿Para qué iba a querer matarlo?

—¿Qué preguntas *tene*? —gritó Jakobson, y en su voz se percibía dolor.

—¿Lo he herido?

—¡Sí! Ha herido.

—¡Tire el arma!

—¡No! ¿Qué preguntas?

—Creo que lo amenazó Antón, un soldado del Ejército Rojo. ¿Lo conoce?

—Sí, conozco —respondió el belga—. Le debo unos dineros, y de pasaportes.

—¿Por qué? ¿Por la plata?

—Sí.

—¿Y por qué no le entregó el dinero?

—No hay dinero. No había cuando vine en *ca* tío. Y no pude hacer pasaportes...

—Pero ¿se lo había prometido?

—Sí. Lo prometí a todos. ¡Necesito la plata! Para curarme. O no *poderé* andar.

—¿Quién le ha dicho eso? ¿Quién le dijo lo de la plata? —preguntó Samsón.

—El doctor Tretner. Dijo que cambio huesos por plata y no dolerán. Necesitaba mucha plata. ¡Quiero cambiar el esqueleto!

—¿Y cómo logró que le hicieran el hueso de plata? —quiso saber Samsón, intentando no prestar atención al dolor de la herida.

—En el hospital *disector Alesandrevski* pedí a sanitario cortar el hueso *isquerdo* de la pierna a un cadáver difunto de mi talla. Después coció y limpió. Yo encontré joyero en las Cuevas, los talleres donde funden de plata.

—¿Y con qué pagó por el hueso y la fundición?

—Con nada. Yo prometí pagar luego. Cuando vine aquí, yo pensaba que mi tío es rico. Pero él tampoco *tene* dinero.

—¿Su tío es Baltzer?

—Sí.

—¡Pero él es alemán y usted belga!

—Mi mamá es hermana suya. Mi padre, flamenco.

—¿Y por qué le traían tanta plata sin haber pagado? —El cuadro ya iba tomando forma en la cabeza de Samsón, pero hablar era menos peligroso que intercambiar disparos. Y parecía que Jakobson respondía casi con ganas.

—¡Lo prometí! En su país *creien* a extranjeros cuando hacen promesas. A suyos, no, pero a nosotros, sí.

—¿Y por eso lo andaba buscando el soldado?

—Por eso robó en prenda todos patrones del tío. ¡Y después mató!

—¿Era Antón?

—¡Sí!

—¿Y cómo lo sabe?

—Estaba aquí, abajo, y oí. Las puertas estaban entornadas. Ellos gritaban. Después los disparos. Y encima de mi tío muerto cayó otro bandido muerto.

—¡No era un bandido! —gritó Samsón—. Era otro a quien también mató Antón. ¡Tire la pistola!

—¡No! Si quiere, venga aquí.

—Jakobson, no comprende bien el ruso. Tretner no le dijo que una pierna de plata le curaría. ¡Estaba de broma!

—¡Los doctores no hacen bromas! ¡Dijo verdad! ¡Ya hizo esa operación!

—¡Ese doctor sí bromeaba! ¡Me lo ha contado todo! Puede repetirle todo lo que me dijo a mí. ¡Se acuerda de usted!

—¡Ha mentido! ¡A mí dijo la verdad!

Entonces se hizo un silencio que se prolongó unos dos minutos; después resonaron tres disparos seguidos y, luego, en el suelo, a tres pies de Samsón, cayó con un tintineo pesado una pistola pequeña de mujer.

—¿Está vivo? ¿No se ha disparado? —gritó Samsón con cautela.

—No, disparé techo.

—¡Salga! No voy a disparar —prometió Samsón. Y enseguida, para resultar aún más persuasivo, añadió—: He hecho su traje. El que no tuvo tiempo de terminar su tío Baltzer.

Capítulo 43

—¡Vaya con el chico! —se sorprendió Jolodny, después de oír el relato de Samsón.

Estaba sentado en un taburete junto a un catre en el pabellón de la unidad de cirugía del hospital Alexándrovski. A petición de Samsón, lo había incorporado un poco, para que fuera la espalda, y no la cabeza, la que se apoyara en la almohada. El antebrazo izquierdo, completamente vendado, lo mantenía un pelín por debajo del derecho, que estaba sano.

—¡Tendrías que haberme llevado contigo! Y ahora estaríamos tomando té o cerveza, y ese Jakobson tuyo estaría en la morgue entre los cadáveres de la milicia.

—Por eso fui solo —reconoció Samsón—. ¿Sabes qué es lo sorprendente? Cuando unos soldados chinos nos trajeron aquí a los dos, un médico dijo que esa noche solo había dos cirujanos de guardia: ¡Tretner y Gedroitz! Así que enseguida les dije: llevaos al belga con Tretner, se conocen. Y a mí con Gedroitz.

—¿Y en qué es mejor ese Gedroitz tuyo que Tretner? —Jolodny arqueó interrogante las cejas pobladas.

—Gedroitz es ella, ¡una cirujana! ¡Una princesa! Hace poco estuve en su casa tomando té con jamón. Las mujeres son más cariñosas. —Samsón sonrió.

Y entonces en el pabellón entró una mujer con expresión dura en la cara y con zapatos negros sin tacón y pantalones asomando por debajo de la bata.

—Bueno, Samsón Teofílovich, ¿acepta visitas?

—Vera Ignátievna, este es un camarada. Del servicio.

Jolodny se puso en pie como un resorte. Tendió la mano y enseguida quedó claro por su expresión que no había esperado un apretón de manos tan fuerte. Habiendo hecho un par de preguntas, Vera Ignátievna se fue.

—¿Y Jakobson no huirá de aquí?

—¡No puede correr! —respondió Samsón—. Tiene tuberculosis en el fémur izquierdo. Además, no tiene a dónde ir.

—Es malo no tener a dónde ir —dijo Jolodny en tono algo sombrío.

—A mí también me da pena. Es tonto y analfabeto.

—¿Analfabeto? ¿En qué sentido?

—En el sentido del censo de los habitantes de Kiev. Justo así lo tienen registrado. Y ahora entiendo por qué. Aunque yo lo habría registrado con otra palabra: idiota.

Samsón esbozó una sonrisa apenas perceptible.

Epílogo

Una semana después los dos, Nadiezhda y él, lavaban en armonía y aplicados la sangre de Antón y de Grigori en el suelo de la sala. En esta labor se les fue casi hora y media. Después cenaron e intentaron hablar solo del tiempo. Sin embargo, no pudieron evitar la escasez de sal y de azúcar. Nadiezhda se quejaba por el azúcar, Samsón, por la sal.

Se acostaron a dormir en la habitación de los padres, juntos. Pero tranquilos, cansados.

—No debes hacer movimientos bruscos —dijo Nadiezhda, remetiendo el borde de la manta por debajo del costado izquierdo de Antón.

Ya llevaba dormido unas dos horas cuando, en mitad de la noche, se despertó de pronto por un ruido extraño. Le parecía estar oyendo los pasos de dos personas. Se levantó con cuidado, comprobó la sala, su habitación y el despacho de su padre. Y solo entonces comprendió que lo oía con la segunda oreja, la seccionada.

Entonces se abrió el cajón del escritorio de su padre, oyó unas voces de hombre.

—¡Mira aquí! ¡Un pasaporte antiguo! ¡Y una cajita! ¿Qué es lo que escribieron de él?

—Prevaricación —respondió la segunda voz—. Una denuncia sobre que apuntó un baúl con cosas robadas como incautado a él por error. Y se lo llevó a casa. Además, encargó a cuenta de dinero estatal un traje para un criminal extranjero.

—¡Qué astuto! —dijo la primera voz—. ¿Y qué hay en esa cajita? ¿Oro confiscado a ladrones?

La lata se abrió, se oyó el rechino del metal contra el metal.

—Mira, ¿es algún tipo de pergamino?

—¿No lo ves? ¡Es una oreja seccionada! Qué tipo tan curioso. Imagino que decidió guardarse la oreja de algún enemigo muerto. Colaboradores así no nos vendrían mal.

—Sí, es duro. Bueno, ¿qué dices? ¿Iniciamos el caso?

—No —dijo con decisión el primero—. Lo tendremos en observación. El caso de los bandidos desertores lo llevó hasta el final. ¡Y mira toda la plata que ha llegado a las arcas! Algo no encaja.

—¿Y por qué no ha dejado que se llevaran al arrestado extranjero al hospital de la cárcel?

—Se ve que todavía necesita algo de ese extranjero. No le habrá hecho el traje en vano, ¿no? Y él ya está encerrado. Han llamado al cónsul. Parece que era un granujilla y no un bandido. Quería robar a los ladrones mediante engaños.

—Está bien, vámonos. Que todavía tenemos que ir a Priorka —se oyó la voz del segundo y, tras tapar la lata, la devolvieron al cajón del escritorio.

El cajón se cerró. Los pasos se alejaron y la puerta del despacho también se cerró con ruido, en la cerradura crujió la llave.

Samsón todavía siguió un buen rato tumbado y con los ojos abiertos. Escuchaba la calma que se había quedado en su despacho después de que se marcharan los desconocidos. Y escuchaba la calma en el dormitorio de sus padres, donde sonaba más cálida y cercana por la respiración regular y tranquila de Nadiezhda. Dos oídos, dos calmas.

Final. Pero debe continuar.

Este libro se terminó
de imprimir en
Móstoles, Madrid,
en el mes de
febrero de 2023

«Para viajar lejos no hay mejor nave que un libro».

Emily Dickinson

Gracias por tu lectura de este libro.

En **penguinlibros.club** encontrarás las mejores
recomendaciones de lectura.

Únete a nuestra comunidad y viaja con nosotros.

penguinlibros.club

 penguinlibros